고장 난 뇌

뇌졸중 환자의 물음에 세계 최고 전문가가 답하다

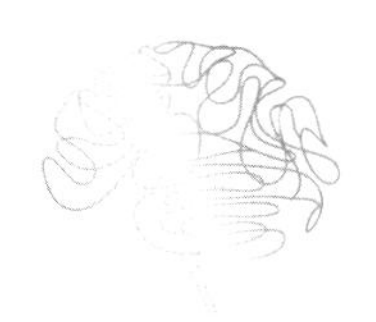

저자
마이크 다우(Mike Dow)
데이빗 다우(David Dow)
메건 서튼(Megan Sutton)

역자
김형석

경희대 한방병원 (前)병원장 김성수 감수

경희대 한방재활의학과 교수 정석희 추천
경희대 한방병원 중풍뇌질환센터 (前)센터장 조기호 추천

고장 난 뇌

뇌졸중 환자의 물음에 세계 최고 전문가가 답하다

첫째판 1쇄 인쇄 | 2020년 7월 29일
첫째판 1쇄 발행 | 2020년 8월 11일
첫째판 2쇄 발행 | 2022년 12월 21일

지 은 이 마이크 다우(Mike Dow), 데이빗 다우(David Dow), 메건 서튼(Megan Sutton)
옮 긴 이 김형석
발 행 인 장주연
출판기획 김도성
책임편집 안경희
편집디자인 조원배
표지디자인 김재욱
발 행 처 군자출판사(주)
등록 제 4-139호(1991. 6. 24)
본사 (10881) **파주출판단지** 경기도 파주시 회동길 338(서패동 474-1)
전화 (031) 943-1888 팩스 (031) 955-9545
홈페이지 | www.koonja.co.kr

Tune into Hay House broadcasting at: www.hayhouseradio.com
HEALING THE BROKEN BRAIN

* 파본은 교환하여 드립니다.
* 검인은 저자와의 합의 하에 생략합니다.

ISBN 979-11-5955-585-5

정가 15,000원

고장 난 뇌

뇌졸중 환자의 물음에 세계 최고 전문가가 답하다

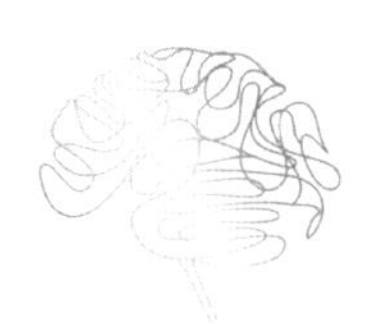

목차

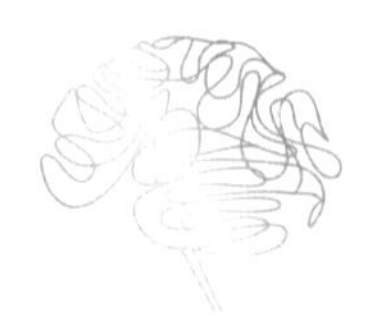

3장 뇌졸중, 앞으로의 전개

2막 치료

4장 움직임 회복하기

5장 팔과 손 회복하기

6장 인지능력 회복하기 63

7장 의사소통능력 회복하기

8장 올바르게 회복하기

11장 나 자신 회복하기

4막 가족, 그리고 미래

부록

추천사 1

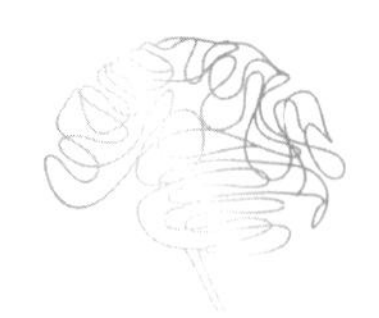

뇌졸중(腦卒中)은 동양에서 중풍(中風)이라는 좀 더 넓은 의미의 범주에 포함되어 다루어져 왔습니다. 갑작스럽게 한쪽 팔 다리의 마비가 발생함을 특징으로 하는 이 병을 치료하기 위해 한약과 침뜸을 중심으로 방법을 강구해 왔고, 동의보감을 비롯한 여러 의서에 그에 대한 기록을 남겼습니다. 이러한 지적 유산을 바탕으로 근대에는 경희대학교 한방병원이 뇌졸중 환자들에 대한 한의학 치료의 허브 역할을 해왔으며, 여기에 최신의 과학적 연구 결과가 더해져 1974년에 개소한 중풍센터(최근 중풍뇌질환센터로 개명됨)를 중심으로 그 치료의 명맥을 이어오고 있습니다.

의사의 역할은 기본적으로 정확한 진단을 통하여 질병을 치료하는 것이지만, 한편으로는 앞으로 어떻게 노력해야 좀 더 빨리 완전하게 회복될 수 있는지, 그리고 최신 치료 기술의 동향은 어떠한지 등을 환자와 가족들에게 설명하고 함께 치료에 참여하도록 해주어야 합니다.

그러나 의료진은 환자들에게 충분히 설명하고자 하지만 제한된 시간과 환자마다 다른 배경 때문에 환자와 가족들에게 모두 만족을 주기는 현실적으로 어렵습니다.

이 책은 뇌졸중에 대해 많은 사람들이 가질 수 있는 궁금증 100가지를 선정한 다음, 환자가 질문하고 의료진이 답변하는 방식으로 구성되어 있습니다. 100가지 질문은 뇌졸중의 정의부터 원인, 한의(韓醫)치료를 포함한 각종 치료법, 미래의 관련 의학기술의 발전에까지 다양한 주제에 대해 걸쳐 있을 뿐만 아니라, 그 답변자들이 뇌졸중 분야의 진료 및 연구를 선도하고 있는 최고의 의료진들이라는 점에서 이 책은 특히 가치가 높습니다.

지금 이 글을 읽는 분이 환자나 보호자라면 이 책을 통하여 뇌졸중의 상태를 정확히 알고 앞으로의 재활 계획을 세울 수 있을 것이며, 의료계 종사자라면 최신의 정보를 학습하고 이것을 실질적으로 환자에게 쉽게 설명할 수 있는 방법을 배울 수 있을 것입니다.

아울러 역자 김형석 교수는 앞으로 뇌졸중의 한의치료를 이끌어갈 전문가로서, 뇌졸중에 대한 살아있는 지식을 환자가 쉽게 받아들일 수 있는 책으로 국내에 소개했다는 점에서 격려의 박수를 보내고 싶습니다.

부디 우리나라의 뇌졸중 환자들이 이 책을 통하여 좌절하지 않고 희망찬 인생과 적극적인 삶을 누리시게 되기를 바랍니다.

경희대학교 한방재활의학과 교수
정 석 희

추천사 2

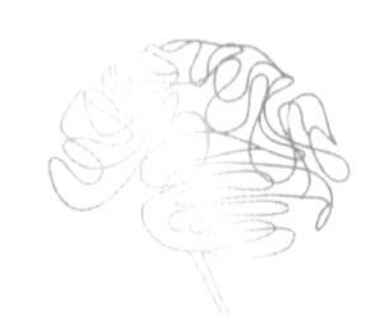

고장 난 뇌는 신경가소성으로 치료

고령사회를 맞이하면서 반드시 맞닥뜨리는 위험요소로 척추관절과 더불어 혈관문제가 있습니다. 혈관문제는 심장, 뇌, 다리의 세 군데서 거의 발생하는 것으로 알려져 있으며, 심장과 다리의 혈관에서 일어나는 질환은 수술중재와 약물로 흔적 없이 치료할 수 있습니다. 그러나 뇌에서 일어나는 문제는 후유증이라는 또 다른 걸림돌이 기다리고 있습니다. 오늘날 눈부신 현대의학의 발전에도 불구하고 이 후유증을 없애는 속 시원한 방법은 등장하지 않고 있습니다. 그래서 경험의 지혜가 전승되어오는 동양의학의 전통기법에 많은 기대를 걸고 있습니다.

2000년까지만 하더라도 뇌가 고장 나면 1개월 정도의 안정 기간을 설정하였으나, 지금은 하루빨리 가능한 재활방법을 시행하라는 지침으로 바뀌었습니다. 고장 난 뇌의 마비에 동원되는 재활방법에는 손으로 주무르는 마사지에서부터 간단한 침이나 뜸 치료가 포함됩니다. 이 치료법이 유효하다는 것은 신경가소성에 대한 활발한 연구와 데이터 집적에 힘입어 표준 치료로 인정되고 있습니다. 오늘날 주류 재활의학 학회의 몇 세션에서 침구치료 분야가 들어가는 모습을 보면 알 수 있습니다. 침구사제도가 있는 나라에서는 침구사들이 재활치료파트에서 큰 역할을 하고 있으며, 이 추세는 갈수록 늘어날 전망입니다.

우리나라에서는 일찍이 '일침이구삼약(一鍼二灸三藥)'이라는 속설이 있듯, 침 치료에 대한 거부감 없는 기대감이 일반화되어 있다고 생각합니다. 이것은 한의학이 의학의 차원을 넘어서 전통과 관습, 문화 수준으로 더불어 함께하고 있기 때문이라고 판단합니다. 이러한 배경으로 1971년 개원한 경희대학교 한방병원은 1974년에 중풍센터(현재는 중풍뇌질환센터)를 개소한 이래 전국구 뇌졸중 병원으로 그 명성이 높았으며, 지금까지 그 노하우로 지명도가 떨어지지 않고 있습니다. 본 센터는 2013년에 확장 개편되면서 한방재활의학전문의, 순환신경내과전문의들과 함께 고장 난 뇌를 보는데 진력을 다하고 있습니다.

본 센터 소속의 김형석 교수는 재활의학에서 중심적인 인물로서 중추적인 역할을 수행하고 있습니다. 진료, 연구, 강의가 쉴 틈 없이 이루어지는 속에 세계적인 뇌졸중 전문가의 책을 번역하여 환자들에게 조금이라도 도움을 주고자 하고 있습니다. 김 교수는 침구치료의 신경가소성에 대한 많은 연구를 진행하고 있으며, 그동안 가지고 있는 경험을 바탕으로 흠잡을 데 없는 번역을 해주었습니다. 이에 저는 전(前) 센터장의 이름으로 주저 없이 이 책을 추천하게 되었으며, 이 방면의 연구자나 전문가들에게도 일독을 권합니다.

(前) 경희대학교 한방병원 중풍뇌질환센터장

조 기 호

역자 서문

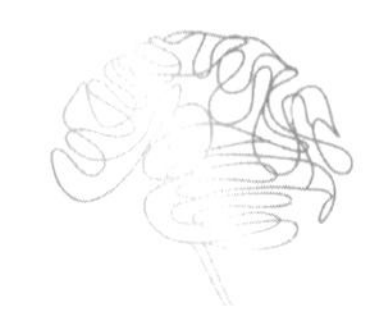

뇌졸중 관련 최신 정보를 검색하던 중 우연히 이 책을 접하게 되었습니다. 뇌졸중에 관한 백 가지 질문에 대해 명료하게 답을 달아놓은 것이 눈에 들어왔습니다. 대화의 형식을 빌리고 있었기 때문에 환자에게도 어느 정도 쉽게 읽힐 수 있을 것 같았습니다.

불현듯 저는 과연 환자의 알고자 하는 욕구를 충분히 채워주고 있었는지 돌아보게 되었습니다. 어려서 두 번의 큰 수술을 겪으며 세심한 의료진에게 느꼈던 따스함을 떠올리며, 현재 아픈 사람을 돌보는 일을 하는 사람으로서 특정 질환에 대한 친절한 안내서가 있으면 좋겠다고 생각하던 참이었습니다.

뇌졸중 환자에게는 좋아지고자 하는 본인의 의지가 가장 중요합니다. 그러나 막상 누군가에게 동기를 불어넣는다는 것은 결코 쉬운 일이 아닙니다. 타인의 뼛속 깊이에서부터 변화를 이끌어내기 위해서는 말보다는 글의 형태가 나은 경우도 있지 않을까 하는 기대감에 이 책을 번역하게 되었습니다. 국내 환자들의 읽는 피로감을 덜어주기 위해 가능한 한 매끄러운 우리말로 옮기려고 노력하였습니다.

이 책은 뇌졸중에 대한 개념에서부터 재활, 최신 치료, 심지어는 경제적 문제까지 망라하고 있습니다. 그러나 결코 뇌졸중이라는 질환에만 국한된 이야기는 아닙니다. 모든 뇌질환, 나아가서 현재 어려움에 처해있으나 더 나은 삶을 살아가고 싶은, 자신의 삶을 재활하고 싶은 모든 사람들을 위한 이야기로 가득 차 있습니다. 모든 삶과 생활은 결국 인간의 의지에서 비롯되고, 의지는 뇌를 통해 만들어지기 때문입니다.

뇌졸중을 앓고 있는 분들께 한 말씀 드리고 싶습니다. 이제는 뇌졸중을 넘어서서 인생에서 진정 중요한 것을 바라보세요. 뇌졸중 '환자'가 아니라 뇌졸중이 왔음에도 살아남은 '생존자'임을 가슴에 새기고 긍정적인 마음으로 임하면 뇌졸중이 오기 전보다 더 행복해질 수 있습니다.

끝으로, 뇌졸중의 한방재활에 대한 세계 최고의 권위자로서 감수를 맡아주신 김성수 교수님과, 풍부한 진료 및 출판 경험을 바탕으로 추천사를 맡아주신 정석희 교수님과 조기호 교수님, 주어진 업무 외에 번역 활동에도 임할 수 있는 환경을 만들어주시고 독려해주신 정원석 과장님, 번역 및 출판 과정 전반에 아낌없는 조언을 주시고 이 책의 우리 말 제목을 붙여주신 권승원 교수님께 감사드립니다. 기꺼이 교정을 맡아주신 김권수님, 박미숙님, 이담경님, 손정화님, 고준혁님, 최다예님께도 감사드립니다. 그리고 항상 큰 힘과 도움을 주시는 경희대학교 한방재활의학과 교수님들 및 의국원들과, 늘 함께 해주는 아내 담경에게 감사의 말을 전합니다.

역자 김 형 석

저자 서문

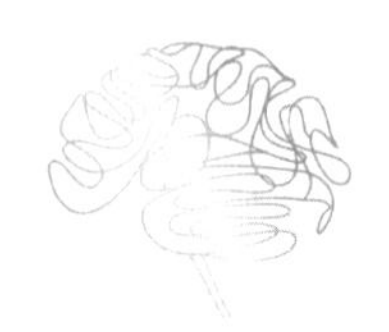

급작스럽게 인생이 바뀌는 순간은 예기치 않게 찾아옵니다. 원치 않는 손님이 갑자기 찾아온 것과도 같죠. 여러분은 별로 내키지 않아 하는, 아직 준비가 되지 않은 주인입니다. 기습당하여 어리둥절한 사이에 곧 새로운 현실이 닥쳐오고, 좋든 싫든 '새로운 정상 상태(new normal)'라는 용어를 받아들여야만 하는 상황이 다가옵니다. 우리 가족도 그런 일을 겪었습니다. 20년 전에 제 동생 데이빗에게 심각한 뇌졸중이 찾아왔을 때, 그 아이는 고작 열 살이었죠.

여러분이 이 책을 읽고 있는 것은 아마도 본인 혹은 주변의 사랑하는 누군가가 뇌졸중을 앓고 있어서겠죠. 그렇다면 여러분 혹은 그 누군가는 이제 '뇌졸중의 생존자(stroke survivor)'입니다. 아마도 저희 가족이 초기에 뇌졸중에 대해 쏟아지는 정보를 접할 때에 느꼈던 혼란스러운 기분에 대해 공감이 갈 것입니다. 병실 안에서 의료진이 쏟아 붓는 말을 완전하게 이해하기는 어렵기 마련이니까요. 특히 뇌졸중으로 언어장애가 동반되었을 경우에는 더욱 그랬을 것입니다.

제가 어머니와 함께 우울한 병원 복도를 걸어 나올 때가 생각납니다. 그때 어머니는 울면서 말하길, 데이빗에게 *실어증*이라는 증상이 있다고 했어요. 겨우 열다섯 살이었던 저는 전에 그 말을 들어본 적이 없었습니다. 제게 있어 이 생소한 말은 동생이 뇌졸중 외에 또 다른 문제를 가지고 있는 것처럼 들렸습니다. 의료진은 '4기 암'같은 말을 할 때와 같은 톤으로 이 단어를 계속해서 사용했습니다.

여러분들처럼 저에게도 가슴 아픈 기억이 있습니다. 어머니는 사실상 병원에서 생활했기 때문에 깨끗한 옷가지가 부족했고, 옷을 사러 백화점에 갔으나 너무 기진맥진한 나머지 새로운 옷을 고르지 못하고 결국 그냥 돌아오는 것을 곁에서 지켜봐야 했습니다. 뭔가가 변화되어 삶이 더 이상 예전 상태로 돌아가지 못할 것임을 깨달았을 때, 제 가슴 속 깊은 곳에서는 어두컴컴한 두려움이 자리 잡고 있었습니다.

이건 저희 가족의 이야기입니다만 여러분도 각자의 경험을 통해 아마 공감할 수 있을 것입니다. 겨울철 하늘에서 내리는 눈송이도 자세히 보면 각기 다른 모양을 가지고 있는 것처럼, 모든 뇌졸중도 각자의 고유함을 가지고 있습니다. 뇌의 각기 다른 부위가 영향을 받아 서로 다른 언어능력, 신체 부위, 행동, 기분에 변화를 일으킵니다. 여러분이 무심코 건네받은 이 무서운 잡동사니들을 담당 의사는 마치 외계어같은 의학 용어와 각종 약어로 짤막하게 얘기해줄 뿐입니다. 그리고 인간의 본능적 특성상 낯설고 잘 모르는 것은 익히 알고 있는 것보다 더 무섭게 느껴지기 마련입니다. 대부분의 전문가들은 10분이 채 되지 않는 촉박한 시간 안에 여러분이 알아야 할 모든 것에 대해 충분하게 설명해줄 수가 없습니다. 게다가 다음 환자도 여러분만큼이나 전문가의 도움을 필요로 합니다. 그렇다고 해서 여러분에게 여전히 더 많은 설명이 필요하다는 사실이 바뀌지는 않는데도요.

분명 여러분이 알아야 할 많은 것들이 존재합니다. 특히 스스로의 존재감을 만들어주기도 하며 모든 판단 및 움직임과 관련이 있는 신체의 핵심 부분을 대할 때 더욱 그렇지요. 그 곳은 바로 두뇌입니다. 제 동생과 어머니가 환자와 보호자로서 배웠던 한 가지 중요한 교훈은 '수동적 자세는 뇌졸중 회복에 있어 아무런 도움도 되지 않는다.'입니다. 스스로를 교육하고, 주변에 질문하고, 항상 최소한의 훈련량은 지키려고 노력하고, 전사(戰士)와 같이 치열하게 싸워야 하는 것입니다.

매일 제 동생은 회복을 위해 싸웠습니다. 물론 무기력, 절망, 슬픔의 순간들도 있었겠죠. 예전 삶을 떠올리며 한탄하고 '새로운 정상 상태'라는 용어를 받아들이는 일은 때로는 가슴이 찢어지는 일처럼 보이기도 했습니다. 동생의 이런 모습을 곁에서 지켜보는 것이 너무나도 고통스러웠기 때문에 저는 일부러 동생을 외면하려 애쓰기도 했습니다. 저는 그저 평범한 고등학생이 되고 싶었으니까요. 하지만 그렇게 되기에는 너무나도 어려운 상황이었습니다. 밤마다 저와 동생은 집과 병원의 각기 다른 침대에 누워있으면서도 서로 같은 꿈을 꾸고 있다는 것을 알았습니다. '다시 정상 상태가 되어 모든 것이 예전 그대로 돌아가면 좋겠다'고요. 여러분은 고통스러운 일이 생기면 어떤 방식으로 대처하나요? 모든 것이 암울하게만 느껴지는 상황 속에서, 세상에는 여전히 좋은 일도 일어날 거라는 믿음을 어떻게 지켜나갈 수 있을까요?

자, 지금 여러분 앞을 가리고 있는 먹구름을 걷어내기 위해 제 동생에 관한 이야기를 한 가지 들려 드리려고 합니다. 데이빗은 최근 새로운 신경과 전문의에게 진료를 보았습니다. 데이빗이 진료실로 걸어 들어갈 때 의사는 동생의 뇌 검사 사진을 보고 있었죠.

그는 "환자 분이 데이빗 다우(David Dow)라고요?!" 라고 말했습니다. "그럴 리가! 걸을 수가 없는 건데!"

그는 그가 목격한 것을 믿을 수 없는 눈치였습니다. 그의 얼굴에는 순수한 경외감이 떠올랐죠. 이 서문 끝에 있는 사진에서 볼 수 있듯 제 동생의 뇌졸중은 아주 크게 왔어요. 그의 뇌 사진을 보면 좌측 뇌 전반에 걸쳐 문제가 있음을 알 수 있을 것입니다.

제 동생은 어떻게 그 적은 확률을 깨고 모든 의사들의 예상을 뛰어넘을 수 있었을까요? 어떻게 의사에게 가능성이라는 것을 몸소 보여주는 사람이 될 수 있었을까요? 바로 한 번에 한 걸음, 한 글자, 한 음절, 한 움직임, 한 치료, 한 도전, 한 날(day)씩 20년을 해왔기 때문입니다. 동생에게 있어 치료는 병원 안에서만 하는 것이 아니었습니다. 모든 뇌졸중 생존자에게 있어서는 삶을 살아가는 매일, 매 순간이 회복을 위한 것이 되니까요.

어두운 하늘은 햇빛에게 자리를 양보할 수밖에 없다고 저는 자신 있게 말할 수 있습니다. 의료진이 애초에 예견했던 것과 달리 데이빗은 현재 요양원에 있지 않습니다. 독립적이고 적극적인 삶을 살고 있죠. 그는 운전도 합니다. 애인도 있습니다. 친구들도 있고요. 여행도 해요. 그러나 불가능해 보였던 목표를 달성하기 위해 제 동생과 저희 가족은 계속해서 최신의 연구 결과를 찾아보고 적용해야 했습니다. 즉, 때로는 주치의 외에 다른 의사들의 의견을 구하기도 했다는 뜻입니다. 더 많은 치료를 받기 위해 보험회사와 분쟁을 겪기도 했다는 뜻이에요. 그러나 아무리 가족이 함께 알아보았을지라도 힘들고, 어렵고, 두려운 회복의 작업, 그 작업을 직접 수행해야만 했던 사람은 바로 데이빗 자신이었습니다.

데이빗의 경우에 수술이 불가능하다는 얘기를 세 명의 의사에게 들은 후, 저희는 미국 내 최고의 신경외과 의사 중 한 명을 찾아갔습니다. 데이빗의 뇌졸중을 일으킨 아주 희귀한 뇌질환에 대해 수술을 시행하지 않는다는 것은, 향후 추가적으로 뇌졸중이 발생해 전혀 움직일 수 없을 정도 혹은 죽음에 이르게 될 수도 있을 것임을 의미했습니다. 그러나 이 뛰어난 외과 의사는 데이빗에게 두 번의 중대하고도 어려운 뇌 재건술을 시행해주었습니다. 이후 아직까지는 뇌졸중이 재발하지 않았고요.

데이빗은 이후 *건측제한 운동치료*를 받았는데, 이것은 멀쩡한 팔을 움직이지 못하도록 구속하여 어쩔 수 없이 환측(患側, 문제가 있는 쪽)으로 생활하게 하는 것을 말합니다. 물론 뇌로부터 충분한 신호를 받지 못하는 환측 손으로 식사를 하려면 훨씬 많은 시간과 노력이 들기 때문에 환자는 좌절감을 느낄 수도 있습니다.

또한, 그림판은 데이빗이 말소리를 전혀 내지 못하던 때에 다른 사람과 의사소통하는 것을 도와주었습니다. 어느새 소리는 말이 되었고, 어구가 되었고, 마침내 문장이 되었습니다.

의사들은 데이빗의 상태가 뇌졸중 발병 후 6개월까지만 회복될 것이라고 얘기했습니다. 그 이후에는 회복에 브레이크가 걸릴 것이라고 했죠. 이것이 1990년대까지 널리 퍼져있던 믿음이었습니다. 불행히도 오늘날까지 여전히 이 얘기를 하는 의사들이 있긴 하지만요. 이 미신에서 빠져나오세요. 희망은 나를 조금 더 나은 곳으로 나아가게 하는 낙관주의의 상태를 만들어내는 반면, 비관은 우울과 나태로 점철된 자기만족의 상태에 빠지게 합니다. 이번 달보다 다음 달에 더 많이 회복되는 것이 가능하고, 올해보다 다음 해에 더 좋아지는 것도 가능합니다. 저희 어머니는 자기주문의 힘을 알고 있었습니다. 병원 침대 위 데이빗 옆에 누워 긍정적인 생각들을 속삭이듯 심어주곤 했습니다. "나는 더 나아지고 있다. 나는 더 강해지고 있다. 나는 회복될 것이다." 어머니의 말은 데이빗의 가슴 속 믿음이 되었고, 믿음은 행동이 되었습니다.

낙관주의는 분명 보상이라는 달콤한 열매를 가져다 줍니다. 오늘날 데이빗은 무대에 올라 뇌졸중 생존자들 앞에서 완벽하게 연설할 수 있습니다. 뇌졸중 발병 후 6개월 시점에는 꿈도 못 꾸었던 일이죠. 저는 줄기세포 치료와 같은 시험적인 치료법이 데이빗의 회복을 다음 단계로 나아가게 해줄 날을 고대하고 있습니다. 하루 빨리 데이빗이 다시 오른손으로 글씨 쓰는 것을 보고 싶거든요. 저는 모든 뇌졸중 생존자들이 현재 진행되고 있는 임상시험의 결실을 맛보게 되길 바랍니다.

그러나 미래에 새로운 치료법이 기다리고 있다 해도, 동시에 우리는 현재의 보건 체계 속에 이미 가지고 있는 기존의 방법을 열심히 유지하면서 앞으로의 변화에 대처해야 합니다. 오늘날의 뇌졸중 생존자들은 제 동생이 수십 년 전에 보험 적용을 받던 시간만큼 많은 치료를 받지는 못할 것입니다. 물론 지금 가능한 만큼의 치료시간만으로도 도움이 되긴 합니다만, 이것만으로는 궁극적인 목표 상태에 도달할 수는 없는 것이죠. 물론 현대에 와서 더 나아진 것들도 있습니다. 과학기술은 건강보험이 중단되더라도 재활을 지속할 수 있게 해주죠. 이 책의 공저자인 메건 서튼(Megan Sutton)은 재활 훈련에서 임상적으로 증명된 언어치료 원칙을 이용하여 태블릿PC나 휴대폰으로 집에서도 활용할 수 있도록 *택터스 테라피(Tactus Therapy)*라는 어플을 만들었습니다. 이 기술이 20년 전에도 가능했다면 데이빗은 큰 도움을 받았겠죠. 지금 제 동생과 어머니는 실어증 후원 조직의 회원들에게 이러한 어플을 강력하게 추천하고 있습니다.

이게 무슨 의미를 가질까요? 병원에서의 물리치료, 작업치료 등이 종료되었을 때에 비로소 진정한 치료가 시작된다는 것을 의미합니다. 이 때부터는 인생 자체가 치료로 작용해야 하는 것이죠.

어떻게 하시겠습니까? 하루 종일 혼자 TV나 보며 지낼 건가요? 절망감으로 자포자기한 채 항복의 수건을 던질 건가요? 아니면, 어제 했던 것보다 몇 발짝 더 내딛기로 결심할 건가요? 언어치료 어플을 15분 더 사용할 건가요? 기존의 친구들에게 연락을 하고 새로운 친구도 만들 건가요? 힘들긴 하겠지만 사람들 앞으로 나가 최선을 다해보겠습니까? 뇌에 있어서는 '사용하지 않으면 그 능력을 잃게 된다'는 원리가 작용하기 때문에 일상의 이러한 결심은 매우 중요하게 작용합니다. 지금 당장, 내 두뇌를 사용할 수 있는 간단한 방법들을 찾아보세요. 내가 하는 대화는 이제 모두 언어치료로 작용합니다. 모든 발걸음은 물리치료가 되고요.

나를 시험에 들게 하는 모든 활동은 이제 치료로써 작용합니다. 뇌는 도전받음으로써 스스로 변호할 수 있는 능력을 갖게 되니까요. 여러분은 이 책 전반에 걸쳐 뇌의 재생 및 재조직의 개념인 **신경가소성(neuroplasticity)**에 대해 지겹도록 듣게 될 것입니다. 과거의 과학자들은 유년기의 초반에 뇌가 성장을 끝낸다고 믿었죠. 하지만 지금 우리는 인간의 두뇌가 적절하게 힘든 자극을 받는 한 전 일생에 걸쳐 새로운 뇌세포를 만들어낼 수 있음을 알고 있어요. 따라서 뇌졸중 생존자들은 보통 뇌졸중 발병 후 수 개월 내에 빠른 회복을 보일 뿐 아니라, 이후 수년 동안 계속해서 좋아지는 게 가능하다는 사실에 귀 기울일 필요가 있습니다. 또한 뇌졸중이 열 살 때 왔든 나이 칠십에 왔든 상관없이, 회복의 다음 단계로 이끌어주는 세포의 재생과 재조직의 기회는 누구에게나 열려 있는 것입니다.

저는 제 동생과 함께 여러분의 길잡이가 되어 드리기 위해 이 책을 쓰게 되었습니다. 혼란스럽고 외로운 것이 어떤 것인지 저희는 잘 알고 있습니다. 궁금한 것들이 엄청나게 많다는 것도 알고 있습니다. 그러므로 이 책의 목표는 여러분께 로드맵을 제공해드리는 데에 있습니다. 이 책은 뇌졸중 회복 분야를 선도하고 있는 전문가들의 최신 지식으로 가득 차있습니다. 이 책을 통해 여러분이 단순히 정보를 얻는 것뿐만 아니라 회복의 가능성에 대한 희망도 품을 수 있게 되기를 바랍니다. 여러분이 가장 필요로 하는 그 순간에 제 동생의 이야기가 한 줄기 믿음을 불어넣어 줄 수 있기를 바랍니다. 이를 통해 다음 단계로 나아가는 최선의 방법이 무엇인지, 무엇을 해야 할지에 대한 지식도 갖출 수 있게 될 것입니다.

저 또한 여러분이 저 깊은 곳 어딘가에 개인적인 목적이나 의미를 지니고 있으면 좋겠습니다. 저 같은 경우 데이빗의 여정을 함께 하면서 측은지심(惻隱之心)을 느끼며 정서가 깊어질 수 있었습니다. 이것이 다른 사람들을 돕고 싶다는 욕구의 형태로 꽃피워질 줄은, 제가 열다섯 살 때인 당시에는 생각지도 못했던 일입니다. 제 동생이 아팠을 때 저희 가족이 머물렀던 곳 중 하나인 '로날드 맥도날드 하우스'에서 제가 파트타임 봉사 활동을 하면서 시작되었습니다. 그 후에는 풀타임 직업으로 전환되었고, 지금 생각건대 그것은 제게 일종의 신의 부름이었던 것 같습니다. 이후 저는 심리학 석사, 박사 학위를 취득했습니다. 그리고 두뇌가 스스로 회복하도록 도와주는 역할을 하는 통합 치료법에 관심을 갖게 되었는데, 이를테면 제가 잘 아는 내과의사가 제 동생에게 매일 복용하도록 했던 오메가쓰리(omega-3) 보충제 같은 것들이 여기에 포함됩니다. 주류 의학에 있던 많은 사람들이 전반적인 건강상태에 대해 오메가쓰리를 엉터리로 여기고 저지방 식단을 강력하게 권하던 때였습니다. 그러나 사실은 생선 기름에 함유되어 있는 지방산은 뇌세포의 구성 요소이고, 신경가소성에 있어 핵심적인 역할을 합니다. 그리고 건강한 지방이 많이 함유된 음식은 저지방 음식보다 두뇌에 더 큰 도움을 줍니다. 이것은 뇌의 회복을 도와주는 많은 방법들 중 한 예에 불과한데, 저는 계속해서 뇌를 변화시키기 위한 정신건강법, 정신약물학에서부터 영양, 운동, 실험적 치료법, *마음 챙김*, 심지어는 깊이 내재된 영적인 것들까지, 최신의 정보를 실천하기 위해 노력하고 있습니다.

제 이전 책인 《뿌연 머릿속 치료하기(The Brain Fog Fix)》의 근간을 이루고 있는 이러한 적극적인 사고의 원칙은, 되돌아보건대 스스로 치유될 수 있는 인간 고유의 능력뿐 아니라 스스로 회복을 하는 두뇌의 놀라운 힘에 대한 개인적인 믿음에서 비롯된 것입니다. 그 책은 직접적으로 뇌졸중 생존자를 위한 것은 아니었지만 책에서 묘사된 많은 원칙들은 뇌졸중 생존자에까지 보편적으로 적용될 수 있습니다. 제가 책에서 추천한, 정상적인 뇌가 계속해서 건강을 유지하게 해주고 치매를 예방하도록 해주는 '업그레이드된 지중해 식단'이 곧 뇌졸중 생존자들의 회복에 도움이 되는 식단입니다. 그리고 인지행동치료는 실연의 상처를 극복하는 데에만 도움을 주는 것은 아닙니다. 이를테면 뇌졸중 생존자가 언어치료가 뜻대로 되지 않아 절망감을 느끼는 날에도 쾌활함을 유지할 수 있도록 해줍니다. 더 나은 뇌를 열망하는 것은 뇌졸중 생존자들에게만 해당되는 얘기가 아닙니다. 우리 모두가 그러하죠. 이 보편적인 욕망 덕에 《뿌연 머릿속 치료하기》가 베스트셀러에 오를 수 있었다고 생각합니다. 저 유명한 '신께서는 한쪽 문을 닫는 동시에 어딘가에 창문을 열어 놓으신다.' 라는 말이 있듯이요. 제게도 새로운 창문이 열렸고, 전혀 생각지 못했던 길로 나아갈 수 있었습니다.

저는 제 동생과 어머니가 뇌졸중 생존자들을 도와주는 비영리단체인 *실어증회복연결(Aphasia Recovery Connection)*을 만들고 그 운영을 인생의 사명으로 삼을 것을 정말 상상조차 하지 못했습니다. 이제 동생과 어머니는 온라인 및 크루즈 강의, 훈련 캠프 등을 통해 뇌졸중 생존자들과 가족들을 만나고 있습니다. 여러분에게 이미 주어진 과일을 가지고 '꿈의 실현'이라는 주스를 만들어내는 것은 의외로 새로운 사람을 알아가거나 소박한 기쁨을 느끼는 것만큼이나 간단할 수도 있습니다. 여러분의 경험은 누군가에게는 가뭄에 단비가 될 수도 있습니다. 이 세상에서 진정으로 중요한 것이 무엇인지를 깨닫는 순간 비로소 여러분은 인생을 제대로 바라볼 수 있게 될 것입니다.

저희가 어떤 방법으로 이 책을 썼는지에 대해 간략하게나마 들려드리고자 합니다. 저와 데이빗은 세계적인 전문가들을 인터뷰하는 것에서부터 시작했습니다. 수 시간의 인터뷰는 생생하고 이해하기 쉬운 매뉴얼로 간추려져 뇌졸중 생존자나 그 주변의 사람들이 이해하기 쉽도록 쓰여졌습니다.

이 책은 뇌졸중 생존자와 가족들이 궁금해 하는 100가지 질문으로 이루어져 있습니다. 데이빗은 실제 뇌졸중 생존자로서 전문가에게 궁금했던 것들을 질문했습니다. 질문들은 기초적인 것에서부터 시작하여 점점 구체적으로 들어가 회복의 다양한 분야에까지 걸쳐 있습니다. 읽는 데에 어려움이 있는 뇌졸중 생존자와 긴 문단의 정보를 이해하는 데에 지친 가족들을 위해서 저희는 각 장의 맨 뒷부분에 쉬운 말로 중요 포인트를 요약해 놓았습니다. 의학 용어는 이탤릭체로 표시하여 더 많은 정보를 찾아볼 수 있도록 하였습니다. 중요 개념은 쉽게 알아볼 수 있도록 진하게 표시하였습니다. 또한, 이 책은 시각이나 독해력에 어려움이 있는 사람들을 위해 오디오북의 형태로도 지원이 가능합니다[1]. 오디오북에서 여러분은 이 여정을 함께하고 있는 저와 데이빗의 목소리를 들을 수 있습니다.

1막에서는 뇌졸중의 개념 및 증상 등의 기초적인 내용을 살펴볼 것입니다. 최고의 의사들이 의학 용어에 대해 설명해주고 앞으로 무슨 일이 발생할 지에 대해 알려줄 것입니다. 2막에서는 최고의 재활 전문가들을 모시고 뇌졸중이 두뇌와 신체에 어떤 영향을 주는지에 대해 알아볼 것입니다. 이 치료사들은 어떻게 하면 치료 효과를 극대화시킬 수 있을지와, 어떻게 보행 능력, 팔과 손의 움직임, 인지, 의사소통 능력을 향상시킬지에 대해 조언해 줄 것입니다. 3막에서는 회복에 대한 전문가의 조언을 계속해서 들어볼 것인데, 신체적 문제보다는 전반적인 인생에 초점이 맞추어져 있습니다. 목표와 동기, 전반적인 건강을 되찾는 것은 여러분이 재활의 과정 중 어디에 있건 일상생활로 복귀하는 데에 도움을 줄 것입니다. 마지막으로 4막은 보호자를 위한 내용으로 구성하였습니다. 저희 전문가들이 뇌졸중 회복 분야의 미래에 대한 식견을 들려줄 것이며, 그로써 미래에 무엇을 기대할 수 있을지 알려줄 것입니다. 책의 맨 뒷부분에는 전문가들의 이력을 찾아볼 수 있도록 정리해 놓았습니다.

책 전반에는 데이빗의 경험담이 실려 있습니다. 이 책의 공동 저자인 메건의 실질적인 팁도 담겨 있습니다. 메건은 재활 분야에서 가장 존경받는

1 아직 한국어로는 출판되지 않았음.

언어치료사 중 한 명으로, *택터스 테라피(Tactus Therapy)* 어플을 만들어 뇌졸중 생존자들에게 도움을 주고 있습니다. 저 또한 책 전반에 걸쳐 회복에 도움을 주는 훈련법이나 조언 등의 전문 지식을 실어 놓았습니다. 이로써 이 책이 뇌졸중 회복에 대한 개론서의 역할을 할 수 있기를 바랍니다.

여러분은 지금 이 책을 병실에서 읽고 있을지도 모르겠습니다. 제 동생과 가족들이 수많은 시간을 보냈던 그 곳에서 말이죠. 혹은 남편이 언어치료를 받는 동안 밖의 대기실에 앉아 읽고 있을지도 모르겠네요. 데이빗의 이야기 속의 무언가가 오늘 여러분의 훈련 태도에 자극을 줄지도 모르고, 혹은 오늘이 처음으로 몇 발자국을 떼거나 손을 좀 더 움직이게 될 날일지도 모르겠습니다. 여하간 여러분은 깨닫게 될 것입니다. 얼마든지 슬퍼할 순 있어도, 포기하지 않겠다는 결심은 오직 나 자신에게 달려있다는 것을요. 심지어 이 세상에 완벽하게 혼자 남겨진 것 같은 기분이 드는 순간에도 마찬가지입니다. 그리고 회복의 여정 중 어디를 지나고 있건, 이 책이 여러분이 혼자가 아니라는 것을 깨닫는 데에 도움을 주길 바랍니다. 여러분이 이 책을 읽음으로써 고장 난 뇌를 회복하기 위해 온 힘을 다하게 되길 바랍니다.

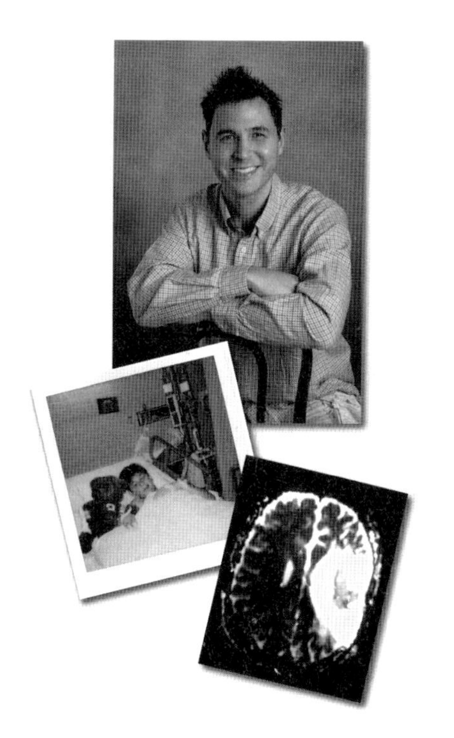

데이빗이 뇌졸중 생존자에게 전하는 메시지

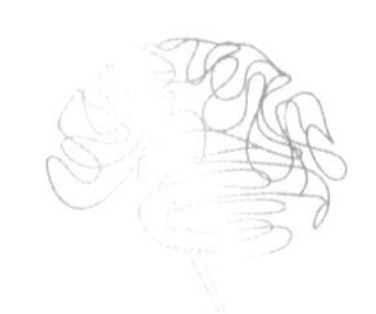

어렸을 때 제 삶은 식은 죽 먹기였습니다. 저는 책 읽기와 축구를 좋아했고, 친구들과 나가 놀기를 좋아했죠. 저는 주일마다 교회에서 종을 치는 것도 즐겼습니다. 그리고 학교 가는 것을 진정으로 즐거워했습니다. 제 인생의 목표는 아버지처럼 의사가 되는 것이었고, 언젠가는 스스로 커다란 가정을 꾸리게 되길 바랐죠. 이 목표를 위해 제대로 된 길을 가고 있는 것처럼 보였습니다. 제 삶이 안 좋은 쪽으로 방향을 틀기 전까지는요.

1994년 크리스마스에, 저는 열 살의 소년이었습니다. 선물 개봉식을 마친 후에 할머니, 할아버지는 형과 저에게 특별 선물이 하나 더 남았다고 말씀하셨습니다. 그리고는 무슨 선물일지에 대한 힌트를 주셨죠. 황금빛의 사자, 에메랄드빛 도시, 그리스의 신들, 멋진 상형문자가 안쪽에 새겨져 있는 큰 피라미드. 형 마이크는 알아맞혔습니다. 그 깜짝 선물은 바로 그 다음 해 봄에 라스베이거스로 가족 여행을 가자는 것이었어요! 저는 정말 설렜습니다. 잊을 수 없는 여행이 될 테니까요. 불행히도 그 짐작은 너무나도 정확하게 맞아떨어졌고, 우리 가족의 삶은 180도 달라졌습니다.

3월이 되었고 저희는 라스베이거스로 떠났습니다. 그랜드캐니언을 등반할 계획이었는데 저에게는 독감 비슷한 증상이 나타나기 시작했어요. 그래서 다른 사람들은 등반을 가고 저와 어머니는 숙소에 머물렀습니다. 그런데 잠에서 깼을 때 저는 더 이상 말을 할 수 없었고, 제 오른쪽이 마치 죽은 물고기처럼 바닥에 질질 끌리고 있는 것을 발견했습니다. 뇌졸중이 왔던 것이죠.

그 이후의 몇 주에 대해서는 별로 기억이 나지 않습니다. 제게 무슨 일이 일어나고 있는 것인지 이해할 수 없었고 사람들이 무슨 얘기를 하는 건지 도무지 알 수 없었습니다. 마치 알아들을 수 없는 언어를 쓰는 나라에 뚝 떨어진 듯한 느낌이었어요. 저는 기계에 연결되어 있었고 팔에는 튜브가 꽂혀 있었으며 사람들은 계속해서 제 몸에 바늘을 찔러대고 있었습니다. 의사들은 여러 검사를 진행한 후에 최종적으로 제게 *모야모야병(Moyamoya disease)*이라고 하는 희귀한 혈관 기형이 있다는 것을 밝혀냈습니다. 그것 때문에 뇌졸중이 온 것이었죠. 이후 저는 거의 3개월 동안 병원 신세를 졌습니다. *전실어증(global aphasia)*이라고 하는 상태가 와서 말을 하거나 알아들을 수 없었고, 몸의 오른쪽 전체를 쓸 수가 없었습니다. 좌측 뇌의 대부분이 손상되었던 것이죠.

한 의사가 부모님에게 와서는 제가 여생을 요양원에서 보내야 할 것이라며 전원을 권했습니다. 저에게 영구적인 장애가 남을 것이기 때문에 요양원에 가는 것이 가족 모두를 위해서 최선의 방법이 될 거라고 했죠. 이 때, 처음 열흘 간 제 곁에 있었던 저희 가족은 각자 직장이나 학교로 복귀해야 했기 때문에 오하이오에 있는 집으로 돌아가야만 했습니다. 하지만 어머니는 가지 않았어요. 병원에서 제 곁을 지켰죠. 저는 어머니와 시간을 보내면서 그녀가 절망감에 싸여 있다는 것을 알게 되었습니다. 도움을 간절히 원하고 있다는 것도요. 그녀는 조언을 구하기 위해 병원 내의 가능한 모든 사람에게 이리 저리 물었으나 분주히 병실을 들락날락하는 의사들로부터 아무런 대답도 얻을 수 없었습니다. 그녀는 한 의사에게 빌다시피 하여, 만약 환자가 가족이라면 어떻게 할 것이냐고 물었습니다. 그는 이런 충고를 해주었습니다. "자극하고, 자극하고, 또 자극하고, ..., 싸우셔야 합니다!"라고요.

그래서 저희는 전사(戰士)가 되었습니다. 물론 쉽지 않은 일이었어요. 저는 다시 걷는 법을 배워야만 했습니다. 다시 말하는 법을 배워야만 했죠. 한 쪽 손만 쓸 수 있었습니다. 언어치료를 통해 언어가 아닌 다른 방식으로 의사소통하는 방법도 배웠습니다. 초기에는 진척이 더뎠어요. 저는 단어판과 그림판을 이용해서 제가 필요한 것을 가리켰습니다. '네'와 '아니오' 같이 간단한 말을 다시 배워야 했습니다. "물 좀 줄까?"와 같은 쉬운 말을 알아듣는 것도 어려웠습니다. 그 후 저는 제가 필요한 것을 표현하기 위해 '음식, 잠, TV' 같은 짤막한 말도 다시 배우기 시작했습니다. 물리치료는 다리 움직임에 도움이 되었고, 휠체어를 타는 것에서 평행봉 사이를 걷는 것으로, 이후 지팡이를 사용하여 걷는 것으로 나아지게 해주었습니다. 작업치료에서는 오른손잡이인 제가 왼손을 이용해 글씨 쓰는 법을 배워야 했습니다. 라스베이거스로의 3일 간의 여행은 3개월의 입원이라는 결과를 안겨주었습니다. 이후 저는 거의 15년 동안이나 계속해서 외래로 재활치료를 받았습니다.

지금까지 카세트테이프를 '빨리 감기'하는 듯한 삶을 살아왔습니다. 저는 이제 걸을 수 있어요. 말할 수도 있고요. 운전도 합니다. 뭔가를 할 수 있는 능력을 많이 가지고 있습니다. 물론 전처럼 쉽지는 않지만 현재 독립적인 삶을 살고 있고 평범하게 살려고 노력하고 있습니다. 저는 여행하기, 영화보기, 팟캐스트(Pod cast) 듣기 같은 것들도 좋아합니다. 물론 회복기간 동안 가끔은 제가 과연 다시 혼자서 세상을 살아갈 수 있게 될지 확신이 서지 않는 때도 있었습니다. 하지만 상태는 점점 좋아졌고, 저는 제 변화에 대해 적응해왔습니다. 편안함을 느끼는 공간을 빠져나오는 것이 저의 회복을 도왔습니다만, 그렇게 하는 것이 항상 쉽지만은 않았습니다. 남들이 저를 오해할 때도 있었습니다. 가끔은 무례하게 구는 사람도 있었죠. 병의 초기에는 실어증 때문에 저를 술에 취했거나 덜 떨어진 사람이라고 생각한 사람들도 있었습니다. 저는 그게 싫었어요.

이제 저는 혼자서도 여행을 다닙니다. 혼자서 돌아다니는 방법을 깨쳤고 여러 나라를 가봤어요. 저의 자립 능력과 복잡한 여행일정을 계획하는 능력이 바로 제 회복의 증거입니다.

오해하지는 마세요. *실서증(失書症, agraphia, 글씨 쓰는 것의 어려움)* 같은 많은 것들이 여전히 제게는 스트레스입니다. 그래서 도움이 될 수 있는 도구를 늘 찾아봅니다. 한 예로, 저는 말을 글로 바꿔주는 소프트웨어를 사용하여 이 서문을 쓰고 있습니다. 문장을 구성하고 편집하는 일이 어렵기 때문에, 그 소프트웨어를 사용해서 말을 다시 들어보아 잘못된 곳을 찾기도 합니다. 글을 잘 읽진 못해도 잘못된 부분을 듣고 알 수는 있으니까요.

저의 손상된 뇌에는 과부하가 걸리는 일이 많기 때문에 저는 잠을 많이 자는 편입니다. 그리고 성한 쪽만 과하게 쓰다 보니 허리를 비롯한 몸의 곳곳에 심한 통증이 있어서 지속적으로 신경을 쓰고 있습니다. 여전히 실어증을 가지고 있는데, 이것은 스트레스 받거나 피곤할 때 더 심해집니다. 하지만 어떠한 장애도 제 삶을 막지는 못합니다. 여러분도 장애가 여러분을 막게 해서는 안 돼요.

뇌졸중 회복의 어떤 단계에 있든, 여러분은 혼자가 아니라는 사실을 잊지 마세요. 저를 비롯한 수백만 명의 사람들이 같은 처지에 있습니다. 절망감도 외로움도 다 느껴봤죠. 두렵기도 하고 절망스럽기도 하고 혼란스럽고 화가 나기도 합니다. 모든 뇌졸중 생존자들은 다 그래요. 하지만 우리 같은 사람들을 '환자'가 아닌 '생존자'라고 부르는 데에는 이유가 있습니다. 저희는 전사(戰士)에요. 희생자가 아니고요.

병원에서 보낸 마지막 날 밤, 주치의는 제게 작별인사를 하며 손목시계를 선물로 주었습니다. 시계의 앞면에는 군인이 그려져 있었어요. 그는 제게 '전사'가 되어야 한다고 했습니다. 저는 제가 전쟁터에 있다는 것을 스스로 상기하기 위해 그 시계를 열심히 차고 다녔습니다. 제가 전사로서 전투계획를 짰듯, 여러분도 마찬가지에요.

이 책은 여러분의 전투를 돕기 위한 것입니다. 이 책을 안내서로 활용하여 힘든 시기를 잘 헤쳐 나가세요. 저희 형과 저는 여러분을 대신해서 뇌졸중 회복 분야의 최고 전문가들에게 질문을 던지고 이야기를 나눴습니다. 이 책에 등장하는 의료 전문가들은 여러분, 즉 뇌졸중 생존자와 가족에게 직접적으로 얘기하는 것입니다. 그러나 금방 사라지고 마는 말과는 달리, 이 조언들은 여러분이 필요한 때에 읽고 또 읽을 수 있도록 페이지마다 잘 기록되어 있습니다. 뇌졸중 회복의 과정은 백 미터 달리기가 아니고 마라톤이에요. 경주의 각 단계마다 각기 다른 전략이 필요한 것이죠.

다행인 것은 제 삶이 여전히 올바른 길로 나아가고 있다는 것입니다. 제가 어렸을 때 상상했던 것과는 사뭇 다른 길이지만요. 제 삶에는 목표가 있어요. 사람들이 희망을 발견하고 가능성을 확인하도록 돕는 것. 이것이 저의 사명이라고 믿어 의심치 않습니다. 지금 저는, 여러분이 잠재력을 최대로 이끌어내고 삶을 즐길 수 있도록 도우려고 합니다. 우리가 이것을 잘 해낼 거라고 마음 깊은 곳에서부터 믿습니다. 함께 하시죠!

회복이라는 것은 하루하루 차근차근 해나가야 하는 것임을 명심하세요. 배울 것도 많고 할 것도 넘칩니다. 압박감이 느껴질 수도 있습니다. 때로는 길을 잃은 것 같은 기분이 들기도 하겠죠.

저는 여러 해를 무기력과 절망 속에서 살았습니다. 그만큼 회복되는 것은 어렵습니다. 하지만 저는 비록 작은 몇 발짝이라도 그것을 계속하면 결국 나아진다는 것을 배웠습니다. 아주 느리게 진행되어 거의 알아차리기 어려울 정도이지만, 분명 변화는 일어나고 있어요. 동시에 저는 마비와 의사소통장애의 '극복'에만 집중하기보다는 이것에 '적응'하는 기술도 배웠습니다.

오늘날 저는 *실어증회복연결(Aphasia Recovery Connection)*의 설립 이사진 멤버로 활동하고 있습니다. 이 단체는 제가 겪었던 것과 같은 언어장애를 가진 사람들을 돕는 비영리단체입니다. 저희는 실어증을 가진 사람들을 위한 세계에서 가장 큰 후원단체를 가지고 있으며, (제가 기획한) 실어증 크루즈 여행도 운영 중이고, 라스베이거스에서는 실어증대학교 훈련캠프도 열고 있습니다.

이 책이 여러분에게 도움이 되길 바랍니다. 자주 메모하세요. 회복을 위해 배우고 작업할 시간표를 짜보세요. 잘 하는 것을 훈련하고, 이를 기반으로 범위를 넓혀가세요. 적극적으로 주변에 도움을 청하세요. 건강한 습관을 만드세요. 새로운 취미생활을 시작해보세요. 여러분이 속한 지역이나 온라인상의 모임에 가입하여 다른 뇌졸중 생존자들을 만나보세요. 그들과 친해지세요. 언젠가는 제가 여러분을 *실어증회복연결* 모임에서 만날지도 모를 일입니다. 만일 뇌졸중 전의 나로 완벽하게 돌아가지 못한다 하더라도(저는 못했습니다만), 자신에게 가능한 최선의 회복을 위해 정진하세요. 그게 여러분에게 어떤 모습이든지요. 여러분도 밝은 희망으로 가득찬 스스로의 이야기를 만들 수 있게 되길 바랍니다.

긍정적인 태도를 잃지 마세요! 제가 해낸 것처럼, 여러분도 해낼 수 있습니다.

마음을 담아,
데이빗

일러두기

1. 진한 글씨는 강조 내용으로, 번역 및 감수 작업을 통해 재편집되었습니다.
2. 이탤릭 글씨는 의학용어, 고유명사, 단체명 등에 사용되었습니다.
3. 본문 중의 주석은 모두 역자에 의해 삽입된 것입니다.
4. 출혈성 뇌졸중은 뇌출혈(腦出血)과 같은 말이며, 허혈성 뇌졸중은 뇌경색(腦梗塞)과 같은 말입니다.
5. 환측(患側)은 마비가 온 쪽을 말하고, 건측(健側)은 증상이 없는 멀쩡한 쪽을 말합니다.

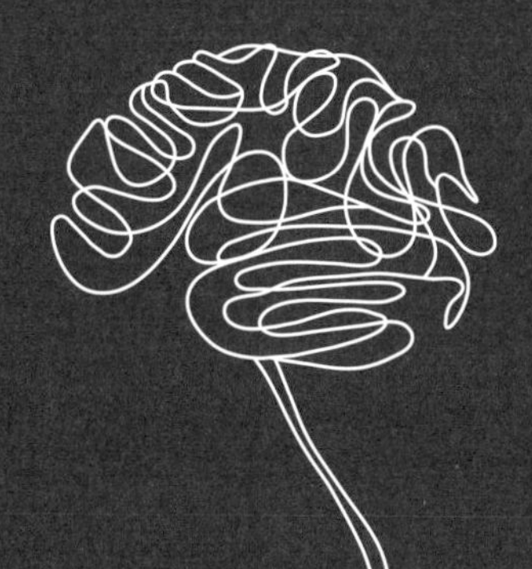

1막

개괄

CHAPTER

뇌졸중 이해하기

누구나 한 번쯤은 뇌졸중에 대해 들어봤을 것이고, 주변에 뇌졸중 생존자가 한 명쯤은 있을 것입니다. 뇌졸중이 무엇인지, 왜 뇌졸중이 발생하는지, 누가 뇌졸중에 걸릴 가능성이 높은지에 대해 정확한 이해를 돕기 위해서 우리는 이 분야 최고의 전문가들을 찾아갔습니다. 엘리엇 로스(Elliot Roth) 박사는 노스웨스턴 대학교 재활의학과의 과장이자 시카고 재활센터 환자회복병원의 병원장입니다. 데이빗 츄(David Chiu) 박사는 신경과 전문의이며, 휴스턴 감리교 병원 뇌졸중 센터의 센터장입니다. 이들은 모두 뇌졸중 치료 분야를 선도하는 병원에서 의사이자 연구자로 활동하고 있으며, 뇌졸중의 증상은 무엇인지, 재발을 막으려면 어떻게 해야 하는지에 대해 설명해줄 것입니다.

1. 뇌졸중이란 무엇인가요?

저자노트 뇌졸중은 뇌의 혈류가 끊어진 것을 말합니다. 몸의 다른 부위들과 마찬가지로, 뇌 역시 세포에 산소와 영양을 공급받기 위한 혈관망을 필요로 합니다. 그런데 이 혈관이 막히거나 손상 받게 되면, 뇌의 일부는 필요한 만큼의 산소를 받지 못하게 됩니다. 뇌세포가 손상되거나 사멸되면, 그

세포가 관여하는 신체부위의 기능이 원활하지 못하게 되어 위약감(힘 빠짐), 마비감 또는 운동이 둔해지는 증상 등이 생깁니다.

뇌가 조직화되는 방식의 특성 때문에 뇌의 한 쪽에 대한 손상은 몸의 반대쪽에 영향을 줍니다(예를 들면, 우측 뇌에 뇌졸중이 발생할 경우 좌측 팔과 다리의 사용에 문제가 생깁니다). 뇌졸중이 발생하면, 뇌의 어느 부위에 얼마만큼의 손상이 얼마나 오랫동안 지속되었는가에 따라 뇌졸중 생존자의 몸과 마음에 각종 증상이 나타납니다. 여기에는 신체적, 인지적, 의사소통적 증상들이 포함되는데, 그 양상은 개개인마다 천차만별입니다.

뇌졸중은 *뇌발작(brain attack)*이나 *뇌혈관질환(cerebrovascular accident, CVA)*이라고도 불립니다. 뇌졸중은 결코 드문 질환이 아니며, 어느 연령대에서나 발병할 수 있습니다. 뇌졸중은 미국 내에서 사망 원인 5위를 차지하고 있고 성인의 장애의 주요 원인이 되며 1년에 약 80만 명의 사람에게 발병하고 있습니다.

"처음 뇌졸중이 발병했을 때 저는 뇌졸중이 뭔지 전혀 몰랐습니다. 누구든 저에게 뇌 그림을 그려주면서 어떻게 좌측 뇌가 우측 몸을 컨트롤하는지 알려주었다면 훨씬 도움이 됐을 거예요. 저는 뇌졸중으로 인해 말을 듣고 이해하는 데에 어려움이 있었기 때문에 영상이나 시각화 자료가 있었다면 더 좋았을 것 같습니다. 저와 같이 이해하는 데에 어려움이 있어 병원에서 두려움을 느꼈다는 뇌졸중 생존자를 많이 만나봤거든요. 이 책이 제가 뇌졸중을 처음 겪었을 때 필요로 하던 정보를 여러분께 제공해드릴 수 있을 거라 생각합니다." - 데이빗

☑ 마이크 박사의 팁

"옛 말에 이르길, '아는 것이 힘이다.'라고 했습니다. 회복을 위한 긴 여정에서의 첫 단계는 바로 머리에서 무슨 일이 일어났는지를 정확히 이해하는 것입니다. 뇌졸중으로 인해 뇌에 무슨 일이 일어났는지를 배움으로써 어떻게 하면 가장 효과적으로 회복될 수 있을지를 알게 될 것입니다."

뇌졸중 이해를 위한 그림

뇌졸중은 움직임, 시야, 기억력, 감각, 의사소통, 음식 섭취, 생각하는 능력 등에 문제를 일으킬 수 있습니다. 일상생활 능력을 다방면에서 손상시킬 수 있는 것입니다. 뇌는 부위마다 특정 기능에 특화되어 있기 때문에, 뇌졸중이 발생하면 그 부위의 기능과 관련된 특징적인 증상을 일으킬 수 있습니다.

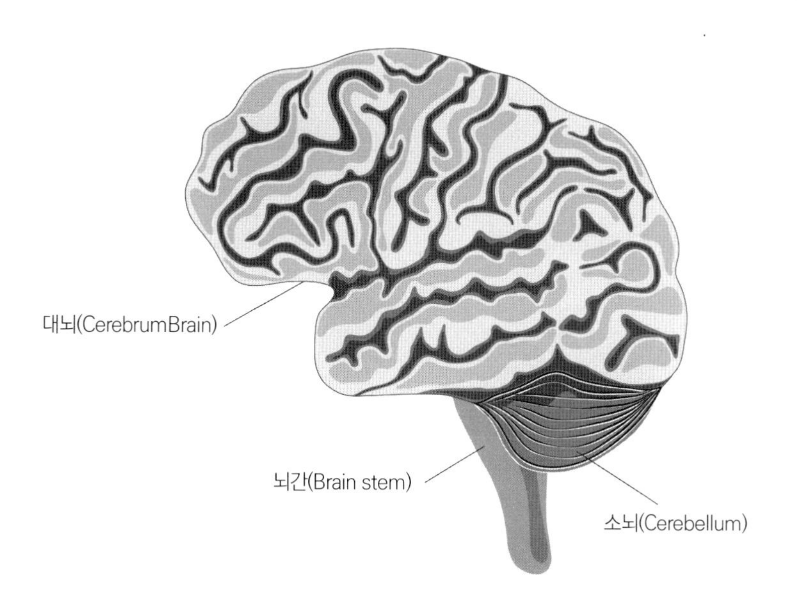

대뇌의 좌반구에 문제가 발생한 경우

- 우측 반신의 소력감이나 감각 문제
- 언어장애
- 분석 능력의 손상

대뇌의 우반구에 문제가 발생한 경우

- 좌측 반신의 소력감이나 감각 문제
- 시각 및 공간 파악의 장애
- 충동적이고 부적절한 행동

소뇌에 문제가 발생한 경우

- 협응 능력 및 균형 감각의 장애
- 어지럼증

뇌간에 문제가 발생한 경우

- 연하(삼킴) 장애
- 시각 장애
- 저하된 각성 상태

2. 뇌졸중의 원인은 무엇인가요?

로스 박사 뇌졸중은 뇌혈관질환으로 인해 발생하는 모든 문제를 말합니다. 혈관의 문제로 발생하는 상태에는 몇 가지 종류가 있습니다. 모든 뇌졸중 중 85%를 차지하는 가장 흔한 형태는 *허혈성 뇌졸중(뇌경색)*입니다. 이것은 뇌로 가는 혈관 혹은 뇌 내의 혈관이 혈전에 의해 막힌 것을 말합니다. 이 때 해당 혈관의 주변부 혹은 그 혈관에 의해 공급을 받는 뇌 조직에 산소, 혈액, 영양 공급이 부족해져 일시적 혹은 영구적 손상을 입게 됩니다.

상대적으로 덜 흔한 뇌졸중의 형태는 *출혈성 뇌졸중(뇌출혈)*으로, 모든 뇌졸중의 15%를 차지합니다. 이것은 혈액이 실제로 혈관 자체를 벗어나 뇌조직으로 스며들고, 뇌조직을 한 쪽으로 밀게 되는 것을 말합니다. 이 경우에는 혈액이 실제로 신경 세포를 밀거나 손상시키기 때문에 신경이 병들게 되는 것입니다. 이 때, 손상된 뇌 부위에 의해 조절되는 모든 기능, 행동, 활동에 장애가 생깁니다.

저자노트 *출혈성 뇌졸중*은 상대적으로 적은 빈도로 발생하지만, 보통은 더 치명적입니다. *출혈성 뇌졸중*은 *허혈성 뇌졸중*보다 두통, 메스꺼움, 발작의 증상을 일으키는 경우가 더 흔하긴 하지만, 뇌 영상 검사를 해야만 이 둘을 정확히 감별할 수 있습니다. *출혈성 뇌졸중*은 *고혈압*이나 *동맥류(aneurysm)*, *동정맥 기형(arteriovenous malformation, AVM)*과 같은 혈관 약화로 인해 발생할 수 있습니다.

3. 어떤 사람에게 뇌졸중이 잘 발생하나요?

로스 박사 저는 뇌졸중의 위험인자를 세 가지의 카테고리로 분류합니다.

첫 번째 카테고리는 수술이나 약물 복용 등의 의학적 방법으로 개선될 수 있는 위험요인입니다. 혈관기형은 수술로 교정할 수 있고, 혈액 및 혈관 상태는 혈전용해제, 아스피린 등을 복용토록 하여 개선시킬 수 있습니다.

두 번째 카테고리는 생활습관의 변화로 개선될 수 있는 위험요인입니다. 여기에는 생활습관을 개선하여 *고혈압, 당뇨, 콜레스테롤*을 관리하거나, 좌식 생활, 흡연, 음주를 피하는 것 등이 포함됩니다.

세 번째 카테고리는 어떠한 방법으로도 개선될 수 없는 위험인자입니다. 예를 들면, 뇌졸중의 가족력이라든지, 뇌졸중을 일으킬 수 있는 유전 인자들(*겸상 적혈구 빈혈증*[2], *파브리병*[3], *카다실*[4] 등)은 뇌졸중의 발병 가능성을 높입니다. 사람들은 이 인자들에 대해 얘기하는 것을 좋아하지만, 실제로 이러한 위험요인을 변화시키는 것은 불가능합니다.

따라서, 생활습관 변화나 약물 복용을 통해서 바꿀 수 있는 위험인자들에 대해 치료 초점을 맞추는 것이 좋습니다.

"저는 모야모야병(Moyamoya disease)을 가지고 있었기 때문에 겨우 10살이라는 어린 나이에 뇌졸중을 앓았습니다. 모야모야병이란 뇌의

---

2 Sickle-cell disease. 낫 모양의 비정상적인 적혈구 모양을 유발시키는 유전자 돌연변이이다. 이러한 적혈구는 쉽게 파괴되어 빈혈, 뇌출혈, 통증, 피로 등을 유발할 수 있다.

3 Fabry disease. 당지질 이상으로 심한 통증, 땀 감소증, 혈관각화종 등의 증상을 나타내는 유전병이다.

4 Cerebral autosomal dominant arteriopathy with subcortical infarcts and leukoencephalopathy (CADASIL). 혈관벽의 미세한 손상을 유발하여 재발성 뇌경색, 편두통, 점진적으로 진행하는 치매를 증상으로 하는 유전병이다.

혈관이 너무 가늘어져서 혈액이 자유롭게 흐르지 못하게 되는 희귀병을 말합니다. 이러한 경우에 뇌졸중을 예방하기 위해서 할 수 있는 것은 없었습니다. 하지만 여러분은 100만 명당 한 명 꼴로 발생하는 이 질환을 가지고 있지 않겠죠. 뇌졸중이 발생하는 것을 막기 위해서 여러분이 할 수 있는 것은 많습니다. 그리고 저와 같이 이미 뇌졸중이 발생한 생존자에게도 재발을 막기 위해 할 수 있는 것은 많이 있습니다." - 데이빗

☑ 마이크 박사의 팁

"저는 항상 제 환자들에게 '감정은 중요한 신호'라고 말하곤 합니다. 이것은 불안감에도 해당이 되는데, 불안감은 우리 삶의 변화를 막거나 촉발하는 힘을 가지고 있습니다. 여러분의 불안감은 무엇을 말해주고 있나요? 뭔가 평소와는 다른 것을 해보라고 부추기고 있나요? 아마 여러분에게 전문가를 찾아가거나, 작년에 목표했었던 그 몸 상태를 갖기 위해 다시 노력하라고 일깨워주고 있을지도 모릅니다. 아마도 여러분에게 더 건강하게 먹거나, 술을 덜 마시거나, 명상을 시작하거나, 운동을 더 하라고 할지도 모르겠네요. 아니면 그 두려움에 대해 누군가에게 얘기해보라고 말할 수도 있습니다. 이렇듯 우리가 불안감을 이용하여 긍정적인 변화를 이끌어낸다면, 앞으로는 불안감을 덜 느끼게 될 수 있는 것입니다."

츄 박사 뇌졸중의 발생률은 남녀 성별에 따라 차이가 있습니다. 여성은 폐경 전까지는 남성보다 뇌졸중의 발생률이 더 낮습니다. 따라서 여성에게 마치 뇌졸중으로부터의 보호 능력이 있는 것 같이 생각될 수 있지만, 폐경이 되고 나면 이러한 남녀 간의 차이는 없어집니다. 좀 더 정확히 말씀드리면, 여성은 남성보다 평균적으로 더 오래 살기 때문에 결과적으로는 여성에게 뇌졸중이 더 많습니다.

뇌졸중의 인구 통계 측면에서 보면, 미국 내에는 '뇌졸중 벨트(stroke belt)'라는 것이 존재합니다. 이것은 미국의 남동부에 걸쳐 있는데, 그 곳에서는 뇌졸중의 발병률이 나머지 지역의 두 배 정도로 매우 높습니다. 이는 익히 알려져 있는 뇌졸중의 위험인자 때문인 것으로 보입니다. 이를테면 식습관의 차이, 고혈압과 당뇨, 흡연의 만연, 일부 인종적 · 민족적 차이 등과 같은 것들이죠.

흑인에게는 뇌졸중의 발병률이 백인의 두 배 정도로 높습니다. 그리고 뇌졸중의 위험인자인 *뇌실질내 죽상동맥경화증(intracranial atherosclerosis, 뇌 동맥이 경화된 상태)*을 포함한 몇몇 질환은 히스패닉과 아시아인에게서 더 많이 발생합니다.

또한 과거 어느 때보다도 젊은 층에서의 뇌졸중 발병이 최근 증가했는데, 이것은 뇌졸중 위험인자의 확산과 관련이 있습니다. 비만, 당뇨병, 약물 남용이 증가될수록 뇌졸중 발병이 증가하게 되는 것입니다. 심지어는 어린이, 유아, 신생아에게도 뇌졸중이 올 수 있습니다. 어린 나이에 발병한 경우 긴 여생 동안 뇌졸중의 증상을 견뎌야 하지만, 그래도 다행인 것은 젊은 층에서는 회복의 원동력인 신경가소성(neuroplasticity)이 매우 뛰어나다는 것입니다.

"뇌졸중을 겪었을 때 저는 어린 아이였습니다. 제 뇌가 성인의 뇌보다 가소성이 좋았기 때문에 다행이었죠. 하지만 동시에 제 뇌졸중은 대다수 성인의 뇌졸중보다 훨씬 안 좋은 부분도 있긴 했습니다. 제가 지금 이렇게 잘 회복된 것은 당시 제 뇌의 가소성이 좋았던 것도 있지만 저에게 세상에 대한 믿음이 있었기 때문이기도 합니다. 어린 아이였기 때문에 저는 사람들이 아프면 곧 낫는 거라고 생각했던 것이죠. 항상 제가 나을 거라고 믿었어요. 뇌졸중이 긴 시간 동안의 장애를 남길 수 있다는 것을 전혀 몰랐어요. 이러한 믿음은 자기충족적 예언이 되었고, 희망을 잃지 않게 해주었어요. 여러분도 제가 가졌던 것과 같은 낙관적인 자세를 가졌으면 좋겠습니다. 앞으로의 회복에 큰 변화를 줄 거예요." - 데이빗

☑ **마이크 박사의 팁**

"우리가 스스로와 세상에 대해 가지고 있는 신념은 우리가 생각하고 느끼고 행동하고 회복되는 방식에 영향을 줍니다. 그 신념은 두뇌를 비롯한 신체 전반에 실질적이고 생물학적인 효과를 가져다줍니다. 여러분이 만약 '내게는 항상 나쁜 일만 생기는 것 같아.'라고 생각하면, 그 순간부터 여러분은 이 말에 대한 증거를 찾게 될 것입니다. 이는 절망을 불러 일으키고, 절망은 스트레스 호르몬의 수치를 높입니다. 스트레스 호르몬은 염증을 일으키고, 염증은 몸이 회복되는 것을 방해합니다. 오늘 하루 아무리 힘들었더라도 바람직한 신념을 가지려고 노력해 보세요. 예를 들면, '지금은 나쁜 일들만 일어나고 있긴 하지만, 여전히 내 인생에 좋은 것들은 많아.'라고 얘기해 보세요. 그리고는 이에 대한 증거를 찾으려고 해 보세요. 그러면 우리가 생각하고 느끼고 행동하고 회복되는 방식을 변화시킬 힘을 갖게 될 겁니다. 스스로에게 영감을 줄 수 있는 신념을 만들어 보세요. 그리고 이 믿음을 매일 떠올려 보세요."

4. 뇌졸중 생존자가 여생 동안 재발을 겪을 확률은 얼마나 되나요?

츄 박사 뇌졸중 재발의 가능성은 처음 겪었던 뇌졸중의 원인이 무엇이었는가와 현재 어떤 뇌졸중 위험인자를 가지고 있는가에 의해 좌우됩니다. 다만, 이미 뇌졸중을 겪었다면 뇌졸중 재발 위험이 높아지는 것은 확실합니다. 전체적인 숫자를 살펴보면 **모든 뇌졸중 생존자의 10퍼센트 정도는 첫 뇌졸중 발병 후 1년 내에 두 번째 뇌졸중을 겪습니다.** 물론 그 위험성은 생존자가 어떤 치료와 예방적 관리를 받느냐에 따라 크게 달라질 수 있습니다.

로스 박사 두 번째 뇌졸중이 발생하는 것은 이미 앓았던 뇌졸중의 종류와 원인에 따라 달라집니다. 예를 들면, *동맥류*와 같은 비정상적 혈관 상태로 인해 출혈성 뇌졸중을 앓았던 사람은 그 *동맥류를 클리핑(Clipping, 동맥류의 입구를 차단하는 방법)*하거나 줄이기 위한 시술을 필요로 할 것입니다. 그렇게 하면 그 사람의 뇌졸중 재발률은 매우 낮아집니다. 하지만 이런 처치를 하지 않는다면 분명 뇌졸중의 재발 가능성은 높아지게 됩니다.

마찬가지로 허혈성 뇌졸중을 앓았던 사람이 고혈압, 당뇨, 흡연, 과도한 음주 등의 위험인자를 지속적으로 갖고 있고 이것들을 고치지 않는다면 이로 인해 뇌졸중 재발률은 높아지겠죠.

저자노트 모든 뇌졸중 생존자의 1/4은 남은 생 동안 적어도 또 한 번의 뇌졸중을 겪게 될 것입니다. 무엇이 첫 번째 뇌졸중을 일으켰는지를 알고 위험인자를 줄임으로써 우리는 재발의 위험성을 현저하게 낮출 수 있습니다. 그러나 뇌졸중 생존자의 1/3에서는 그 원인이 불분명합니다. 이러한 뇌졸중을 *원인불명 뇌졸중(cryptogenic strokes)*이라고 하는데, 이러한 진단은 절망과 두려움을 줄 수 있습니다. 여러분의 주치의는 뇌졸중의 원인을 밝히기 위한 추가적인 검사를 시행하여 뇌졸중 재발의 위험인자를 관리하는 데에 도움을 줄 수도 있습니다.

5. 뇌졸중의 발생(재발)을 막기 위해 우리는 무엇을 할 수 있나요?

츄 박사 몇 십 년 전만 해도 뇌졸중은 거의 치료가 불가능한 것으로 여겨졌습니다. 하지만 이후 의학의 발전을 거쳐 지금은 여러 치명적인 질병 중에서도 예방할 수 있는 여지가 많은 질환이 되었습니다. 뇌졸중 생존자의 재발을 막기 위한 근본적인 원칙은 **위험인자를 적극적으로 관리**해야 한다는 것이죠. 뇌졸중의 위험인자는 많이 알려져 있습니다. 고혈압, 고콜레스테롤혈증, 흡연, 비만 등이죠. 우리가 고칠 수 있는 위험인자를 적극적으로 관리한다면, 뇌졸중 재발의 가능성을 낮추는 데에 큰 효과를 볼 수 있을 것입니다.

적절한 예방 방법에 대해 몇 가지 예를 더 들어보겠습니다.

*심방세동(atrial fibrillation)*은 심장 부정맥(불규칙한 심장박동)의 하나로, 이 질환을 가지고 있는 사람들은 그렇지 않은 사람에 비해 뇌졸중 발병 위험이 5배나 높습니다. 심방세동은 뇌졸중의 *심장색전성(심장에서 혈전이*

만들어져 뇌로 가서 혈관을 막는) 원인 중에 가장 중요하고, 모든 *허혈성 뇌졸중*의 15퍼센트 이상을 차지합니다.

심방세동 환자의 뇌졸중 예방을 위한 매우 효과적인 치료법은 **항응고요법**인데, 이것은 혈액이 응고되는 것을 막아줍니다. 최근 5년의 획기적인 발전 중에 하나가 바로 *심방세동* 환자의 뇌졸중 예방에 일차적으로 사용되던 *쿠마딘(Coumadin, 성분명 warfarin)*을 대체하는 새로운 *경구용 항응고제*가 개발된 것입니다. 여기에는 *엘리퀴스(Eliquis®, 성분명 apixaban), 프라닥사(Pradaxa®, 성분명 dabigatran), 자렐토(Xarelto®, 성분명 rivaroxaban)* 등이 포함되며, 매우 효과가 좋습니다. 복용하는 것만으로도 뇌졸중의 위험을 70~80%나 낮춰주는 약이죠.

뇌졸중의 또 다른 중요한 원인은 목의 *경동맥 협착(carotid stenosis)*으로, 목에서 뇌로 가는 혈류의 주요 통로인 경동맥이 막힌 것을 말합니다. 경동맥에 심한 폐색이 있으면 뇌졸중 발병의 위험이 높아집니다. 일반적으로 *경동맥 협착*이 있는 사람들에게는 *경동맥 재개통술(carotid revascularization)*이라고 하는, 동맥의 길을 열어주는 수술 혹은 시술이 필요합니다. 여기에는 전통적인 수술과 **경동맥 스텐트(carotid stenting)**라고 하는 시술이 있으며, *경동맥 스텐트*는 동맥을 개통하고 뇌졸중을 예방하는 데에 있어 수술과 동등한 효과가 있다고 최근 밝혀진 바 있습니다.

*심방세동*이나 *경동맥 협착*이 없는 환자들의 경우, 보통 *아스피린(aspirin)*이나 *클로피도그렐(clopidogrel)* 같은 약을 복용하여 뇌졸중 예방 효과를 볼 수 있습니다. 이 약을 ***혈전용해제***라고 하며, *허혈성 뇌졸중* 환자들의 뇌졸중 재발 방지에 쓰입니다.

혈압 조절은 아주 중요합니다. 혈압은 뇌졸중 재발에 관여하는 확실한 인자입니다. *고혈압*은 치료 가능한 뇌졸중 위험인자이며, 공중보건의 관점에서 가장 중요한 부분입니다.

특정 종류의 뇌졸중은 *만성 고혈압*의 직접적인 결과로 발생합니다. *뇌실질내 출혈(intracerebral hemorrhages)*은 *출혈성 뇌졸중*의 가장 흔한 형태인데, *고혈압*이 단연코 주요 원인입니다. *고혈압*은 또한 *허혈성 뇌졸중*의

한 종류인 *열공경색(lacunar stroke)*의 주 원인이기도 합니다.

뇌졸중 발병 후에 혈압을 관리할 수 있는 방법은 많습니다. 건강한 음식 섭취하기, 염분 섭취 줄이기, 운동 및 신체활동 왕성하게 하기 등이 있죠. 하지만 이것으로 관리가 어려운 고혈압 환자에게는 약물 복용이 필수적입니다. 우리는 혈압을 그저 적당히 혹은 약간 높게 관리하는 것이 아니라 최적의 상태로 유지하는 것이 얼마나 중요한지를 점점 더 실감해가고 있습니다.

• • • • • •

1장의 주요 포인트

뇌졸중에는 두 가지 종류가 있습니다:

- 가장 많은 비중을 차지하는 것은 *허혈성 뇌졸중*으로, 혈전에 의해 뇌로의 혈액공급이 막혀 발생합니다. 전체의 85%를 차지합니다.
- 나머지는 *출혈성 뇌졸중*에 해당하며, 뇌에서의 출혈에 의해 발생합니다. 전체의 15%를 차지합니다.

누구에게든, 인생의 어느 시기에든 뇌졸중이 발생할 수 있습니다. 그러나 뇌졸중에 대한 위험인자를 더 많이 가지고 있는 사람들이 존재합니다. 이들은 다음과 같은 방법으로 생활습관을 개선하여 위험인자를 관리할 수 있습니다:

- 저염식, 저지방식 섭취하기
- 적절한 체중 유지하기
- 적절한 신체적 활동하기
- 금연하기
- 과도한 음주 제한하기

아래 사항에 대해서는 주치의와 상담하세요:

- 심방세동 치료를 위한 항응고제
- 경동맥 협착 치료를 위한 수술(뇌로 가는 동맥을 확보)
- 혈전용해제
- 혈압약
- 콜레스테롤약
- 당뇨 관리 및 혈당 조절

뇌졸중 생존자에게는 재발의 위험이 있기 때문에 뇌졸중에 대한 예방은 뇌졸중을 앓기 전이나 후나 똑같이 중요합니다. **혈압을 잘 관리하는 것**이 여러분이 할 수 있는 가장 중요한 일입니다.

CHAPTER

뇌졸중에 대한 치료

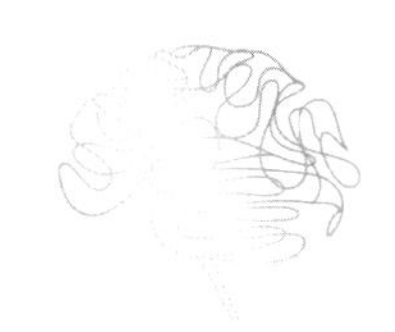

뇌졸중의 원인이 무엇이든, 뇌졸중은 반드시 치료되어야만 하고 치료는 빠를수록 좋습니다. 병원에 도착하면 뇌졸중을 진단하고 치료할 전문 의사와 간호사들을 만나게 되는데, 우리는 이 분야 최고 전문가 두 분을 모시고 대화를 진행하려 합니다. 잔 힝클(Jan Hinkle) 박사는 임상간호 전문가이자 *미국신경과학간호협회*의 회장입니다. 탐 카마이클(Tom Carmichael) 박사는 존경 받는 신경과 전문의이자 신경과학자이며, UCLA 브로드 줄기세포 연구센터의 부센터장입니다. 이들은 츄 박사, 로스 박사와 함께 뇌졸중 발병 직후에 어떤 일들이 일어나는지에 대해 설명해줄 것입니다.

6. 뇌졸중이 발생하면 어떻게 해야 하나요?

힝클 박사 여러분께 *FAST*를 통해 뇌졸중이 왔는지를 알아내고 대처하는 방법을 알려드리겠습니다. *F*는 얼굴(face)을 말합니다. 얼굴 한 쪽에 갑작스런 처짐이 있는지 살피는 것이죠. *A*는 팔(arm)로, 한쪽 팔의 힘이 갑자기 빠지는 것입니다. *S*는 말(speech)로, 말하는 데에 갑자기 문제가 생기는 것입니다. *T*는 시간(time)입니다. 뇌를 위해 즉각적인 대처가 필요하다는 뜻입니다(time is brain). **119에 전화하세요.** 자주 가던 동네 의원에 가는 것이 아니고, 구급차를 불러 가장 가까운 응급실로 가셔야 합니다. 구급차 운전기사는 가장 가까운 뇌졸중 인증 병원이 어디에 있는지를 알고 있습니다.

F = **F**ace drooping (얼굴 처짐)
A = **A**rm weakness (팔 힘 빠짐)
S = **S**peech difficulty (언어장애)
T = **T**ime to call for help (119에 전화할 시간입니다!)

저자노트 뇌졸중이 처음 발생했을 때 사람들은 '몇 분간 누워있거나, 다음날 아침이면 괜찮겠지'라고 생각하며 쉽게 보아 넘기는 경우가 많습니다. 뇌졸중의 증상을 무심코 지나치고 치료를 늦추는 것은 적절한 약물 및 수술 치료를 제공받을 기회를 놓치는 것입니다. 이게 바로 '뇌를 위해 즉각적인 대처가 필요하다(time is brain)'의 의미입니다.

"저는 가족 휴가 중에 뇌졸중을 겪었습니다. 지금 생각해보면 몇 가지 조짐이 있었던 것 같아요. 뇌졸중이 오기 몇 시간 전에 저희 삼촌은 제가 오른손으로 셔츠의 단추를 잠그지 못해서 왼손으로 잠그는 것을 봤다고 하더군요. 저는 그때부터 몸이 어딘가 불편한 걸 느끼기 시작했고, 호텔 안으로 들어가 엄마랑 낮잠을 청했습니다. 잠에서 깼을 때 저는 말을 할 수가 없었어요. 처음에 엄마는 제가 장난치고 있다고 생각했죠. 이후 응급실에 도착했을 때 저는 발작(seizures)도 일으켰어요. 그 때 저는 겨우 열 살이었기 때문에 저나 가족이나 모두 그 조짐에 대해서는 크게 신경 쓰지 않았던 것입니다. 하지만 여러분은 꼭 잘 살피셔야 합니다." - 데이빗

☑ **마이크 박사의 팁**

"뇌졸중은 보통 50세가 넘은 사람들에게 발병합니다. 하지만 최근 젊은 성인의 뇌졸중이 급증하고 있습니다. 제 동생의 경우 치료가 불가능한 드문 뇌질환으로 인해 뇌졸중을 앓았지만, 다른 젊은 사람들은 보통 비만, 고혈압, 당뇨, 흡연 때문에 뇌졸중을 앓습니다. 나이가 몇 살이든 뇌졸중을 막기 위한 좋은 생활습관을 유지하는 한편 뇌졸중의 위험 신호에 대해서도 항상 주시하고 있어야 합니다. 유비무환이니까요."

7. 어느 병원으로 가는지가 중요한가요?

힝클 박사　중요합니다. 최근 20년 동안 미국 내에서 *뇌졸중 관리체계(stroke systems of care)*라는 것을 만들기 위한 움직임이 있었습니다. 이는 통합적인 지역 뇌졸중 기관을 구축하는 것이었죠. 그 기관은 병원과, 구급차로 사람들을 실어 나르는 응급의료서비스 간의 협약을 점검하는 일을 하는 곳입니다. *뇌졸중 관리체계*는 공공기관, 정부기관과의 협약 현황도 확인해주어, 뇌졸중 생존자가 병원 생활 이후에 어디서 재활을 할 것인가에 대한 정보를 얻을 수 있게 해줍니다. 현재 *미국심장협회*와 *미국뇌졸중학회*는 *뇌졸중 관리체계* 하에 미국 내의 병원들을 *급성 뇌졸중 대비 병원(acute stroke-ready hospital, ASRH)*, *일차 뇌졸중 센터(primary stroke center, PSC)*, *종합 뇌졸중 센터(comprehensive stroke center, CSC)*의 세 가지 등급으로 나누어 인증하고 있습니다.

미국 내의 병원 중 1/3 정도는 *일차 뇌졸중 센터*로 인증을 받았는데, 이는 병원 내 응급실에 뇌졸중 생존자를 위한 준비된 프로토콜이 존재하고, 병원 직원 모두가 뇌졸중 생존자가 도착했을 때 해야 할 일을 알고 있다는 것을 뜻합니다. 이 병원들은 다른 병원들과 전원 협약을 체결하였으며, 뇌졸중 관리를 위한 전담 책임자를 두고 있고, 무엇보다도, 뇌졸중 치료를 위한 적절한 약물을 처방할 수 있습니다.

저자노트 선택할 수 있다면 뇌졸중 인증 병원[5]으로 가달라고 하세요. 인증에는 세 가지 등급이 있습니다. *급성 뇌졸중 대비 병원*은 뇌졸중을 진단하고 치료할 능력을 갖추고 있으며, 필요한 경우 생존자를 *일차 뇌졸중 센터*나 *종합 뇌졸중 센터*로 전원시켜줄 수 있습니다. *일차 뇌졸중 센터*는 뇌졸중 관련 시설 및 전문가 인력이 더 많은 곳으로, 미국 내 1,000여 곳의 병원이 이에 포함됩니다. *종합 뇌졸중 센터*는 신경과 환자 전용 중환자실부터, 전문화된 신경외과, 환자 중심의 뇌졸중 연구까지 모든 것을 갖추고 있습니다. 현재 미국에는 100여 곳만의 병원이 이에 등록되어 있습니다.

8. 병원에 가면 어떤 처치를 받게 되나요?

카마이클 박사 대부분의 일반적인 뇌졸중은 응급실 의사나 신경과 전문의의 **신체검진, 그리고 MRI, CT 등의 뇌 영상 검사**를 통해 진단됩니다.

뇌 손상을 최소화하기 위해 뇌졸중의 초기 치료로 시행될 수 있는 것들은 많습니다. 정확한 진단을 위해서 생존자들은 대형 병원의 응급의학과에서 다방면에 걸친 검사를 빠르게 받아볼 수 있고, 만약 되살릴 수 있는 뇌 조직이 존재한다면 막힌 동맥을 열어 다시 그 뇌 조직으로 혈류가 흘러들어가게 하는 **시술**을 받을 수 있습니다.

9. 뇌졸중 발병 후의 즉각적인 치료법에는 어떤 것들이 있나요?

츄 박사 *허혈성 뇌졸중*의 경우 치료를 통해 발병 전의 상태로 원상 복귀시킬 수도 있고, 그렇게까지는 아니라도 손상을 최소화시킬 수 있습니다. 하

---

5 국내의 경우 *대한뇌졸중학회*에서 뇌졸중센터 및 뇌졸중 집중치료실 인증을 주관하고 있으며, 전국에 32곳의 **뇌졸중센터 인증 병원**과 51곳의 **뇌졸중 집중치료실 인증 병원**이 있다. 해당 병원 목록은 다음 사이트에서 확인할 수 있다. http://www.stroke.or.kr/hospital/index1_1.php

지만 이러한 방법은 발병 즉시 시행되어야만 성공적이죠. 이 중 *기계적 혈전 제거술*이라는 치료는 뇌의 동맥까지 카테터를 넣어 혈전을 잡아 꺼내서 해당 뇌 부위의 혈류를 복구하는 방법입니다.

카마이클 박사 **조직 플라스미노겐 활성제(tissue plasminogen activator, tPA)**는 혈전을 녹이는 데에 사용되는 약물입니다. 아마 혈전용해제라고 불리는 걸 들어본 적이 있을 겁니다. 이 약은 1990년대 후반 이후로 *허혈성 뇌졸중* 생존자에게 사용되어오고 있고, 발병 후 빨리 시행될수록 효과가 좋지요. 즉, 생존자를 뇌졸중이 발생한 장소(예를 들면 집의 문 앞)에서 병원으로 빨리 옮겨 이 약을 정맥 내 주사로 빠른 시간 안에 맞힐수록 효과는 더 좋다는 것입니다. 그래서 뇌졸중 전문 의사들은 이 시간을 '문에서 주사바늘까지의 시간(door-to-needle time)'이라고 부릅니다. 대부분의 뇌졸중 집중치료실은 생존자를 빠른 시간 안에 이송하고 이 약제를 주입시키는 것에 주안점을 두고 있습니다. 그러나 발병 후 4시간 반 정도가 지난 이후에 시행되면 득보다는 실이 커집니다. 굳어진 혈관을 풀려다가 오히려 출혈이 발생할 수 있는 것이죠.

10. 뇌졸중 생존자에게 수술이 필요한 때는 언제인가요?

카마이클 박사 몇몇 상황에서는 뇌졸중에 수술이 필요하기도 합니다. *허혈성 뇌졸중* 환자 중 일부에게는 뇌에 부종이 발생할 수 있습니다. 이것을 ***악성 뇌졸중(malignant stroke)***라고 하는데, 뇌의 나머지 부위에서 나온 액체가 급속히 팽창되는 것을 말합니다. 이 때 뇌가 부어도 머리뼈는 늘어날 수 없기 때문에 뇌 자체가 붕괴되는 것입니다. 외과 의사는 머리뼈의 일부를 잘라 제거하고, 부은 뇌가 압박받지 않고 자연스레 팽창되게 하여 부종이 주변의 정상 뇌 조직을 밀어 손상시키는 일이 없도록 조치를 취합니다.

뇌졸중 환자의 15퍼센트를 차지하는 ***뇌출혈***의 경우에도 수술이 필요할 수 있습니다. 고인 혈액을 빼 혈종을 제거하거나 터진 혈관을 재건하여 주변 뇌 조직의 손상을 막는 것이죠.

11. 미니 뇌졸중이라고도 불리는 *일과성 뇌허혈 발작*이란 무엇인가요?

츄 박사 뇌졸중과 비교하자면, **증상은 동일하지만 일시적으로 발생한 것이기 때문에 곧 완전하게 회복되는 것**을 *일과성 뇌허혈 발작(transient ischemic attack, TIA)*이라고 합니다. 몇 분에서 몇 시간 정도 증상을 보이는 것이 일반적이고, 길어도 24시간 이내에는 증상이 완전히 사라지죠.

절대로 *일과성 뇌허혈 발작*의 증상들을 무심코 넘겨서는 안 됩니다. *일과성 뇌허혈 발작*의 증상이 사라진 후에 뇌졸중이 발생할 확률은, 일반적인 뇌졸중이 발생한 후에 뇌졸중이 재발할 확률과 같습니다. 따라서 *일과성 뇌허혈 발작*이 발생하면, 뇌졸중이 발생한 것과 똑같이 즉시 의료기관에 방문해야 합니다. 어떻게 보면 오랜 기간 혹은 영구적인 장애를 남길 수 있는 '진짜 뇌졸중'을 예방하는 기회를 갖는 셈이 되는 것입니다.

12. 뇌졸중 발병 후에 뇌 회복을 도와줄 수 있는 약물이 있나요?

카마이클 박사 불행히도 뇌 회복을 증진시키는 약물은 현재 존재하지 않습니다. 향후 5~10년 후에는 가능할 수도 있겠지만 현재로서는 뇌의 회복력을 높여주는 약은 없어요.

하지만 ***선택적 세로토닌 재흡수 억제제(selective serotonin reuptake inhibitors, SSRIs)***는 몇 가지 역할을 해줄 수 있습니다. *프로작(Prozac®, 성분명은 fluoxetine), 팍실(Paxil®, 성분명은 paroxetine), 졸로프트(Zoloft®, 성분명은 sertraline)* 등의 이름으로 알려져 있는 이 약물들은 원래는 우울증 치료를 위해 개발된 것들이었습니다. 그런데 뇌졸중 후의 우울증을 치료하는 데에도 효과가 입증된 바 있습니다. 뇌졸중 환자의 30퍼센트에서 우울증이 나타나는데, 이 중 일부는 뇌 자체의 손상으로 인해 우울증이 발생하기도 합니다. 이는 뇌졸중이 움직임을 조절하는 회로에 장애를 일으키는 것과 같은 방식으로 감정을 조절하는 회로에도 영향을 줄 수 있기 때문입니다. 따라서 우울증은 그 자체로 뇌졸중의 신경학적 증상일 수가 있는 것인데, 뇌졸중 후 우울증을 앓는 사람들은 회복이 더딘 경향을 보입니다. 따라서 *선택적 세로토닌 재흡수 억제제*를 사용하여 뇌졸중 후 우울증을 치료함으로써 회복을 도울 수 있는 것은 명백한 사실입니다.

한 임상연구에 따르면 뇌졸중 발생 후 처음 90일 이내에 *프로작*을 복용하면 운동능력의 회복이 빨라진다고 합니다. 이것은 *프로작*이 우울증을 조절함으로써 생존자가 재활에 관심을 갖게 하고 더 적극적으로 참여하도록 했기 때문인 것으로 보입니다. 혹은 *프로작*이 직접적으로 회복력 자체를 향상시켰을지도 모릅니다. 따라서 발병 후 몇 주에서 몇 개월 정도의 뇌졸중 초기에는 *선택적 세로토닌 재흡수 억제제*를 복용함으로써 회복력 향상을 기대해볼 수도 있습니다.

그 외에도 *시네메트(Sinemet®, 성분명은 carbidopa levodopa)*같은 *항파킨슨제*나 *리탈린(Ritalin®, 성분명은 methylphenidate)* 같은 흥분제를 사용하여 L-DOPA의 수치를 높이는 것이 뇌졸중 회복에 도움이 될 지도 모른다는 소규모의 증례 보고(case report) 및 임상연구가 있었습니다. 그러나 같은 방식으로 연구를 재현하거나 더 큰 규모의 임상 연구를 진행할 때마다 번번이 입증에 실패한 바 있습니다.

의사는 환자에게 뭐라도 해줘야만 할 것 같다는 생각을 하기 때문에, 결과적으로 이러한 **약들을 너무 많이 복용시키는 것이 문제가 됩니다.** 신경계 재활에서 저희가 보통 하는 것 중에 하나는 생존자들의 약을 끊고 어떤 변화가 있는지 보는 것입니다. 만약 도움이 되는 약이었다면, 약을 끊은 후에 생존자의 증상은 악화될 것입니다. 이 경우 당연히 저희는 약을 다시 복용하게 하죠. 생존자들은 대개 여러 의사를 거치면서 시간이 지날수록 많은 약을 복용하게 되는 경우가 많습니다. 의사는 좋은 의미로 약을 처방하지만 모든 약에는 부작용이 있기 마련입니다. 의학적 근거가 없는 약은 복용하지 않는 것이 좋습니다.

어떤 뇌졸중 생존자가 "뇌졸중 생존자로서 주의해야 할 의학적 상황이 또 뭐가 있을까요?"라고 물었습니다.

츄 박사 운동기능에 문제를 가져오는 반신마비나, 언어장애 같은 분명한 증상들은 스스로가 즉각적으로 알아차릴 수 있습니다. 그러나 ***인지장애***의 경우에는 상황이 진정되고 뇌졸중으로 입원했던 사람이 집으로 돌아온 후에야 명백하게 드러나는 경우가 많습니다.

또 한 가지 조심해야할 것은 ***치매***입니다. 많은 사람들은 *치매*라고 하면 *알츠하이머*를 떠올리는 경우가 많지만, *알츠하이머*에 이어 *치매*의 두 번째로 많은 원인이 바로 뇌졸중입니다. 시간이 갈수록 나아지는 것이 아니라, 점점 악화되는 *인지장애*는 바로 뇌졸중 등으로 인한 *혈관성 치매* 때문일 수 있는 것입니다.

우울증과 같은 기분장애는 뇌졸중 환자의 1/3에서 나타납니다. 이는 나중에야 드러나기 때문에 미리부터 주시하고 있어야 합니다.

발작(seizures)은 뇌졸중 환자의 10퍼센트 정도에서 나타납니다. 뇌졸중 발병 직후에 나타나는 경우도 있고, 수주, 수개월, 심지어는 수년 후에 나타나는 경우도 있습니다. *발작*은 뇌졸중으로 생긴 상처조직이 뇌세포에 비정상적인 전기 발화를 일으켜서 발생됩니다.

로스 박사 뇌졸중 생존자들은 각종 의학적 상황을 겪게 될 확률이 높은데, 특히 뇌졸중 발병 직후에 그렇습니다. 예를 들어 *심부 정맥 혈전증(deep vein thrombosis, DVT, 다리에 혈전이 생긴 것)*이나 *폐 색전증(pulmonary embolisms, PE, 폐에 혈전이 생긴 것)*이라고 하는 ***혈전증(blood clots)***은 매우 심각한 합병증으로 꽤나 흔합니다. 뇌졸중 발병 초기에 60퍼센트의 환자들에게서 *혈전증*이 발생하며, 뇌졸중 발병 후 한 두 달 정도가 지나면 발생률은 급격히 줄어듭니다.

*폐렴*이나 *요로감염* 등의 ***감염***도 꽤나 흔합니다. *혈전증, 감염* 뿐 아니라 **욕창**이나 ***구축(팔다리가 뻣뻣해지는 것)*** 같은 여러 합병증들은 *부동화*에서 비롯됩니다. 활동이 적어지고 움직임이 줄어드는 것이 큰 문제를 일으키는 것이죠.

힝클 박사 다리의 *혈전증*을 예방하기 위해서는 가능한 한 이른 시기부터, 가능한 한 자주 일어서고 움직이는 것이 핵심입니다. *심부 정맥 혈전증*의 위험성이 높은 사람에게 의사는 혈전이 쉽게 만들어지지 않도록 *저용량 헤파린* 같은 *혈전용해제*를 투약하기 위해 환자의 상태를 평가할 것입니다. 만약 한 쪽 다리가 다른 쪽보다 두꺼워 보이고 빨갛고 부어있기까지 하다면, 절대로 마사지해서는 안 되고 즉시 의사에게 알려야 합니다.

멍은 항응고제를 복용하고 있을 경우 더욱 쉽게 나타날 수 있습니다. 항응고제의 가장 큰 합병증은 ***위장관 출혈***입니다. 따라서 대변에 피가 보이거나, 어디서든 이상 출혈이 보인다면 즉시 의사에게 알려야 합니다.

여러분이 복용 중인 모든 새로운 약의 효과와 부작용 등에 대해 의료진에게 적극적으로 문의하세요.

• • • • • •

2장의 주요 포인트

FAST를 통해 뇌졸중을 확인하는 법을 배워보세요:

- **F**ace: 얼굴 한 쪽이 처집니까?
- **A**rms: 양 손을 똑같이 들 수 없나요?
- **S**peech: 분명하고 조리 있게 말하기가 힘든가요?
- **T**ime: 119에 전화할 시간입니다!

가능하다면 뇌졸중 인증 병원으로 가서 최고의 치료를 받으세요. 신경과 전문의는 생존자를 위해 *혈전용해제, 혈전제거술, 수술* 및 다른 치료법 등의 필요한 처치에 대해 판단해줄 것입니다.

즉각적인 의학적 처치 이후에, 직접적으로 회복력을 높여주는 약은 없습니다(우울증 치료약은 도움이 될 수도 있습니다).

*미니 뇌졸중(일과성 뇌허혈 발작)*도 일반적인 뇌졸중과 동일하게 여겨져야 합니다.

뇌졸중 발병 후에 뇌손상, 약물, 비활동성 등으로 인해 발생할 수 있는 다음의 합병증에 대해서 주의해야 합니다:

- *혈전증*
- *멍*
- *위장관 출혈*
- *폐렴*
- *요로감염*
- *욕창*
- *구축*
- *우울증*
- *발작*
- *치매*

CHAPTER

뇌졸중, 앞으로의 전개

뇌졸중은 잠깐 사이에 발생하지만 회복에는 오랜 시간이 걸립니다. 사람의 뇌는 각기 다르고 뇌졸중마다도 특성이 다르기 때문에, 한 사람의 뇌졸중이 어떤 식으로 회복될지를 정확히 예측하는 것은 불가능합니다. 빠르고 완전하게 회복되는 사람이 있는가 하면, 상대적으로 회복이 더딘 사람도 있습니다. 하지만 앞으로 어떻게 전개될 것이고, 어떻게 하면 회복력을 극대화할 수 있는가에 대한 일반적인 과정은 존재합니다. 이 장에서 카마이클 박사와 로스 박사는 임상 현장 및 연구를 통해 뇌졸중 생존자에게서 얻은 전문 지식에 대해 얘기해줄 것입니다.

13. 뇌졸중 회복의 단계는 어떻게 되나요?

카마이클 박사 정확히 경계 짓기는 어렵지만, 뇌졸중의 회복에는 잘 알려진 단계가 존재합니다. 가장 초기를 **초급성기**라고 합니다. 이 단계에서는 뇌졸중과 조직 손상이 수 분 내에 진행되기 때문에, 뇌졸중을 전공한 신경과 전문의는 *혈전*을 제거할 것인지 아니면 다른 치료 방법을 쓸 것인지를 빠르게 판단해야 합니다.

급성기는 뇌졸중 후의 며칠에 해당됩니다. 병원 내의 뇌졸중 집중치료실에서 보내야 하는 기간으로, 이 시기에는 막힌 혈관에 대한 직접적인 치료는 더 이상 시행되지 않습니다. 생존자가 약물치료, *스텐트* 시술 및 그 외 다른 치료를 받았건 받지 않았건 *혈전*은 처음 3일 안에 저절로 뚫립니다. 이 시기의 주요 목표는 생존자의 상태를 안정시키고 뇌졸중의 원인을 밝히며 다음 단계의 회복을 준비하는 것입니다.

다음 단계는 **아급성기**입니다. 뇌졸중 발병 후 5, 6일의 시점에 시작되어 3~6개월 정도 지속됩니다. 회복의 대부분이 이루어지는 시기이며, 이러한 회복은 생존자가 뭘 하든 상관없이 자연적으로 일어납니다. 생존자가 재활병동에 있든 집에서 치료를 받든 전문 요양 시설에 있든 상관없이 모든 생존자들은 이 시기를 거치며 큰 회복을 경험합니다.

3~6개월의 아급성기가 지나면 **만성기**로 접어듭니다. 만성기에는 **회복이 여전히 가능**하긴 하지만 그 속도가 느려지고, 회복이 특정 동작별로 나타나게 됩니다. 아급성기에서의 회복은 걷기, 말하기, 팔 움직이기 등에 걸쳐 전반적으로 나타나지만, 만성기에서는 한 시기에 한 특정 동작에서만 나타나는 경향이 있고, 회복을 얻기 위한 노력도 더 많이 필요합니다.

만성 뇌졸중에서의 회복은 보통 생존자가 정말로 집중하는 한 분야에서만 일어납니다. "난 걸음걸이에 문제가 있으니까 이 부분을 좋아지게 하고 싶어요."라고 말하는 생존자가 있다면 그는 걸음걸이 재활 치료에 집중해야 할 것입니다. 혹은 "팔을 뻗어 뭔가를 쥐는 능력을 정말로 좋아지게 하고 싶다."라고 생각하는 생존자는 치료나 운동을 통해 그 부분에 집중해야 할 것입니다. 이 시기에는 시간도 노력도 더 많이 들긴 하지만 여전히 좋아질 수는 있습니다.

14. 회복되는 데에 얼마나 걸릴까요?

로스 박사 회복의 양상은 개개인마다 차이를 보입니다. 다소 꾸준한 개선을 보이는 사람도 있고, 호전을 보인 후 정체되었다가 또 다시 호전을 보이는 식으로 간헐적인 개선을 보이는 사람도 있습니다. 어떤 사람은 초기에 별 회복을 보이지 않다가 나중에 크게 회복되기도 합니다. 이처럼 회복의 양상은 너무도 다양합니다.

다만 뇌졸중에는 두 가지 종류의 회복이 있다는 것을 반드시 알아야 합니다. 팔, 다리의 근력이 좋아지거나 언어 및 소통 능력이 좋아지는 등의 '장애(impairments)에 대한 회복'이 있고, 팔, 다리의 근력과 언어장애는 그대로라도 걷는 능력, 옷 입기, 스스로 몸 관리하기 같은 일상 과제에 대한 수행 능력이 좋아지는 '기능(function)에 대한 회복'이 있습니다.

예전 교과서를 보면 뇌졸중 회복은 보통 발병 후 **3~6개월** 사이의 특정 시기가 되면 멈추거나 느려진다고 되어 있습니다. 하지만 재활 분야에서 직접 일을 해보면 **그 시기가 훨씬 지난 이후에도 지속적으로 좋아지는** 생존자들을 목격하게 됩니다. 이 때의 회복은 '장애에 대한 회복'인 경우도 있지만 그보다는 독립적으로 생활할 수 있는 능력, 즉 일상 활동에서의 '기능의 회복'인 경우가 더 많습니다.

카마이클 박사 특정 시기가 되면 회복이 멈춘다는 것은 일종의 오해입니다. 불행히도 일부 의사들은 아직도 이렇게 믿고 있어요. 생존자들에게 "이전 의사가 저한테 다시는 팔을 움직일 수 없을 거라고 말했어요."라는 말을 듣는 것은 제겐 고통스러운 일입니다. 그런 의사는 응급 상황만을 경험하고 이후의 상황은 지켜보지 못한 응급실 의사이기 때문에 그렇다고 생각하고 있습니다. 아마도 만성 뇌졸중 생존자의 회복에 대한 경험이 많지 않은 신경과 전문의도 회복에 있어 한계치가 존재한다는 경솔한 말을 할 수 있을 것입니다. 최신의 연구 결과를 접하고 긴 시간 동안의 회복을 직접 목격한 의사를 만난다면, 생존자는 자신이 어디까지 더 좋아질 수 있을지에 대해 좀 더 정확한 아이디어를 얻을 수 있을 것입니다.

완전한 회복은 생존자의 연령과 뇌졸중의 종류에 달려 있습니다. 가벼운 뇌졸중을 겪은 생존자들은 완전하게 회복되겠죠. 심각한 뇌졸중을 앓았어도 생존자가 아주 젊은 경우에는 완전한 회복을 기대할 수 있습니다. 그러나 대부분의 뇌졸중 생존자들처럼 성인이면서 중간 정도의 뇌졸중을 가지고 있는 경우에는 보통은 완전한 회복을 기대하기가 어렵습니다. 하지만 잃었던 활동 능력을 되찾으며 의미 있는 회복을 보이는 것은 충분히 실현 가능한 목표입니다.

15. 뇌졸중 회복에 영향을 주는 것에는 무엇이 있나요?

카마이클 박사 뇌졸중 회복에 큰 영향을 주는 많은 요소들이 존재합니다. 그 중 하나는 **나이**인데, 뇌가 젊을수록 회복이 잘 되고 노화되었을수록 그렇지 못합니다. 두 번째 요소는 **뇌졸중의 부위**입니다. 뇌에서 척수로 내려가는 경로가 손상되었다면 회복력은 상당히 떨어지게 됩니다. 여러분이 생각하는 것만큼 절대적이지는 않지만, **뇌졸중의 크기**도 중요한 영향을 미칩니다. 뇌의 핵심적인 부위를 공격당했는지의 여부가 더 중요하긴 하지만, 만약 같은 부위를 공격당했다면 그 크기가 클수록 회복은 적게 이루어집니다. 그 외에도 **여러 의학적 상태**를 들 수 있는데, 예를 들어 *당뇨병*이 잘 관리되고 있지 않다면 회복에 나쁜 영향을 미치겠죠.

생존자의 전체적인 **동기부여 상태**와 **신체적 활동성의 정도** 또한 회복에 영향을 줍니다. 전 생존자들이 퇴원 후 집에서 생활하면서 점점 소극적으로 변해가는 것을 너무도 많이 봐왔습니다. 안타까운 일이지만 뇌졸중 생존자들의 몸은 특히 활동량 저하에 민감하게 반응하여, 사용하지 않을 경우 전에 회복되었던 기능마저 매우 빠른 속도로 잃게 됩니다. 따라서 급성으로 발생했다가 이후 천천히 회복되는 질환이라는 과거의 관점에서 벗어나 현재는 뇌졸중을 만성적인 진행성 질환으로 보고 있습니다. 실제 많은 뇌졸중 생존자들은 집으로 돌아간 후 소극적으로 생활하다보니, 재활을 통해 초반에 얻었던 회복 상태를 잃게 되고, 결국에는 5년이 지났는데도 뇌졸중 후 3개월 시점보다도 못한 몸 상태를 가지게 되곤 합니다. 이건 대부분 적극적으로 임하지 않았기 때문이에요. 용불용설(用不用說, use it or lose it)이라는 말이 딱 맞죠.

이것은 악순환의 반복일 수 있습니다. 전에 어렵지 않게 해왔던 신체적 활동인데 지금은 더 어렵게 다가오니까요. 그러나 이런 상황에서도 계속 훈련해나가는 것이 이전 어느 때보다도 중요해지는 시기입니다. 진정으로 훌륭한 의료진은 만성 뇌졸중 생존자에게 재활의 의욕을 잃지 않게 하기 위해서 생존자가 재미있어할 만한 활동을 찾아주기도 합니다. 이렇듯 생존자들은 계속적으로 회복되기 위해서 점점 더 많은 노력을 들여야 합니다.

로스 박사 분명 뇌졸중 회복에 영향을 주는 주요 요인은 **뇌졸중 자체**입니다. **뇌졸중의 크기, 위치, 뇌손상의 종류, 염증의 정도, 뇌로의 혈류공급 상태** 등이 여기에 포함되죠. **의학적 안정 상태, 인내심, 치료에 대한 참여**도 같은 다른 요인들도 또한 영향을 줄 수 있습니다.

저는 모든 생존자 및 보호자들에게 '시작이 반이다'라고 말해줍니다. 동기를 가지고 있다는 것, 결심을 한다는 것에는 엄청나게 중요한 의미가 담겨 있는 것이니까요. 이것이 다는 아니지만 의미하는 바는 매우 큰 것이에요. 뇌졸중 회복의 대부분은 환자가 스스로 무엇을, 얼마나 열심히, 얼마나 많은 노력을 쏟아 부어 하느냐에 달려 있습니다.

우리는 재활에서 의료의 '생물심리사회적 모델'이라고 하는 것을 실현시키려고 노력하고 있습니다. 생물학적 요인이 분명 중요하긴 하지만 그게 전체 회복의 과정을 좌우하는 것은 아니니까요. 개개인이 어떻게 임하고, 어떻게 생각하고, 사회적, 심리적, 정신적으로 얼마나 많은 도움이 있는가 하는 것이 회복의 큰 부분을 차지합니다. 지지해주고 격려해주는 가족과 지역사회 기반의 좋은 환경이 있다는 것은 아주 소중한 것입니다.

"생존자 스스로가 긍정적인 마음을 가지고 있는 것이 중요합니다. 아무도 여러분의 회복을 정확히 예측할 수는 없으니까요. 어떤 의사가 저희 어머니에게 말하길, 제가 많이는 회복되지 못할 것 같으니까 요양원에 가는 게 좋겠다고 얘기했습니다. 다행히도 어머니는 그 말을

믿지 않았어요. 저는 수년 동안 천천히, 하지만 꾸준하게 회복되어 갔습니다. 저는 지금 요양원에 있지 않습니다. 여러분도 저처럼 회복하셔서 사람들을 놀라게 하길 바랍니다." - 데이빗

☑ 마이크 박사의 팁

"매일 여러분이 감사할만한 간단하고 구체적인 것 세 가지를 떠올려 보세요. 예를 들어서 오늘 물리치료에서 조금이라도 진전이 있었다면 그 성과에 대해 감사하는 시간을 가져보세요. 만약 오늘 점심 식사로 가장 좋아하는 음식이 나왔다면 감사를 표해 보세요. 이러한 단순한 연습이 기나 긴 회복과정 전반에 걸쳐 긍정적인 마음을 유지할 수 있게 해줄 것입니다. 긍정적인 인생관을 견지하는 것은 엄청난 효과를 불러올 수 있습니다."

16. **신경가소성**이란 무엇이고 뇌졸중 회복에 어떤 방식으로 영향을 주나요?

카마이클 박사 신경가소성은 **뇌의 회로가 새로운 형태로 바뀔 수 있는 특성**을 말합니다. 이러한 뇌의 놀라운 변화 능력 덕분에 뇌졸중 후에도 기능이 회복될 수 있는 것이죠. 우리 모두는 뭔가를 새롭게 기억하거나 뭔가 새로운 것들을 배울 때마다 항상 신경가소성을 사용하고 있는 것입니다. 뇌졸중 생존자의 **살아남은 뇌 조직이 죽은 조직의 일부 기능을 대신할 수 있는 것**이죠.

뇌졸중 회복기 초기의 사람들의 뇌 사진을 찍어보면, 뇌가 활동하고 있긴 하나 비효율적으로 활동하고 있는 것을 알 수 있습니다. 많은 부분들이 활성화되고 있지만, 아직 분명한 패턴이나 네트워크를 이루는 것은 아닙니다. 이후 생존자들이 치료나 *과제 지향적(task-specific) 활동*을 통해 회복되는 법을 배우면 이 네트워크가 훨씬 강하게 활성화되어 회복 네트워크로 변하게 됩니다. 그러면 **뇌는 생존자들이 쏟는 노력을 통해 새로운 네트워크의 신경세포들에게 언어, 움직임, 감각 등 잃었던 기능을 수행하는 법을**

가르쳐 줍니다. 그러나 사실 뇌는 이러한 대안적 네트워크가 만들어지는 것을 싫어합니다. 그렇기 때문에 여러분이 방심하는 순간 다시 원상태로 쉽게 돌아가는 것이죠. 여러분은 이 능력을 다시 얻을 수 있는데, 그러기 위해서는 뇌 회복 네트워크를 활성화시키고 지속하기 위한 계속적인 강화 훈련이 필요합니다.

17. 어떻게 하면 신경가소성을 극대화할 수 있을까요?

카마이클 박사 가소성을 강화시키고 회복을 증진시키기 위한 약이 앞으로 7~10년 후면 처방 가능해질 것 같습니다. 하지만 지금으로서는 무엇보다도 문제가 생긴 기능을 꾸준히 매일 사용하는 것에 주안점을 두어야 합니다. 물론 힘들겠지만 **제대로 작동하지 않는 기능을 사용하는 것에 시간과 노력을 다해야 합니다.**

☑ 신경가소성 극대화를 위한 10가지 원칙

최선의 뇌졸중 치료를 위해서는 신경가소성의 원리를 활용할 줄 알아야 하는데, 이것은 반복적이고 긍정적인 경험을 통해 뇌에서 새로운 경로를 구축하고 강화함으로써 가능해집니다. 신경가소성을 극대화하기 위한 10가지 원칙을 아래와 같이 소개합니다.

1. **용불용설1** - 훈련하지 않는 기능은 약화됩니다.

2. **용불용설2** - 훈련하는 기능은 강화됩니다.

3. **특이성** - 좋아지고 싶은 동작이 있다면, 숙련될 때까지 해당 동작을 직접적으로 훈련해야 합니다.

4. **반복의 중요성** - 특정 동작을 제대로 할 수 있게 된 후에도 이것을 계속해서 반복해야 실질적으로 뇌를 변화시킬 수 있습니다.

5. **훈련 강도의 중요성** - 새로운 뇌의 연결고리를 만들어내기 위해서는 이전보다 더 짧은 시간 안에 더 여러 번 반복하는 등 강도를 높여 훈련해야 합니다.

6. **재활 시작 시점의 중요성** - 신경가소성은 일회성의 사건이라기보다는 각 시기에 각 기능의 회복을 위한 기회의 문이 열려 있는 일종의 과정과도 같습니다. 재활 영역에서는 빨리 시작하는 것이 늦게 시작하는 것보다 결과가 좋습니다.

7. **각별함의 중요성** - 훈련하고 있는 동작이 생존자 본인에게 어떤 의미나 관련성, 중요성을 담고 있어야만 뇌에 변화를 일으킬 수 있습니다.

8. **나이의 중요성** - 뇌가 젊을수록 더 빠른 변화를 보입니다. 하지만 어느 연령에서든 좋아질 수는 있습니다.

9. **전이** - 한 가지 동작을 훈련하는 것은 이와 관련된 다른 동작도 좋아지게 할 수 있습니다.

10. **방해** - 뭔가를 하기 위해 더 쉬운 방법을 먼저 배우면(예를 들어 나쁜 습관이나 보상[6] 등), 이후 정확한 방법을 배우기가 어려워집니다.

새로운 기술을 배울 때에도 그렇고 잃었던 기술을 다시 배울 때에도 마찬가지입니다. 더 나아지고 싶은 구체적인 동작을 직접적으로 훈련해야 하는 것은 확실합니다. 쉬운 방법이란 존재하지 않습니다.

"처음에는 오른쪽 팔 다리를 전혀 움직일 수 없었고, 회복 과정은 더뎠습니다. 그러나 지금은 다리 보조기 없이도 걷거나 뛸 수 있죠. 지금도 여전히 오른손으로는 물건을 집거나 글씨를 쓸 수 없지만 밥 먹을 때 냅킨 쥐는 정도는 할 수 있습니다. 치료를 통해 오른쪽 어깨와 상완(위팔)을 조금 더 움직일 수 있게 되었고요.[6] 치료 과정이 고되었기 때문에 제 몸 상태 자체에 대해 무척 화가 날 때도 있었어요. 하지

---

6 예를 들어 뇌졸중 생존자가 걷는 연습을 할 때 마비된 쪽의 발목을 잘 들지 못하면 다리 전체를 바깥으로 빙 둘러 걷는 회선보행이라고 하는 보상을 보이게 된다.

만 고통 없이는 아무것도 얻을 수 없다는 것을 스스로 되뇌어야만 합니다. 스스로 헤쳐 나가야만 해요. 마지막에 맛볼 열매가 얼마나 달콤할지에 대해서만 집중하세요." - 데이빗

☑ 마이크 박사의 팁

"저는 영원히 지속되는 착각을 '함정에 빠진 사고패턴'이라고 부릅니다. 우리가 좌절하거나 슬퍼하면 뇌에서는 *기분 일치 회상(mood-congruent recall)*이 발동되어 이 감정과 관련된 과거의 기억들이 떠오르게 됩니다. 슬플 때는 뇌에서 모든 슬픈 기억들이 떠오르게 되고, 내가 항상 슬펐다는 착각이 만들어집니다. 나는 항상 슬퍼해왔던 것처럼 느끼게 되는 것이죠. 바로 영원히 지속되는 착각 속에 빠지게 되는 것입니다. 인생에서 절대로 끝나지 않을 것 같았지만 결국은 해결이 되었던 힘든 시기를 떠올려 봄으로써 착각을 떨쳐내 보세요. 그렇게 하면 '논리적인 나'가 '감정적인 나'를 설득할 수 있는 몇 가지 근거가 생길 것입니다. '우리는 이전의 힘든 시기도 잘 견뎌냈어. 이번에도 잘할 수 있을 거야. 상황은 좋아질 거야'라고 말해보세요."

18. 뇌졸중이 오면 가족으로서 무엇을 해야 할까요?

카마이클 박사 내 가족에게 뇌졸중이 발생하면 모든 가족 구성원들은 큰 긴장 속에 놓이게 됩니다. 그리고 가족들의 감정은 점점 고조되죠. 가족 구성원마다 이 상황을 이해하는 정도는 다양할 수 있습니다. 뇌졸중 후에 상황이 빠르게 전개되기 때문에 각종 오해나 반신반의, 큰 불안감이 나타나기도 합니다. 이 때에는 한 사람의 주도 하에 **가족 내 의사소통 체계를 구축하는 것**이 좋습니다. 그러면 의료진은 그 주도자에게만 중요 사항을 전달하면 되므로, 각 가족 구성원이 조금씩 다르게 이야기를 전해 들어 오해가 생기거나 하는 일 없이, 의료진과 보호자 간의 매끄러운 의사소통이 가능해질 것입니다. 또한, 응급상황일 때 의료진에게 가족의 입장을 정확하고 빠르게 전달할 수 있어 신속하게 대처받을 수 있습니다.

로스 박사 저희는 가족 구성원들도 치료를 위한 주요 팀원이라고 생각하고 있습니다. 가족 구성원들은 생존자에게 굳건한 **감정적 버팀목**이 되어줄 수 있습니다. 때로는 옆에 그저 있어 줌으로써, 때로는 들어줌으로써, 때로는 격려하고, 밀어주고, 강요하고, 어르는 사람이 됨으로써 생존자에게 동기를 부여할 수 있는 것이죠.

가족은 **신체적인 도움**을 주기도 합니다. 저희는 항상 가족에게 생존자를 운동시키는 법, 침대에서 오르내리는 법, 휠체어를 미는 법, 화장실 가는 것을 보조하는 법 등을 가르칩니다. 이러한 간병자의 훈련은 생존자의 치료 과정에 있어 주요 요소가 됩니다.

저희의 역할은 생존자 뿐 아니라 가족에게도 교육 및 감정적 지지를 제공하여, 뇌졸중 생존자의 재활상태를 최대로 끌어올리기 위해 그들이 할 수 있는 모든 것들을 도와주는 것입니다. 뇌졸중은 생존자 본인에게만 발생하는 것이 아니라 가족에게도 발생하는 것입니다. 생존자 본인과 가족, 의료진은 생존자의 회복의 극대화라는 공동의 목표를 향해 한 팀으로 일해야 합니다.

☑ 뇌졸중 회복을 위한 팀의 구성

병원에서 의료진에 의사와 간호사가 포함된다는 것은 널리 알려져 있지만, 실은 이보다 훨씬 많은 직군들이 의료진에 포함되어 있습니다. 우리는 이미 세 부류의 전문가들을 만났습니다.

- **신경과 전문의**: 뇌를 정확히 이해하고 있으며, 뇌졸중을 진단하고 최선의 치료를 결정할 수 있는 의사

- **재활의학과 전문의**: 뇌졸중과 같은 신체적 장애 질환을 위한 재활치료를 전공하고, 일상 기능의 회복을 가장 중요하게 생각하는 의사

- **간호사**: 병원에서 뇌졸중 환자를 평가, 치료, 교육, 보조하고, 케어를 제공하기 위해 매일 24시간 상주하는 의료 종사자

우리는 병원에서 이들 외의 다른 의료 전문가들도 만납니다. 이들은 각자의 전공지식과 기술을 통해 고유의 역할을 수행하고 있습니다.

- **물리치료사**: 신체의 근력과 움직임을 다시 회복하도록 도와줍니다.
- **작업치료사**: 일상적인 활동을 다시 수행하도록 도와줍니다.
- **언어병리학자**: 의사소통과 연하(삼킴)기능을 도와줍니다.
- **레크리에이션 치료사**: 레크리에이션을 통해 욕구를 만족시켜주고 강점을 극대화시켜줍니다.
- **음악치료사**: 음악의 힘을 통해 기능을 극대화시켜줍니다.
- **사회복지사**: 여러분이 속한 지역사회에서 물품 및 비용을 지원해주거나 그 방법을 안내해 줍니다.
- **심리치료사**: 뇌졸중 후의 생활에 적응하도록 도움을 주고, 인지 기능을 평가합니다.
- **영양사**: 회복을 위한 영양소가 포함된 건강한 식단을 섭취할 수 있도록 확인합니다.
- **약사**: 복용할 약을 관리하고, 약의 상호작용과 부작용을 점검합니다.

그 외에도 다양한 직군이 있습니다.

다음 장에서는, 여러분의 회복에 이들 전문가들이 어떤 도움을 줄 수 있는지 살펴보겠습니다. 하지만 **뇌졸중 회복을 위한 팀의 가장 중요한 팀원은 생존자 스스로와 가족이라는 것을 명심하세요.** 여러분의 뇌졸중이고, 여러분의 인생이고, 여러분의 회복입니다.

3장의 주요 포인트

뇌졸중마다 다르긴 하지만, **과제 지향적(task-specific)** 목표를 세우고 열심히 노력하면 처음 몇 달이 지난 후에도 계속해서 기능이 좋아질 수 있습니다. 뇌졸중의 크기나 위치, 신체 나이 등은 바꿀 수 없지만, 동기부여, 의지력, 활동력은 배양하여 회복을 극대화할 수 있습니다.

신경가소성은 여러분의 손에 달렸습니다. 사용하지 않으면 잃게 되나, 사용하면 더 좋아지게 됩니다. 뇌에 변화를 주기 위한 회복 과정은 수많은 반복이 필요한 힘든 일입니다. 가족들은 의료진의 대화에 주도적으로 참여할 구성원을 한 명 정해서 그가 가족들에게 주요 사항들을 전달할 수 있도록 하는 것이 좋습니다. 또한 가족들은 생존자를 감정적으로 지지하고 신체적으로 도와줄 수 있습니다.

2막

치료

CHAPTER

움직임 회복하기

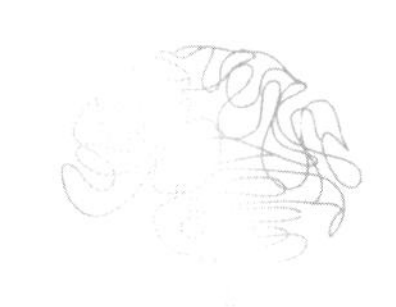

일반적으로 뇌졸중에서 나타날 수 있는 가장 눈에 띄는 증상은 몸의 한쪽 부분에 나타나는 *마비*나 *힘 빠짐*입니다. 이것을 *반신마비(hemiplegia, 몸의 반이 완전히 마비된 것)*나 *반신불완전마비(hemiparesis, 몸의 반이 약화된 것)*라고 하며, 이로 인해 걷기부터 심지어는 일어서는 것조차 힘들어질 수 있습니다. 마비되거나 약화된 쪽을 환측(患側)이라고 합니다(한 쪽 뇌는 반대쪽 몸을 지배하는데, 의료진이 '우측 뇌졸중'이라고 하는 것은 뇌의 우측 반구에 뇌혈관 질환이 생겼다는 것을 말하고 이 때 증상은 신체의 좌측에 생기게 됩니다). 몸의 힘과 조절 능력을 강화시키는 것은 뇌졸중 발병 후 재활에 있어 최우선 과제입니다. 미셸 플라우먼(Michelle Ploughman) 박사는 신경계 물리치료사이자 최고의 신경계 재활 연구자로서 여러분이 어떻게 하면 신체 회복과 움직임을 극대화할 수 있는지에 대한 전문 지식을 전해줄 것입니다.

19. 뇌졸중으로 인해 발생할 수 있는 신체적 증상에는 어떤 것들이 있나요?

플라우먼 박사 뇌졸중의 증상은 사람에 따라 매우 다양하게 나타납니다. 이는 뇌의 좌우 어느 쪽에 어떤 부분이 침범 받았는지에 따라 결정되죠. 가장 흔한 증상은 *마비*로 인해 **환측의 팔, 다리를 움직일 수 없게 되는 것**입니다.

사람들은 **경직(spasticity)**을 겪기도 하는데, 이것은 근육이 지나치게 활성화되는 것을 말합니다. 뇌가 근육을 완전하게 통제하지 못하게 때문에 발생하는 것이죠. *경련(spasm)*과 근육 단축이 함께 일어나는 매우 고통스러운 증상입니다.

*마비*나 힘 빠짐과 함께 **감각 소실**도 나타날 수 있습니다. 손이나 발이 먹먹하거나 따끔거리고 팔과 다리의 위치 감각[7]도 떨어지게 되죠.

20. 물리치료는 뇌졸중 생존자에게 어떤 도움을 줄 수 있나요?

플라우먼 박사 뇌졸중이 발병하면 뇌는 염증기를 거친 후 저절로 회복됩니다. 이것을 *자발적 회복(spontaneous recovery)*이라고 부릅니다. 뇌의 염증이 가라앉으면 다시 환측에서 움직임이 나타나기 시작합니다. *자발적 회복*은 보통 몸의 중심 부분에서부터 일어나기 때문에 몸통이나 엉덩관절 부분의 움직임이 먼저 회복되는 것이죠. 그 이후에 무릎이나 팔꿈치같이 중심으로부터 먼 곳의 관절도 움직임이 원활해지게 됩니다.

물리치료사는 크게 두 가지 역할을 합니다. **첫 번째는, 뇌졸중 생존자가 환측을 최대한 정상적으로 사용할 수 있게 도와주어 자발적 회복력을 높이는 역할을 합니다.** 이것은 생각만큼 쉽지는 않습니다. 인간에게는 최적화의 성질이 있기 때문에, 우리는 이미 가지고 있는 능력 안에서 최대한 성공적으로 움직이려고 하게 되어 있습니다. 그래서 뇌졸중이 오면, 건강한 쪽을 많이 쓰고 환측은 적게 쓰게 되는 것이죠. 물리치료사는 자발적 회복이 일어나는 동안 움직임의 대칭성을 높여주고 의식적으로 환측을 쓰게끔 노력합니다.

---

7 고유 감각(proprioception)이라고 하는 것으로, 이를테면 눈을 감은 상태에서도 자신의 손이 어디에 위치하는지를 알 수 있는 능력이다.

물리치료사의 **두 번째 역할은 약화된 근육을 강화시켜 주는 것입니다**. 근육은 결국 회복되긴 하겠지만, 현재 약화되어 있기 때문에 강화시킬 필요가 있는 것입니다. 근육은 적절한 때에 활성화되고 적절한 때에 비활성화되는 민첩성과 협응력을 갖추어야 합니다. 침대에 누워 몸 틀기, 앉은 자세에서 일어나기, 걷기, 계단 오르기 같은 기능적인 일들을 수행하고 움직이는 것은 물론 균형 잡기도 다시 배워야 합니다. 우리 머릿속에 저장되어 있던 모든 *움직임 프로그램*들이 뇌졸중으로 인해 망가졌기 때문에 다시 배워야 하는 것입니다.

저자노트 각종 치료요법 외에도 의사는 *보톡스(botox)*를 주사하여 *경직*을 푸는 데에 도움을 줄 수도 있습니다. *보톡스*는 얼굴의 주름을 없앨 때에도 사용되는 약으로, *근이완제*를 복용할 때에 생길 수 있는 졸음의 부작용 없이 뭉친 근육을 풀어줄 수 있습니다. *보톡스*는 근육이 뭉쳐 통증을 일으키고 있는 부위에 직접적으로 주입됩니다.

21. 운동은 뇌졸중 회복에 어떤 도움을 줄 수 있나요?

플라우먼 박사 운동은 뇌졸중 회복의 기본입니다. 꼭 필요하죠. 운동마다 그 내용과 방법이 다양하기 때문에 다양한 형태의 운동법을 숙지하고 있어야 합니다. 신경계 재활에는 크게 세 가지 형태의 운동법이 있습니다.

첫 번째는 집중적인 과제 훈련(intensive task practice)입니다. 먼저, 주안점을 두고 싶은 일상 과제를 선택합니다. 예를 들면 펜이나 컵을 잡는 과제를 선택한 후에, 그 움직임을 과정별로 나누어보고 각 과정을 수천 번 연습하는 겁니다. 그러고 나서는 그 동작을 한 번에 이어서 해봅니다.

두 번째는 약해진 근육을 강화하는 운동입니다. 몸을 지탱할 근력이 생기도록 근육운동을 하십시오.

세 번째 형태는 유산소 운동입니다. 뇌졸중 생존자는 *기능적 용량(func-*

*tional capacity)*이 작기 때문에 일상생활에도 쉽게 피로를 느낍니다. *기능적 용량*을 키워 먼 거리를 걷기 위해서는 유산소 운동이 필요합니다. 예를 들어 큰 주차장을 가로질러 가기 위해서 말이에요.

뇌졸중이 오면 신체적 능력이 떨어져 전처럼 왕성하게 활동할 수 없기 때문에 유산소적 건강 능력이 저하됩니다. 이 상태에서는 어떤 동작을 하든 쉽게 피로를 느끼니까 덜 하게 되고, 결국 악순환의 고리에 빠지는 것이죠. 유산소적 건강에 신경을 많이 써야 합니다. 그렇게 하면 **활동할 수 있는 능력은 커지고 피로감은 줄어서 결과적으로 더 많은 일을 할 수 있게 될 것입니다.**

어떤 뇌졸중 생존자가 "저는 현재 휠체어를 타고 있습니다. 어떻게 운동할 수 있을까요?"라고 물었습니다.

플라우먼 박사 휠체어에 탄 채로 운동을 한다는 건 정말 힘든 일이죠. 몸통이 휠체어에 고정되어 있기 때문에 일반적인 의자에 앉아 있는 것만큼 쉽게 움직일 수 없기 때문입니다. **휠체어를 쓰고 계신 분은 발판을 제거하거나 옆으로 제껴 놓고 발로 바닥을 밀어 휠체어를 앞뒤로 움직일 수 있을 겁니다.** 이 방법을 통해 다리의 협응 능력과 움직임을 개선해 보세요. 이를 평평한 바닥에서 시행할 경우 박자 감각과 협응 능력이 좋아져 걷기에 도움이 됩니다. 비탈길에서 시행할 경우에는 다리의 근력이 강화되고 복부와 등 근육도 단련됩니다. 하지만 가능하면 휠체어에서 벗어나 일반 의자나 운동기구를 이용하는 게 더 좋습니다.

저자노트 걷기, 달리기 및 각종 스포츠 등 심박 수를 높이는 방법 외에도 유산소 운동을 실천할 수 있는 방법은 많습니다. 실내에서 가능한 **팔 자전거(arm ergometer) 및 다리 자전거(leg ergometer) 또는 자전거 운동기구**

(stationary bike)를 탄다든가, 수영, 물속에서 걷기, 의자 에어로빅(수업이나 비디오강의 등이 있음) 등을 해볼 수도 있습니다. 이를 통해 힘과 움직임이 회복되면 계단 오르기, 노 젓기, 춤추기, 싸이클링 같은 활동들을 추가적으로 해볼 수 있습니다. 누워서 타는 세발자전거는 실외 운동을 좋아하는 뇌졸중 생존자들 사이에서 인기가 많습니다.

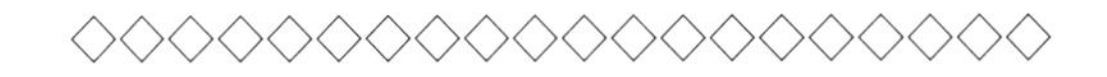

22. 걷기 재활을 위해 뇌졸중 생존자는 집에서 어떻게 훈련할 수 있을까요?

플라우먼 박사 연구에 의하면 걷는 기능을 좋아지게 하는 최고의 방법은 바로 걷는 것입니다. 이 이론은 *과제 지향적 훈련(task-specific training)*이라고 하는 것으로, 뇌는 특정 과제를 위한 움직임 프로그램을 가지고 있는데, 이 프로그램에 접근하여 단련시키기 위해서는 **나아지고자 하는 특정 과제를 직접적으로 훈련해야** 한다는 것이죠. 한 예로, 거리로 나가 걷기 연습을 하는 것이 러닝머신 위에서 하는 것보다 더 효과적임이 연구를 통해 밝혀졌는데, 내 몸이 과거의 경험을 기억하기 때문입니다.

또한, 여러분은 집에서 안전하게 걷는 연습을 할 수 있는 방법을 찾아야 합니다. 다른 사람이나 식탁을 붙잡고 걷는 것이나, 지팡이 등을 이용해서 걸을 수 있는 작고 안전한 공간을 떠올려 보세요. 처음에는 넘어질 위험이 아주 적은, 짧고 안전한 정도의 거리부터 연습해야 합니다. 또, 현재 걸음걸이가 너무 불안정하다면 뒤로 도는 동작이 어려울 수 있습니다. 이 경우에는 앞뒤로 걷는 것부터 연습해 보세요. 앞으로 대여섯 발자국 걷고 그 다음은 뒷걸음질로 대여섯 발자국 걷는 식으로요.

근력이 붙고 자신감이 생기면 여기 저기 더 다양한 곳에서 걸어보는 것이 좋고, 걷는 거리도 늘려야 합니다. 서서히 난간이나 다른 사람의 손을 살짝만 잡다가, 이후에는 지팡이를 짚는 것으로, 더 나아가 지팡이 없이도 걸을 수 있도록 연습하는 겁니다. 그러나 원하는 정도에 다다르기까지는 수개월, 심지어는 수년이 걸릴 수도 있으므로 인내심을 가지고 꾸준히 걸으세요.

어떤 뇌졸중 생존자가 "의사가 저에게 다시는 걷지 못할 거라고 했어요. 정말 그럴까요?"라고 물었습니다.

플라우먼 박사 저는 어느 누구도 뇌졸중 생존자에게 다시는 걷지 못할 거라고 말할 수는 없다고 생각합니다. **'할 수 있다'는 희망은 언제나 존재합니다.** 저는 신경과학자일 뿐만 아니라 물리치료사로서 생존자에게 "지금 왜 걸을 수 없나요?"라고 되묻고 싶어요. 걷지 못하는 이유를 알아내기 위해서는 뇌졸중 생존자 개개인의 상태를 세밀히 확인해봐야 합니다. 팔, 다리에 경직이 있어서 근육의 적절한 움직임이 방해받기 때문일까? 구축이나 관절 문제가 있어서 관절을 굽히거나 움직이지 못하는 것일까? 피로감이 심하고 유산소 능력이 떨어져서 운동을 견뎌낼 수 없기 때문일까? 밸런스가 좋지 않아서일까? 반드시 이유를 찾고 문제가 있는 부분을 좋아지게 하여 다시 걸을 수 있도록 노력해야 합니다.

23. 워커나 지팡이를 교체하는 시기를 어떻게 알 수 있나요?

플라우먼 박사 한 가지 방법은 **직접 느껴보는 거예요.** 걷는 것을 연습할수록 자신감이 붙기 시작할 겁니다. "이제는 한 손가락을 워커에 살짝 싣는 정도만으로도 서있을 수 있을 것 같아."라든지 "더 이상은 지팡이에 보조 손잡이가 필요 없을 것 같아." 등의 생각이 들 거예요. 더 이상 손에 크게 의지하지 않게 되고 손으로 하는 역할이 거의 없다는 생각이 드는 때가 되면 지지 도구를 간소화시켜 볼 수 있습니다.

워커와 지팡이의 바닥면의 모양과 넓이를 생각해 보세요. 네 개의 바퀴 혹은 네 다리가 달린 워커는 커다란 바닥 지지면을 가지고 있습니다. 보행 능력이 많이 떨어질 때는 이러한 보조 기구에 의지하여야만 걸을 수 있습니다. 만약 그 바닥 지지면을 더 이상 사용하지 않는 것 같은 느낌이 들면, 네 개의 발이 달린 지팡이 하나로 바꿔볼 수 있습니다. 워커 바닥 지지면의 1/3 크기인데, 그 정도만으로도 충분할 수가 있는 것이죠. 그러고 나서 이 지팡이로도 걸음걸이에 흔들림이 없고 큰 의존 없이 걸을 수 있다면, 한 개의 발만 달린 지팡이로 넘어갈 수 있습니다.

24. *족하수*란 무엇인가요? 어떻게 치료할 수 있나요?

플라우먼 박사　*족하수(足下垂, foot drop)*라는 말을 들으면, *'발이 아래로 처진다'* 라는 뜻이니까 꽤 간단할 것 같죠. 그러나 *족하수*는 여러 다양한 원인으로 인해 발생할 수 있기 때문에 결코 단순한 문제가 아닙니다. 걷기에는 두 가지 단계가 존재합니다. 먼저 한 다리에 무게를 실으면, 다른 다리는 떠있게 돼요. *족하수*가 생기면 그 다리를 들어 앞으로 내딛으려 할 때 발이 바닥에 끌리는 문제가 생깁니다. 이것은 발을 위로 당겨 바닥에서 떼는 역할을 하는, 정강이 앞쪽에 있는 근육이 약화되어 발생합니다. 혹은 뒤쪽의 종아리 근육이 짧아져서 그럴 수도 있습니다. 뒤쪽의 종아리 근육이 과도하게 활성화되어 경련이 일어나면 발이 아래로 처지게 되고, 이로써 발가락이 바닥에 끌리게 되는 것이죠. 아니면 엉덩관절이나 무릎관절 혹은 몸통이 다리를 충분히 높게 들어 올리지 못해서 발생할 수도 있습니다.

*족하수*의 치료는 그 원인이 무엇인가에 따라 달라집니다. 정강이 앞쪽의 근육을 자극하여 발을 들어 올려주는 **최신 기기**들이 현재 시판 중에 있으므로, *족하수*의 원인이 발을 들어 올리는 근육을 잘 쓰지 못하는 데에

있다면 이러한 근육 자극기를 사용하여 도움을 받을 수 있습니다. 보조기(splint)가 도움이 될 때도 있습니다. 신발 안에 보조기를 넣어 발이 떨어지지 않도록 고정하여 *족하수*를 막는 것이죠. 이러한 보조기를 ***발목보조기(ankle-foot orthosis, AFO)***라고 합니다. 하지만 *발목보조기*에도 단점은 있습니다. 발목기능을 회복시키고자 하는 것이 목적이라면 보조기는 발목의 움직임을 막기 때문에 좋지 않은 영향을 줍니다. 이때에는 기능의 직접적인 회복을 목표로 보조기 없이 **발목 움직임을 연습**하는 편이 훨씬 낫습니다.

만약 현재 *족하수*를 겪고 있다면 물리치료사를 통해 그 원인을 찾고 적절한 치료를 결정할 수 있습니다.

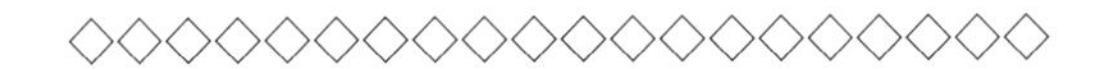

어떤 뇌졸중 생존자가 "다리가 항상 저립니다. 어떻게 해야 할까요?"라고 물었습니다.

플라우먼 박사 뇌졸중을 겪은 사람 중 상당수가 이러한 증상을 가지고 있는데 마치 팔, 다리가 잠들었다가 막 깨어난 것처럼 느껴진다고 합니다. 이 증상은 뇌졸중이 뇌의 표면이나 깊은 곳의 감각 영역을 손상시켜 발생하는 것인데 정말 괴로울 수 있습니다.

치료에는 두 가지 방법이 있습니다. 한 가지는 **약물치료**입니다. 이에 대한 진료를 보면 됩니다. 다른 한 가지는 **물리적이고 감각적인 접근법**입니다. *통증의 관문설(gate theory of pain)*에 따르면 우리는 몸에 느껴지는 여러 감각 신호 중 한 번에 일부분만을 처리할 수 있습니다. 그래서 팔다리를 만지거나 꼬집거나 뜨겁게 혹은 차갑게 하면 감각 체계가 교란되어 저림 증상이 적게 느껴질 수 있습니다.

다리를 가능한 한 많이 사용하도록 노력해보세요. 저림 증상은 뇌가 다시 회로를 만드는 과정에서 가끔 과도한 가소성이 발동되어 우리 몸에 도움이 되지 않는 방향으로 연결고리가 형성되어 발생하기도 합니다. 그러므로 다리에 가능한 한 많은 정상적 감각신호를 보내주는 겁니다. 다리를 누르고, 만지고, 차갑거나 뜨겁게 하고, 다리로 일어서고, 몸무게를 실어보는 등 여러 다양한 자극이 가도록 해 보세요.

25. 뇌졸중 생존자로서 최대한의 회복을 이루려면 어떻게 해야 할까요?

플라우먼 박사 뇌졸중 회복에 대해 저희가 확실하게 말씀드릴 수 있는 것은 **강도(intensity)가 중요하다**는 것입니다. 특정 동작을 수천 번 연습해야만 다시 좋아질 수 있어요. 가만히 앉아만 있는다고 좋아지는 게 아닙니다. **스스로 혹은 치료사와 함께 훈련할 시간을 확보해야 하고, 모든 가족 구성원들을 참여시켜야만 합니다.**

"좀 도와드릴까요? 제가 도와드릴 게 있을까요?"라고 묻는 사람이 있으면 "네!"라고 당당하게 얘기하세요. 여러분이 훈련할 수 있도록 다양한 활동들을 함께 하자고 요청하세요. 도움을 줄 수 있는 주변의 가족과 친구들을 이용해야 합니다. 이들은 도움을 주고 싶어 하지만 방법을 잘 모르다보니 쿠키를 만들어준다던가 꽃을 보내는 식으로 표현하기도 합니다. 그보다는 아주 구체적인 작업들을 통해서 그들이 치료에 도움을 주도록 해보세요. 예를 들어 여러분이 팔, 다리 운동을 하는 동안 누군가가 그저 옆에 있어주기만 해도 큰 도움으로 다가올 수 있습니다.

필요한 만큼의 정규 치료가 모든 사람에게 가능한 것은 아닙니다. 가능하다해도 아마 일주일에 5시간 정도일 거예요. 하지만 깨어있는 시간은 하루 최소 12시간입니다. 회복력을 높이기 위해서 정규 치료 외의 시간을 어떻게 보내고 있나요?

뇌졸중 후 첫 6개월 동안 뇌는 다시 발달 단계로 돌아갑니다. 가소성에 필요한 단백질들은 첫 6개월 동안 뇌에 풍부하게 존재하므로 우리는 이때 주변의 모든 상황을 기회로 만들어야 합니다. 치료사들에게 훈련 계획을 짜달라고 요청하세요. 그들과 보내는 주 2, 3회 각 한 시간 남짓 이상으로 더 많은 시간을 투자해야 합니다. 횟수로는 하루에 여섯 번까지도요. 이런 식으로 하여 **가소성이 최고로 발휘되는 기간인 첫 6개월 동안 재활을 열심히 해야 합니다.**

26. 뇌졸중 생존자는 어떻게 하면 낙상을 방지할 수 있을까요?

플라우먼 박사 낙상(넘어지거나 떨어져 다치는 것)은 뇌졸중 생존자에게 흔히 발생하는데, 추가적인 손상을 일으킬 수 있기 때문에 심각한 문제로 발전되기도 합니다. 뇌졸중으로 입원 치료 후 퇴원한 사람들의 30퍼센트 정도는 낙상을 경험하는 것으로 알려져 있습니다. 낙상은 보통 집에서 발생해요. 보행 시 보조도구나 주변의 도움이 필요한 정도의 사람들의 퇴원 후 처음 몇 주가 지나지 않았을 때가 바로 낙상이 가장 많이 발생하는 위험한 시기입니다. 그리고 낙상은 우울증이 겸해 있는 사람들에게 더 많이 발생합니다.

문제가 생긴 이후에 치료하는 것보다 사전에 예방하는 것이 당연히 더 좋습니다. 특히 처음 몇 주 동안에 낙상을 예방하기 위한 첫 번째 방법은 **움직이기 전에 내게 필요한 보조도구가 있는지 확인**하는 것입니다. 낙상은 보통 잠깐 방심한 사이 혹은 낯선 상황에 있거나 급하게 서두르는 경우에 발생합니다. 움직임을 계획하세요. 주변 공간을 살피고 마음속으로 움직임을 상상하고 충분한 도움과 적절한 신발 및 도구가 있는지 확인하세요.

집을 어수선하게 하는 모든 것들을 정돈하세요. 걷는 경로 한복판에 걸리적거리는 깔개를 치우고 각종 전선을 깔끔하게 정리하고 길을 방해하는 간이 탁자나 램프를 다른 곳으로 옮기세요. 화장실은 좁고 잡동사니가 많기 때문에 낙상이 흔히 발생하는 장소가 됩니다. 걸을 수 있는 통로에 한두 개의 보조 난간을 설치하고, 화장실에는 보조 손잡이를 설치하는 것도 낙상 예방에 도움이 됩니다.

• • • • • • •

4장의 주요 포인트

뇌졸중으로 발생하는 신체적 증상 중 물리치료사가 도움을 줄 수 있는 것들은 아래와 같습니다.

- 팔, 다리의 마비나 힘 빠짐
- 근육의 경직이나 단축
- 감각 소실
- 유산소 능력의 저하
- 균형감각의 저하

재활을 위해 중요한 세 가지 운동은 아래와 같습니다.

1. 집중적인 과제 훈련(intensive task practice)
2. 근육 강화 운동
3. 유산소 운동

걷는 것을 개선시키는 가장 좋은 방법은 바로 걷는 것입니다. 걸음을 몇 발짝 연습할 수 있는 안전한 장소를 찾고 그 곳을 기반으로 연습하세요. 힘이 길러지면 워커나 지팡이에 덜 의존할 수 있습니다. 뇌졸중 후 흔히 발생하는 *저림증*이나 *족하수*가 있다면 의사와 물리치료사에게 얘기하세요. 가족 및 친구들에게 운동 훈련에 대해 도움을 요청하세요. 더 나은 회복을 위해 할 수 있는 모든 훈련들을 해야 합니다.

장애물이나 잡동사니를 치우고, 난간과 안전 장비를 설치하고, 움직임을 계획함으로써 낙상을 예방하세요.

CHAPTER

팔과 손 회복하기

움직이는 능력을 잃는 것은 일상생활에 치명적인 영향을 주는데 그 중에서도 팔과 손을 사용하지 못하게 되는 것은 더욱 큰 고통을 안겨줍니다. 우리는 일상생활에서 옷 입기, 설거지하기, 요리하기, 일하기 등 거의 모든 것을 하는 데에 있어 양손을 필요로 합니다. 이 장에서는 상지(上肢, 팔과 손)의 움직임을 회복하는 것에 대해 명쾌한 해답을 제시해줄 최고의 작업치료사 및 연구자를 모시고 이야기를 나눠보겠습니다. 메리 엘런 스토이코프(Mary Ellen Stoykov) 박사는 뇌졸중 후 상지 반신불완전마비 분야의 연구자이자 시카고 러쉬대학교의 교수입니다. 글렌 길런(Glen Gillen) 박사는 컬럼비아대학교의 교수로, 뇌졸중 재활에 대한 두 권의 교과서를 비롯하여 수많은 출판물들을 썼습니다. 그리고 스테판 페이지(Stephen Page) 박사는 오하이오 주립대학교의 교수로서 브레인(B.R.A.I.N) 실험실을 운영하고 있고 재활치료사를 위한 뇌졸중 전문가 인증 프로그램의 공동 개발자입니다.

27. 팔과 손이 회복이 제일 느린 것 같은데 왜 그런가요?

스토이코프 박사 여기에는 몇 가지 명확한 이유가 있습니다. 하나는 **뇌졸중이 발생한 부위** 때문입니다. *중대뇌동맥(middle cerebral artery, MCA)*은 뇌졸중이 가장 잘 생기는 부위로, 뇌의 많은 영역을 담당하며 손과 팔의 움직임을 조절하는 영역도 여기에 포함됩니다. 그리고 우리의 **뇌는 다리의 움직임을 조절하는 것보다 팔의 움직임을 조절하는 데에 더 많은 대뇌 피질 영역을 가지고 있습니다.** 우리 손과 팔의 움직임은 매우 정교하기 때문이죠. 주로 엉덩관절 굽힘과 무릎관절 폄으로 이루어지는 걷기를 재활하는 것보다는 여러 관절이 관련되어 있는 아주 복잡한 움직임을 재활하는 것이 훨씬 어렵습니다. 걷기도 복잡하긴 하지만 팔의 움직임은 훨씬 더 복잡하니까요.

컵을 잡는 것 같은 일상의 활동도 실은 수많은 움직임이 동원되어 이루어지는 것입니다. 우선 어깨의 움직임이 필요합니다. 그리고 팔꿈치는 펴져야 하고요. 그 다음으로 전완(아래 팔)은 정확한 각도로 위치되어야 하고, 손은 스스로 자세를 취하여 손가락이 적절하게 컵 주변을 감쌀 수 있도록 해야 합니다. 생각보다 간단하지 않아요.

28. 뇌졸중 생존자가 손을 다시 움직이기 위해서는 어떻게 해야 할까요?

스토이코프 박사 제가 선호하는 한 가지 방법은 **손에 *감각 피드백(sensory feedback)*을 주는 것**입니다. 손에 움직임이 전혀 없는 경우 감각 피드백을 주기 위해 수건으로 문지르고, 진동자극을 주고, 익히지 않은 쌀이나 곡식이 차 있는 통에 담그는 식으로 그 손에 다양한 자극을 몰아치는 식이죠. 우리의 뇌에는 *감각피질(sensory cortex)*과 *운동피질(motor cortex)* 사이를 오가는 연결통로가 있습니다. 이것은 아주 복잡한 연결 체계로, 해당 부위를 마사지하거나 자극하면 갑자기 움직임이 나타나는 경우가 있습니다.

우리는 뇌와 손 사이의 양방향 통로를 이용하기도 합니다. 뇌에서는 신호가 발생되지만 손은 움직일 준비가 안 되어 있는 경우에도, 그 손에 감각을 주어 거꾸로 뇌로 메시지를 전달하여 신경 연결을 강화시킬 수가 있어요.

작업치료사는 다시 팔이 움직이게 하기 위해 여러분이 할 수 있는 것들을 알려줄 것입니다. 만약 환측 팔에 움직임이 전혀 없거나 하고자 하는 운동 동작이 위험하다면, 건측 손만을 쓰는 방법을 배울 수도 있습니다. 하지만 저는 처음부터 이렇게 하는 것은 권하고 싶지 않습니다. '사용하지 않으면 잃게 된다(use it or lose it).'는 말처럼, 뇌졸중으로 손상된 해당 뇌 부위를 자극하기 위해서는 **환측 손을 가능한 한 열심히 사용해야 합니다.**

작업치료사는 여러분이 환측 손을 보조적으로 사용하는 구체적인 방법을 가르쳐줄 수도 있습니다. 예를 들면 건측 손으로 병을 딸 때 환측 손으로는 병을 붙잡게 하는 식이죠. 아니면 글씨를 쓸 때 환측 손으로 종이를 잡고 있을 수도 있습니다. 심지어는 수도꼭지에 손은 살짝 올려만 놓고 팔 부분을 주로 이용해 수도를 틀수도 있고, 또는 문 손잡이에 손을 올리고 팔로 문을 여닫을 수도 있습니다. 일단 팔을 어딘가에 걸쳐 놓아 그 무게를 내려놓을 수 있게만 되면 팔은 중력에 대항하여 움직일 때보다 더 쉽게 움직이니까요.

손을 전혀 움직일 수 없더라도 팔을 계속 움직여 통증을 줄이세요. 팔을 가만히 두기만 하면 *통증 증후군*이 발생할 수 있습니다. 치료사에게 배운 스트레칭이나 운동을 지속적으로 시행하고 일상에서 계속 적극적으로 활동하세요. 그러면 살아가면서 이것들이 큰 도움이 된다는 것을 몸소 느끼게 될 것입니다. 저는 제가 근무하는 병원 근처의 헬스장에 등록한 생존자들이 팔 움직임이 엄청나게 좋아진 채로 돌아오는 경우를 많이 봤습니다. 아마도 그건 운동기구를 사용했기 때문이겠죠. 손과 팔을 많이 사용할수록 뇌로 더 많은 메시지가 전달되어 더 많은 회복이 일어나니까요.

29. 팔과 손의 움직임이 회복되는 시기가 정해져 있나요?

스토이코프 박사 움직임 회복의 가능성이 가장 많이 열려있는 때가 바로 **뇌졸중 발병 후 처음 1년이긴 하지만, 그 시기가 지났다고 해서 움직임이 전혀 돌아오지 않는 것은 아닙니다.** 저희는 연구를 통해 발병 후 5년이 지난 후에도 훈련을 통해 움직임이 좋아지는 사람들을 봐왔습니다. 팔을 가능한 한 많이 사용하려고 하는 것이 핵심이에요. 하지만 정체기(plateau)가 왔다든가 치료를 중단하고 싶다든가 하면 잠시 쉬면서 전환을 하는 것도 좋습니다. 대신 조금이라도 움직임에 변화가 있다면 의사에게 그 새로운 움직임에 대한 훈련을 위한 치료기관을 소개해달라고 요청하여 적극적으로 재활하세요.

다른 모든 뇌졸중 재활과 마찬가지로 연령, 뇌졸중의 부위 및 중증도는 팔과 손의 재활에도 중요합니다. 젊은 사람들은 나이 든 사람들보다 더 좋은 회복을 보여요. 하지만 우리의 두뇌는 특수하기 때문에, 저는 여러분이 고령이라고 해서 움직임이 절대 돌아오지 않을 거라고 단정지을 수는 없습니다. 물론 일부 움직임은 돌아오되 완전한 회복은 어려울 수도 있습니다. 어찌됐든 아무리 작은 정도라도 다 일상생활에 도움이 되죠.

30. *학습된 비사용*이란 무엇인가요?

길런 박사 *학습된 비사용(learned nonuse)*은 보통 신체의 한 쪽에 운동 장애가 있는 사람들에게 발생합니다. **이전에 하던 방식으로는 몸을 움직일 수 없기 때문에 시간이 갈수록 시도 자체를 안 하게 되는 것**을 말합니다.

*학습된 비사용*이 어떻게 발생하는지 예를 하나 들어보겠습니다. 여러분의 좌측 뇌에 뇌졸중이 왔다고 해볼게요. 그리고 오른손잡이인 여러분의 오른쪽 팔과 다리에 큰 마비 증상이 생겼다고 합시다. 뇌졸중 직후에 몸을 처음 움직일 때는 여러분은 장애가 무엇인지 알아차리지 못합니다. 그래서 식사를 할 때 이전에 했던 방식으로 팔을 움직이려고 하겠죠. 그러나 오른손으로 오렌지주스를 잡으려고 하다가는 주스를 엎지를 거예요. 이러한 경험으로 말미암아 환측 팔을 사용하는 것에 대해 *부정적 강화(negative reinforcement)*를 겪기 시작하게 되죠.

이번에는 화장실을 사용한다고 해볼게요. 항상 그랬듯 두 다리로 일어나려고 하지만 오른쪽 다리가 휘청거립니다. 이에 다시 *부정적 강화*를 겪게 됩니다. 모든 치료사나 간호사는 오른쪽 팔다리를 사용하려 애쓰라고 얘기해주지만 막상 오른손으로 밥을 먹으면 45분이나 걸리고 음식물을 마구 흘리는 등 큰 불편을 겪게 됩니다. 그러면 여러분은 당연히 멀쩡한 왼손을 사용하기 시작하겠죠. 왜냐하면 아침을 먹을 때 왼손을 사용함으로써, 적절한 시간 내에 음식물을 흘리지도 않고 그릇을 엎지도 않고 식사를 마무리할 수 있을테니까요. 그러면 정상인 왼쪽을 사용하는 데에 *긍정적 강화(positive reinforcement)*가 자리잡게 됩니다. 사실상 '뇌졸중으로 인해 마비가 온 오른쪽'을 사용하지 않는 법을 배우게 되는 셈이죠. *학습된 비사용*은 치료하기가 매우 어렵긴 하지만 *건측(健側)제한 운동치료(constraint-induced movement therapy, CIMT)*를 통해 효과를 볼 수 있습니다.

31. *건측제한 운동치료*란 무엇이고 어떤 생존자에게 도움이 되나요?

페이지 박사 *건측제한 운동치료*는 **환측을 강제적으로 사용하게 하여 *학습된 비사용*을 치료하는 방법**입니다. 우선 치료사는 생존자에게 중요한 의미를 갖는 과제를 선택하고 이 과제를 단계별로 세분화합니다. 그러고 나서 생존자가 환측으로 그 동작 각각을 수행하는 데에 능숙해지면, 이번에는 전체 과정을 해보도록 합니다. 두 번째 단계는 멀쩡한 팔을 제약하여 환측을 더 많이 사용하도록 강제하는 것입니다. 정상 쪽 손에 벙어리 장갑이나 글로브를 끼우거나 혹은 정상 쪽 팔을 팔걸이에 걸어 고정시키는 것이죠. 그러면 생존자는 환측 팔만 쓰게 됩니다.

이러한 과정을 통해 생존자들이 환측 팔을 강제적으로 반복 사용하게 하고, 추가적으로 동기부여를 위한 방법(운동일지를 쓰게 하는 등)도 병용하면 결국 팔의 기능을 향상시킬 수 있다고 입증된 바 있습니다.

원래 *건측제한 운동치료*는 2주간 하루 6시간 이상씩 아주 강도 높게 시행되도록 개발되었습니다. 하지만 여기에는 몇 가지 문제가 있었습니다. 생존자들을 하루 6시간의 강도 높은 치료에 순응시키는 것이 어려웠고, 또 보험의 적용을 받기가 어려웠던 것이죠. 다행히 방법을 조금 바꿔도 여전히 좋은 결과를 얻을 수 있다는 것이 밝혀졌습니다. 10주간 주 3~4회, 하루 30분 정도만 집에서 연습하고도, 기존의 강도 높은 방법과 같은 결과를 얻을 수 있었던 것이죠. 이 방법을 *변형 건측제한 운동치료(modified constraint-induced movement therapy, mCIMT)*라고 합니다.

그러나 *변형 건측제한 운동치료*를 집에서 시행할 경우 혼자하는 것보다는 치료사의 지도 아래 하는 것이 좋습니다. 치료사는 집에서의 훈련을 구체적으로 계획해주고 그 진행 상황을 체크해주며 생존자의 상태를 고려하여 훈련 강도를 조절해주는 등 현재로부터 한 발 나아가게 해줄 수 있으니까요. 그러므로 작업치료사에게 훈련 스케쥴을 점검받아보세요.

*건측제한 운동치료*는 모든 뇌졸중 생존자에게 다 효과가 있는 건 아니에요. **손목과 손가락에 적어도 약간의 움직임(특히 펴는 동작)이 가능한 사람**, 즉 뇌졸중 생존자의 25퍼센트 가량만이 여기에 해당됩니다. 저는 "*건측제한 운동치료*를 받고 싶어요."라는 문의전화를 자주 받는데, 그만큼 이 치료가 현재는 잘 알려져 있다는 것이죠. 하지만 실은 약간의 움직임이 있는 일부의 생존자에게만 적용이 가능하다는 것을 명심하세요. 획기적인 치료이긴 하지만 다른 치료들과 마찬가지로 적절한 사람에게 적절한 때에 적절하게 적용되어야 효과가 있습니다.

"뇌졸중 발병 후 4년 정도 되는 시점에 저는 타웁(Taub) 박사의 건측제한 운동치료 관련 임상시험에 참여했습니다. 그는 이 치료법을 만든 사람이었죠. 당시 알라바마에 있는 그의 클리닉은 건측제한 운동치료를 받을 수 있는 몇 안 되는 곳 중 하나였습니다. 지금은 어디서든 받을 수 있지만요. 이 치료는 아주 힘든 과정이었고 시간도 아주 오래 걸렸습니다. 저 같은 경우, 팔과 어깨 움직임에는 일부 도움이 되었지만 손에는 별로 효과를 보지 못했습니다. 제가 이걸 해봤다는 것에 만족하지만 일면으로는 좌절도 맛봤습니다. 저에게는 약간의 효과만 있었으니까요. 하지만 저보다 마비가 덜한 대부분의 생존자

들에게는 큰 효과가 있는 치료법입니다. 각자의 뇌졸중은 각기 고유한면이 있기 때문에 이 치료법의 결과를 정확하게 예측하기는 어렵지만, 이 치료도 분명 하나의 옵션이 될 수 있습니다." - 데이빗

☑ **마이크 박사의 팁**

"인간의 두뇌는 우주에서 가장 경이롭고 고도로 발달된 실체 중 하나입니다. 그런데 각자의 뇌도, 뇌졸중도 각기 달라요. 여러분을 치료하는 사람들은 각 분야의 전문가들이지만 저는 생존자들에게 '여러분 자신만이 스스로에 대한 진정한 전문가입니다. 여러분만이 이 두뇌의 상태로 내 몸을 살아가는 것이 어떤 것인지를 정확히 아는 유일한 사람이니까요.'라고 말합니다. 그리고 '최선의 회복을 위해 재활 과정 전반에 걸쳐 나에게 필요한 것을 정확하게 아는 전문가가 되세요.' 라는 말도 덧붙입니다."

32. 최신의 과학기술이 신체 기능 회복에 어떤 역할을 할 수 있을까요?

스토이코프 박사 저는 단순한 수준의 기술을 개인적으로 더 선호합니다. 뇌가 더 잘 작동되도록 뇌를 훈련시키거나 교묘하게 속이는 몇 가지 방법이 있는데, 그 중 하나는 **거울요법(mirror therapy)**입니다. 양 팔 사이에 거울을 놓는데, 환측 팔을 거울로 가려 보이지 않게 하고, 거울에는 건측 팔만 비치게끔 설치합니다. 이 상태에서 팔을 움직이면 건측 팔의 실제 움직임과 환측 팔의 위치에 놓인 거울에 비친 건측 팔의 움직임을 볼 수 있습니다. 하지만 뇌는 환측 팔이 움직이는 거라고 생각하게 되죠. 뇌를 속여 환측 팔이 정상적으로 움직이는 것처럼 생각하게 하는 거예요. 이 방법이 나에게 적절할지, 정확한 방법은 무엇인지 알기 위해서는 작업치료사와 함께 하는 것이 좋습니다.

치료사와 할 수 있는 또 다른 한 가지는 **양측성 프라이밍(bilateral priming)**이라고 하는 것입니다. 저는 *엑스수르고(Exsurgo) 양측성 프라이밍 기계*를 사용합니다. 양 손을 각각 판 사이에 집어넣는데, 이 판이 서로 연결되어 있어 건측 손목을 움직이면 환측 손목도 대칭적으로 움직이게 됩니다. 저는 제 환자들에게 작업치료 시작 전 15~20분가량 이것을 하도록 시킵니다. 저는 *양측성 프라이밍*을 시행한 집단과 시행하지 않은 집단 사이에는 큰 차이가 생긴다는 것을 봐왔습니다.

길런 박사 저희는 *위(Wii®)*나 *엑스박스(Xbox®)* 같은 **비디오 게임기**에서 볼링이나 테니스 게임을 통해 균형 감각이나 팔 기능을 훈련시킵니다. 이 방법은 고령 환자들의 동기부여에도 큰 도움이 됩니다. *엑스박스*에 쓰이는 카이넥트(Kinect) 기기는 심지어 컨트롤러도 사용하지 않는 가상현실(virtual reality, VR) 같은 형태로 진행됩니다. 누구든 구매해서 쓸 수 있어요.

뇌졸중 회복을 도와주는 **스마트폰 어플**도 많습니다. 어플을 사용하여 집에서의 훈련 경과를 기록할 수도 있고요. 치료에 실제 참여가 어려운 경우에는 *페이스타임(FaceTime)*이나 *스카이프(Skype)* 어플을 통해 원격으로 치료사와 상담할 수 있는 원격의료나 원격재활이라는 새로운 세계도 있습니다.

"제가 치료를 받을 때만 해도 과학기술의 도움을 받을 수 있는 것이 거의 없었고 그나마 위(Wii®)가 최신의 방법이었습니다. 치료사가 재활훈련에 도움을 주는 재밌는 도구를 사용한다는 것이 저에게는 즐거움으로 다가왔고 집에서도 이것을 통해 큰 도움을 받았습니다. 작업치료사는 찍찍이나 붕대로 제 마비된 오른손에 조이스틱을 고정해 주었습니다. 재활도 재미가 있어야 견뎌낼 수 있는 것입니다. 즐기고, 웃으세요. 그게 최고의 치료입니다." - 데이빗

☑ 마이크 박사의 팁

"뭔가 재미있는 것을 하는 것은 인지행동치료의 행동 요소 중 하나입니다. 무기력함이 느껴질 때는 누군가와 게임을 하거나 목욕을 하거나 웃긴 영화를 보는 것 같이 재미있는 활동을 하는 것이 도움이 될 수 있습니다. 우리가 웃으면 뇌에서는 기분을 좋아지게 하는 신경화학물질이 분비됩니다. 이로 인한 청량감은 오랜 시간 지속됩니다. 특히 개인적으로 힘든 시기를 보내고 있을 때 더욱 그렇습니다.

뇌에 강력한 신경화학물질의 효과를 내는 또 다른 간단한 방법은 불교 전통에서 기인한 것인데, 뭘 하든지 얼굴에 모나리자의 은은한 미소를 띠는 것입니다. 아침에 일어날 때 미소를 짓고, 힘든 재활치료를 할 때에도 미소를 지어보세요. 꼭 생존자에게만 해당되는 것이 아니고 간병인으로서 힘든 하루를 보내고 있을 때에도 미소를 유지해 보세요. 이 방법은 실제로 뇌가 행복하다고 느끼도록 속임으로써 기분 좋은 호르몬을 방출하게 하고 행동을 고취시켜 실제로 자연스럽게 웃도록 만들어 줍니다."

페이지 박사 미국 보훈부(United States Department of Veterans Affairs)[8]를 통해 성공적으로 관리되고 있고 최근 보험 혜택이 점점 더 많이 적용되고 있는 *마이오프로(MyoPro®)*라고 하는 기계가 있습니다. *마이오모(Myomo)*라는 회사가 개발한 이 전자 보조기구는 일종의 **근전기(myoelectric) 기계**인데, 근육으로부터 전기 신호를 탐지하고 증폭시켜 생존자의 움직임을 도와주는 역할을 합니다. 팔의 움직임이 자유롭지 못한 사람이 팔에 이 보조기기를 차면, 전등불 스위치를 켜거나 열쇠로 자물쇠를 열거나 의자에서 팔을 짚어 일어나거나 빨래 바구니를 들어 올리는 것과 같은 집에서의 활동에 도움을 받을 수 있습니다. 아주 기발한 발명품이죠. 기계는 팔에 부착되므로 휴대가 가능하며 각종 활동들을 수행하는 데에 확실한 도움을 줍니다.

33. 뇌졸중 생존자로서 한 손으로 편하게 살아가려면 어떻게 해야 할까요?

페이지 박사 작업치료사의 도움을 받아 적응법을 찾을 수 있습니다. 우선, 한 손으로 신발 끈 묶기나 안 쓰던 쪽 손으로 글씨쓰기 같은 것들을 배워야 할 수도 있습니다. 혹은 **특수 도구**를 사용하여 한 손으로 캔 뚜껑을 따고, 물

8 미국 정부의 행정기관으로 재향군인의 복지 업무를 담당한다.

건을 잡고, 양말을 신는 데에 도움을 받을 수도 있습니다. 치료사로서 저희의 업무 중 하나는 뇌졸중 생존자가 성공적이고 독립적으로 이 도구들을 사용할 수 있도록 교육하는 것입니다. 적절한 도구라는 것은 생존자의 상태 및 손상 부위에 따라 다르며, 다양한 적응도구들이 시판 중에 있습니다. *스트로크스마트(StrokeSmart)* 같은 잡지 맨 뒤쪽에는 뇌졸중 생존자를 위한 외손잡이(one-handed person)용 도구에 대한 광고가 많이 실려 있습니다.

> *"외손잡이 생활에 적응하는 것은 쉬운 일이 아니었습니다. 나아지려고 재활을 하면서도 한편으로는 현재 상태에 적응하는 법도 배워야 하는 것이었으니까요. 예를 들어 제 방에는 사람이 들어오는 순간 자동으로 불이 켜지는 시스템이 있습니다. 현관문을 열고 장바구니를 집에 들일 때 문을 고정하기 위한 자석 문버팀쇠도 있고요. 뚜껑 위에서 손을 흔들면 뚜껑이 자동으로 열리는 쓰레기통도 있어요. 일상생활 능력을 강화하기 위해서 가능한 한 최선을 다해 훈련하되, 그래도 필요한 경우에는 이러한 도구들을 사용하는 것이 바람직합니다."*
> *-데이빗*

☑ 마이크 박사의 팁

"누구나 장점과 단점을 함께 가지고 있어요. 뇌졸중을 겪었다면 장점과 단점이 좀 달라지긴 했겠죠. 그러나 자신의 장점에 집중해야 더욱 성공적인 인생을 만들어갈 수 있습니다. 그러니까 단점을 극복하기 위해 노력하는 동시에 장점을 위주로 일에 착수하세요. 재활 과정 동안 항상 진실되고 개방적인 태도를 잃지 말고 의욕적으로 임하세요. 오늘 여러분이 발견한 장점은 무엇인가요? 그리고 개선하고 싶은 단점은요?"

• • • • • •

5장의 주요 포인트

팔과 손은 움직임이 아주 복잡하기 때문에 뇌에서는 이를 조절하기 위한 커다란 부분을 필요로 합니다. 그래서 가장 늦게 회복되는 것입니다. 환측 팔과 손을 안전한 방법으로 가능한 한 많이, 그리고 지속적으로 사용하세요. 계속해서 다양한 감각으로 자극하고 지속적으로 스트레칭 시켜주세요. *학습된 비사용*에 주의하세요.

*건측제한 운동치료*는 손목과 손가락에 약간의 움직임이 있는 생존자들에게 효과적입니다.

한 손으로의 생활을 편리하게 도와줄 도구들이 많이 있습니다. 작업치료사에게 문의하여 어느 것이 가장 적절할지 알아보고, 온라인을 통해 외손잡이 생활을 위한 상품들을 찾아보세요.

CHAPTER

인지능력 회복하기

뇌졸중은 뇌를 손상시켜 몸과 마음 모두에 영향을 줍니다. 불행히도 뇌졸중 환자의 1/3 정도는 기억력, 주의력, 추리력 등 생각하는 능력에 커다란 변화를 경험합니다. 이들은 뭔가를 보고 이해하는 것에 어려움을 느낍니다. 이러한 장애는 생존자의 안전 및 독립적 생활에 부정적으로 작용할 수 있습니다. 이 장에서는 계속해서 작업치료 전문가 글렌 길런 박사와 함께 뇌졸중이 인지와 지각능력에 미치는 영향에 대해 알려드리려고 합니다. 그럼 본인 혹은 사랑하는 가족을 위한 인지기능 회복 방법을 알아보도록 하겠습니다.

34. 인지와 지각이란 무엇인가요?

길런 박사 그 둘은 서로 다른 개념입니다. **인지(cognition)는 일상생활을 영위하기 위해 필요한 모든 정신적 기능**을 포함하는 개념입니다. 반면, **지각(perception)은 감각을 통해 정보를 받아들이고 해석하는 능력**을 말하죠. 이 개념들이 작동하는 동안 우리가 딱히 그것들에 대해 생각하는 것은 아니기 때문에, 우리는 보통 이러한 능력을 당연하게 여깁니다. 그러나 이 기능에 장애가 생겨 작동에 문제가 생기면 그제야 우리는 이것들에 대해 생각해보게 됩니다.

이해를 돕기 위해 인지기능에 대한 예를 들어보겠습니다. 여러분이 마트에 간다고 했을 때 가장 먼저 하는 일은 자가용에 타는 것이죠. 그리고는 자가용을 운전하는 법을 떠올려야만 합니다. 우리는 이것을 *절차 기억(procedural memory)*이라고 합니다. 일종의 인지기능이죠. 그 다음으로 해야 할 일은 마트로 가는 길을 떠올리는 것입니다. 우리는 이것을 *길찾기(way finding)*라고 부르는데, 역시 인지기능에 해당합니다. 마트로 가는 길에 만약 평소 가던 길이 도로 사정으로 인해 막혀 있다면 다른 경로를 찾아야 하는데, 이것도 인지기능입니다. 마트에 도착한 후에 구매해야 할 상품의 목록을 *기억해내는 것(remember)*도 인지기능에 해당합니다.

마트는 자극적인 환경으로 이루어져 있으므로 목표한 과제에 주의를 기울일 수 있는 능력이 필요하며 주변 환경에 방해받아서는 안 됩니다. 이것도 인지기능이에요. 계산대에서는 자신의 예산 정도를 고려하여 *계산(calculations)*을 할 수 있어야 하죠. 충분한 돈을 가지고 왔는지, 정확한 거스름돈을 받았는지 등을 확인하는 것이에요. 이것 또한 인지기능입니다. 마트 쇼핑 같은 간단한 일에도 과제 전반에 걸쳐 복합적인 인지기능이 발휘되어야 합니다.

35. 인지와 지각은 뇌졸중으로 인해 어떤 영향을 받나요?

길런 박사 불행히도 이 기능들이 뇌졸중에 의해 손상되는 일은 매우 흔하고, 이로 인해 일상생활과 관련된 능력이 제한됩니다.

주의결핍(attention deficit)은 매우 흔하고 또 오래 지속됩니다. 뇌졸중으로 인해 긴 시간 동안 주변 환경에 방해받지 않고 선택적으로 무언가에 주의를 기울일 수 있는 능력을 잃을 수도 있는 것이죠.

다양한 **기억 기능도 쉽게 손상** 받습니다. 단기 기억력, 즉 *작업 기억력*은 뭔가 일을 수행할 때 필요한 즉각적인 기억력을 말하는데, 뇌졸중으로 인해 손상 받으면 업무 수행 능력이 떨어지게 됩니다. 장기 기억력을 잃어 뇌졸중 발병 전에 있었던 일들을 기억하지 못하는 사람들도 있습니다. 이들은 새로운 기억도 받아들이지 못합니다.

뇌졸중의 주요 증상 중 하나는 **자신이 어떤 장애를 가지고 있는지를 모르는 것**입니다. 이것은 무서운 조합을 만들어 냅니다. 안전 문제로 이어질 수 있는 *인지결손(cognitive deficit)*을 가지고 있는데도 생존자는 그 사실조차 알지 못하니까요. 저희는 치료 전에 생존자의 장애 인식 여부를 평가하는 데에 긴 시간을 들입니다.

지각결손(perceptual deficit)은 독특한 특징을 가지면서도 매우 절망적인 상황을 초래합니다. 그 중 하나인 *실인증(失認症, agnosia)*은 보는 능력은 있지만 무엇을 보고 있는지는 인식하지는 못하는 것을 말합니다. *색 지각력(color perception)*을 상실한 사람들도 있는데, 심각한 문제는 아니지만 삶의 질을 떨어뜨릴 수 있어요. *깊이 지각력(depth perception)*을 상실한 사람들도 있습니다. 이 경우엔 유리컵 같은 물체를 향해 손을 뻗을 때 손이 그 물체 너머로 닿거나, 계단을 오를 때 계단의 높이를 잘못 감지하여 발이 걸리는 일이 발생할 수 있습니다. 그 외에도 *좌측 무시(left neglect)*라고 하는 것이 있습니다. 좌측 무시는 좌측을 인지하지 못하는 장애로, 시력은 정상인데도 왼쪽 편에 있는 정보에는 주의를 기울이지 못하는 것을 말합니다. 이 증상을 가진 사람들은 책을 펴도 한쪽 면만을 읽고 앞에 놓인 그릇의 한쪽 음식만 먹고 가족과 테이블에서 식사를 할 때 한 쪽에 앉은 사람들과만 이야기하게 됩니다.

뇌졸중 후에 발생하는 이러한 *지각결손*이 제대로 파악되지 않는 경우 매우 치명적인 문제가 발생할 수 있습니다. 그러나 정확히 진단이 되면 이에 대해 적절한 조치를 취할 수 있죠. 따라서 뇌졸중 생존자가 재활 의료진에게 인지와 지각 부분에 대해 정확한 평가를 받는 것은 매우 중요합니다.

뇌졸중의 병변 부위에 따라 ***시야결손***도 흔히 발생합니다. 시력 저하를 경험하는 일은 흔해서 이전에 쓰던 안경인데도 뇌졸중 전만큼 잘 보이지 않을 수 있습니다. 뇌졸중 생존자에게는 복시나 시야에 어두운 점이 나타나는 *시야상실*도 나타날 수 있습니다. 이러한 *시야결손*을 전문으로 하는 작업치료사, 안과 의사 및 신경계 안과 의사가 있다면 찾아가 보는 것이 좋습니다. *시야결손*을 정확하게 확인하기 위한 종합적인 평가를 받기 위해서요. 정상으로 돌아갈 수는 없더라도 이들의 도움을 통해서 보는 것이 좀 더 편해질 수 있으니 다행이죠.

36. 인지 회복을 위해서는 누구를 찾아가야 하나요?

길런 박사 인지재활 분야에는 여러 전문가가 있는데, 이는 인지장애가 생존자의 삶에 아주 오래도록 영향을 주기 때문입니다. 각 전문가들은 인지재활 분야에 있어 각기 고유한 역할을 수행합니다.

만약 인지장애가 일상생활에 영향을 미친다면 **작업치료사**의 도움이 필요합니다. 일상생활에는 자신의 몸을 돌보고 옷을 입고 목욕을 하는 간단한 과제에서부터 육아, 학교가기, 일하기 같은 더 복잡한 과제까지 포함됩니다. 작업치료사는 이러한 일상생활에 도움을 줄 수 있습니다.

신경심리학자는 상세한 평가를 통해 인지장애를 진단하는 역할을 하는데, 요즘에는 인지재활과 관련된 치료도 진행합니다. 만약 여러분이 일상생활 이상으로 지역사회나 학교, 또는 일터 등 어디로든지 다시 복귀하고 싶다면 신경심리학적 평가를 받아야 합니다.

언어병리학자는 인지 중 특히 이해하기, 말하기, 읽기, 쓰기 같은 의사소통과 관련된 활동에서 도움을 줍니다.

저자노트 대부분의 뇌졸중 생존자들은 자신이 꽤 괜찮게 대화할 수 있는데도 왜 언어병리학자를 만나야 하는지 의문을 가집니다. 그러나 인지 문제는 의사소통에 조금이라도 영향을 주는 경우가 대부분으로, 인지 및 의사소통에 장애를 가진 사람은 대화에 주의를 기울이는 것이나 대화 주제에 집중하는 것, 내용을 기억하는 것, 혹은 정확하게 대답하는 것, 농담을 이해하거나 지시를 따르는 것에 어려움을 느낄 수 있습니다. 이러한 문제들은 일상생활이나 각종 책임이 필요한 상황뿐만 아니라 사회적 상황에도 부정적인 영향을 미칠 수 있습니다. 언어치료는 언어장애 저변에 깔려 있는 인지능력을 회복시켜 의사소통 능력을 향상시켜 줍니다.

37. 인지나 지각 문제에 대해서는 어떤 치료를 받아야 하나요?

길런 박사 인지치료는 두 단계로 이루어집니다. 첫 번째 단계는 **인식건설(awareness building)**이라고 하는 것으로 치료 첫날에 시작되어 재활과정 전반에 걸쳐 지속됩니다. 인식에 대한 특징적인 사실 하나는 대부분의 생존자들이 운동장애는 쉽게 인식하지만 인지장애는 자각하지 못하고 있다는 것입니다. 진료실로 들어온 생존자가 제게 처음 던지는 말은 "걸을 수가 없어요."나 "오른팔을 쓸 수가 없어요."이지, "기억력이 나빠졌어요."라든지 "제 왼쪽에 있는 것들에 주의를 기울일 수가 없어요."라든지 "정신이 산만해졌어요."라고 하는 사람은 거의 없는 것처럼요.

결손에 대한 자기인식은 안전을 위해서도 뇌졸중 회복을 위해서도 필수적입니다. 심각한 정도의 *지각결손*을 가지고 있으면서도 병원에서 집까지 운전해서 갈 거라고 말하는 사람들을 가끔 보게 되는데, 정말로 위험한 생각이에요. 조금 다른 얘기지만 사람들은 재활 병동 입원 중에 넘어지는 일도 종종 겪는데, 이는 스스로에게 보행 장애가 있음을 알지 못해 발생합니다. 내가 할 수 있는 것과 할 수 없는 것을 명확히 구분해야 합니다. 일단 문제를 파악하고 그것이 삶에 어떤 영향을 주는지 정확히 이해한 후에야 비로소 여러분은 현실적인 목표를 세우고 노력할 수 있습니다.

인식 이후의 다음 단계는 **전략훈련(strategy training)**입니다. 인지결손 및 지각결손이 있더라도 다양한 전략을 구사하여 이를 극복하는 것이죠. 전략을 구사하기 위해서는 먼저 자신의 장애를 정확히 알아야만 합니다. 결국 인식훈련이 우선이고, 그 다음에 장애를 극복하기 위한 전략훈련이 있을 수 있는 것이에요.

38. 인지, 지각, 의사소통의 문제는 다른 사람에게 쉽게 보이지 않습니다. 이러한 상황에서 뇌졸중 생존자가 다른 사람과 원활히 소통할 수 있는 방법은 무엇인가요?

길런 박사 대부분의 뇌졸중 생존자는 운동장애와 인지장애를 모두 가지고 있습니다. 따라서 생존자와 대화 중인 상대방은 뭔가 문제가 있다는 것을 쉽게 알아차릴 수 있습니다. 그러나 인지, 지각, 의사소통 장애는 있으나, 다리를 절거나 손 힘이 약해져 있는 등의 운동장애가 없는 경우에 문제가 발생합니다. 이때에는 상대방이 생존자를 어떻게 받아들이고 대해야 할지 모르는 경우가 많습니다.

뇌졸중 생존자에게 **주변 사람들이 편안하게 느끼도록** 할 책임을 지우는 것은 아주 중요합니다. '인식'의 개념에서 생각해보면 *온라인 인식(online awareness)* 또는 *불시 인식(emergent awareness)* , 즉 상호 관계가 매끄럽지 않을 때 스스로가 즉각적으로 알아차리도록 하는 것이죠. 이런 상황에서 우리는 생존자가 "말씀하신 것을 이해하는 게 제게는 좀 어려워요. 사람이 적은 복도 끝으로 가서 대화할 수 있을까요?"라든지, "저는 기억력이 안 좋아서 몇 번 되물을 수도 있어요."라든지, "휴대폰이나 수첩에 적으면서 들어도 될까요?"와 같은 말을 하도록 알려줍니다. 뇌졸중 생존자가 이런 식으로 대화를 주도할 때를 상대방은 더 편안하게 느낍니다. 그렇게 하지 않으면 상대방은 생존자가 자신에게 주의를 기울이지 않는다거나 사회성이 없다고 오해할 수 있습니다.

위의 방법은 생존자가 직장에 복귀할 때 특히 도움이 됩니다. 여러분이 뇌졸중을 앓았다는 사실을 굳이 밝힐 필요는 없지만, 직장동료 입장에서는 보이지 않는 장애를 잘못 해석하여, 여러분이 일을 예전만큼 잘하지 못하게 되었거나 열심히 일하지 않는다고 오해할 수도 있습니다. 이렇듯 주변 사람들을 편안하게 하고 그들이 장애에 대해 이해하도록 하는 것은 뇌졸중 생존자 본인에게 달려 있습니다.

39. 인지문제에 대해 가족은 무엇을 할 수 있을까요?

길런 박사 가족은 뇌졸중 생존자에게 가정 내에서의 안전한 물리적 환경을 만들어줘야 하는 것처럼, 사회적 환경도 바꿔줘야 합니다. 가족은 뇌졸중 생존자가 알아듣기는 하지만 반응하는 데에 오랜 시간이 걸린다는 것을 이해해야 합니다. 더 천천히 말해야 하고, 그에 대한 반응을 얻어내기 위해서는 더 오래 기다려야 하는 것이죠. 만약 생존자에게 주의력 결핍이 있는 경우 가족 모임은 재미는 있지만 일면으로는 절망감을 안겨줄 수 있습니다. 사람들이 왁자지껄하게 얘기하고 수많은 대화가 동시에 진행되니까요. 좀 더 **차분한 분위기를 조성하여 뇌졸중 생존자가 가족 구성원으로서의 소속감을 느끼도록 해주어야 합니다.**

뇌졸중 생존자가 어떤 말을 할 때 우리는 본능적으로 그의 말이 다 끝날 때까지 기다린 후에 다른 주제로 넘어가려고 하지만, 그게 반드시 생존자를 도와주는 것은 아닙니다. 우리는 자발적인 선에서 도와야 해요. 사랑하는 사람을 위해서요. 과한 도움은 오히려 해가 됩니다. **늘 생존자가 편하도록 도와주기보다는 가끔은 생존자가 스스로 생각을 정리할 충분한 시간을 주세요.** 본인에겐 그게 더 기분이 좋을 겁니다.

기억력이 좋지 않은 경우 침대 옆이나 식탁, 화장실 거울 등 집 안의 주요 장소에 포스트잇을 붙여 할 일을 적어놓는 간단한 방법을 사용할 수도 있습니다. 또한 휴대폰의 일정 알림 같은 기능을 사용할 수도 있고요. 저희는 항상 노트나 다이어리를 쓰게 하여 생존자가 치료일정이나 약속을 잊지 않도록 해줍니다. 가족도 이와 같은 방법을 사용하여 사랑하는 사람이 더 독립적으로 살아갈 수 있게끔 도와줄 수 있습니다.

어떤 뇌졸중 생존자가 "저는 주변 소음에 굉장히 민감해요. 그래서 식당이나 쇼핑몰에 가는 게 너무 힘듭니다. 그 이유는 무엇이고 어떻게 하면 될까요?"라고 물었습니다.

길런 박사 *선택적 주의(selective attention)*에 문제가 있군요. 하나의 상황을 가정해보겠습니다. 쇼핑몰에서 걷고 있다고 상상해 보세요. 주변에는 수많은 대화가 오가고 있습니다. 뇌졸중을 겪고 있지 않는 사람은 함께 쇼핑하는 사람에게 온전히 집중할 수 있고 모든 관계없는 배경소음은 무시할 수 있습니다. 하지만 뇌졸중을 겪은 사람에게는 매우 힘든 일로 다가올 수 있어요.

이 상황에 대해 몇 가지 해결책이 있습니다. 첫 번째는 피크 타임을 피해서 가는 것입니다. 금요일 저녁이나 할인기간 등의 가장 바쁜 때를 피해서 가는 것이죠. 또 한 가지는, 주의 집중의 측면에서 스스로 주변 환경을 바꾸는 것입니다. 대화를 할 때는 TV나 라디오를 끄는 식으로요. 왜냐하면 다른 사람에게는 별로 신경쓰이지 않는 배경소음 정도이겠지만 뇌졸중 생존자에게는 큰 스트레스로 다가올 수 있으니까요. 아니면, 주의가 분산되는 것을 줄이기 위해 음악은 틀지 않은 상태에서 소음 차단 기능이 있는 헤드폰을 착용하고 대화하는 방법도 있습니다.

40. 뇌졸중으로 인한 인지문제에 과학기술은 어떤 도움을 줄 수 있을까요?

길런 박사 스마트폰은 인지문제와 관련하여 필수 아이템이 될 수 있습니다. 몸이나 뇌가 제대로 작동하지 못할 때 도움을 주는 역할을 할 수 있는 것이죠. 스마트폰의 알람을 설정하여 약 먹는 시간이나 치료 시간에 울리도록 할 수 있습니다. 할 일 목록을 만들어 미리 준비하도록 할 수도 있어요. 과학기술은 우리의 일상에서 없어서는 안 되는 것이고 누구든 이를 이용하여 기억력에 도움을 받을 수 있습니다.

☑ 언어병리학자 메건이 들려주는 인지 회복을 위한 최신기술 활용하기

과학기술이라는 도구를 잘 이용하면 뇌졸중 생존자는 일상생활을 더 잘 영위할 수 있습니다. 도구를 사용한다고 해서 부끄러워할 것은 없어요. 요즘은 모두가 뭔가를 기억해내려고 메모를 하거나 전자 달력을 사용하지 않나요. 우리 삶은 너무나도 복잡해서 누구든 모든 것을 머릿속에 다 담아둘 수는 없는 것입니다. 여러분이 쥐고 있는 스마트폰은 이미 인지문제에 활용할 수 있는 도구들로 가득합니다. 아래에 소개하는 어플들은 아이폰에 있는 것들이지만 안드로이드에도 비슷한 어플들이 존재합니다.

- *캘린더(Calendar)*: 향후의 일정을 입력하고 알람을 설정해서, 준비하고 나갈 시간이 되면 알림이 뜨도록 하세요. 그날그날 했던 것들을 입력해놓고 언제 무슨 일이 있었는지를 일기처럼 나중에 찾아볼 수도 있습니다.

- *지도(Maps)*: 목적지를 가리키는 턴바이턴(turn-by-turn; 지도 없이 화살표와 거리만으로 길안내를 하는 네비게이션) 기능을 활용해서 길을 잃지 않도록 하세요. 또는 지도화면 상에 핀으로 표시를 하여 내가 어디에 차를 세워놓았는지 기억하는 방법도 있습니다. 운전을 하지 않는다면 걷기나 자전거타기, 대중교통 경로를 탐색하는 데에 이 어플을 이용할 수도 있습니다.

- *카메라(Camera)*: 여러분이 하는 것을 사진으로 찍어두고 나중에 확인하여 기억하기 쉽게 해보세요. 누군가가 여러분에게 뭔가를 보여줬는데 그것에 대해 더 알아보고 싶다면 사진을 찍어두어 잊어버리지 않도록 하세요.

- *연락처(Contacts)*: 주소록에 사진을 추가해 놓으면, 누군가의 이름을 기억할 수 없을 때 참고할 수 있습니다. 지인의 생일이나 가족에 대한 각종 정보, 어떤 사람을 어떻게 알게 됐는지 등에 대해 메모를 추가해놓을 수도 있습니다.

- *시계(Clock)*: 알람기능을 아침 기상 시에만 사용하는 건 아닙니다. 약 복용, 운동, 물 충분히 마시기 등 평소 잊어버리기 쉬운 무엇이든 알려줄 수 있으므로 알람을 하루 전반에 걸쳐 설정해 놓으세요.

- *계산기(Calculator)*: 금액을 계산하거나 수표를 나눌 때 계산기를 사용하세요.

- *메모, 미리 알림(Notes and Remiders)*: 물품이 떨어져서 뭔가를 구매해야할 때 쇼핑 목록을 만들어 어플에 저장하세요. 청구서를 결제해야 할 때를 대비해 '미리 알림'을 설정하세요(편리하게 자동이체를 설정하면 더 좋습니다).

- *음성 메모(Voice Memos)*: 타자를 치는 것이 힘들면 음성 메모를 녹음하거나 음성 문자메시지를 보내세요. 스마트폰 키보드에 내장된 받아쓰기 기능을 사용하여 어떤 어플에서든지 말을 문자로 변환할 수 있습니다.

- *친구 찾기(Find My Friends)*: GPS 위치를 가족과 공유하면 가족은 내가 어디에 있든 걱정할 필요가 없습니다. 전문화된 추적 어플이 시중에 나와 있으므로 길을 헤맨 경험이 있는 사람들은 이것으로 도움을 받을 수 있습니다.

- *건강(Health)*: 혈압, 하루에 걸은 걸음 수, 그 외 운동 목표 등을 기록하고 확인하세요. 심박수, 수면상태 및 각종 활동들을 더 자세히 모니터링하기 위해서는 스마트폰을 몸에 부착시키는 밴드를 이용할 수 있습니다. 그리고 운동은 뇌로 가는 혈류를 증가시키는 가장 좋은 인지 치료법이기도 합니다.

어플 사용 시의 어려움을 굳이 꼽는다면, 필요할 때 사용할 생각을 해내야 한다는 것입니다. 여러분에게 가장 적합한 도구를 찾으세요. 그리고 습관이 될 때까지 반복적으로 사용법을 익히세요.

어떤 뇌졸중 생존자가 "두뇌 훈련 게임도 도움이 되나요?"라고 물었습니다.

길런 박사 게임을 독립적인 치료로서 다른 치료들과 완전히 분리하여 사용하는 것은 추천하지 않습니다. 게임이 일상에 실제로 적용될 수 있을지를 고려해봐야 하죠. 아마 하면 할수록 게임 실력은 늘겠지만 과연 가계부의 수입 지출의 밸런스를 맞추거나 저렴한 비행기표를 찾기 위해 인터넷을 검색하는 등의 현실적인 능력이 키워질까요? 대다수의 연구에 따르면 두뇌 훈련 게임은 게임 실력이나 해당 게임과 아주 비슷한 활동능력은 향상시킬 수 있지만, 다른 활동에는 큰 영향이 없다고 밝혀졌습니다.

그렇다고 해도 저는 적극적인 두뇌활동이 아주 중요하다고 생각하는 사람이기 때문에 만약 **게임이 온전한 재활 프로그램을 중심으로 보조 수단 정도로 사용된다면 분명 도움이 될 것**이므로 이러한 사용은 독려하고 싶습니다. 만약 사람들이 *루모시티(Lumosity; 두뇌 훈련 어플 중 하나)* 같은 프로그램으로 동기부여를 받을 수 있다면 훌륭한 일이죠. 하지만 이것이 다른 치료를 제쳐놓고 유일한 방법이 될 수는 없습니다. 어쨌든 게임이 사람들을 변화시키는 주요 수단이 되지는 못하겠지만 적어도 앉아서 TV나 보는 것보다는 낫습니다.

• • • • • •

6장의 주요 포인트

인지장애와 지각장애는 뇌졸중으로 인해 흔히 발생합니다. 그 증상으로는 주의력, 기억력, 지각 등에 이상이 나타날 수 있습니다. 뇌졸중 생존자는 자신이 이런 문제를 가지고 있다는 것조차 모를 수 있으며, 이는 안전성의 문제를 불러일으킬 수 있습니다.

인지치료는 작업치료사, 언어병리학자 및 신경심리학자가 진행합니다. 무엇보다도 자기인식(self-awareness)을 건설하는 것이 선행된 다음에야 생존자는 이에 대응하기 위한 전략을 사용하도록 훈련받습니다.

인지문제와 지각문제는 타인이 알아차리기 어려운 경우가 많습니다. 뇌졸중 생존자는 자신의 장애가 부자연스러운 상황을 만들어내는 것을 자각하는 법을 배우고, 이에 대해 특정 방법을 사용하거나 다른 사람들에게 미리 알려주는 등 주도적으로 행동하는 것이 좋습니다.

가족은 인지장애를 가진 생존자와 상호작용하는 방법에 변화를 주어야 합니다. 주의를 산만하게 하는 것들을 제거하고, 말을 천천히 하며, 인내심을 가지고 기다려주는 등 여러 방법을 사용해 보세요.

과학기술을 적극적으로 활용하여 뭔가를 기억하고 준비하는 데에 도움을 얻고, 두뇌가 활동적으로 유지될 수 있도록 하세요.

CHAPTER

의사소통능력 회복하기

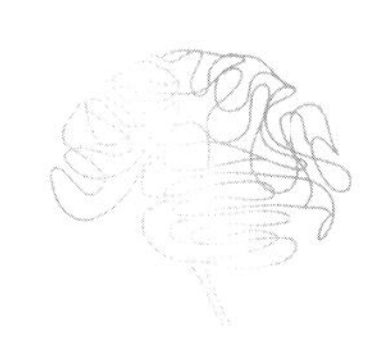

뇌졸중으로 인해 장애가 생길 수 있는 인지기능 중에는 의사소통도 있습니다. 자신의 생각을 다른 사람과 나누는 능력을 잃는 것은 너무나도 괴로운 일이죠. 그러나 대화하는 것도 걷는 것과 마찬가지로 하나의 기술일 뿐이라는 점을 명심하세요. 그 기능을 잃는다고 해서 '나'라는 사람이 바뀌는 것은 아닙니다. 나 자신은 여전히 지혜롭고도 유일무이한 존재인 것이죠.

뇌졸중으로 인해 발생하는 의사소통의 문제는 우리 가까이에서 중요하게 작용합니다. 제 동생 데이빗은 처음엔 말을 전혀 할 수가 없었습니다. 그러나 수백 번의 언어치료를 받으면서 좋아질 수 있었어요. 데이빗의 언어치료사 중 한 명이었던 잭클린 힝클리(Jacqueline Hinckley) 박사는 사우스플로리다 대학교의 언어병리학 분야의 명예 부교수입니다. 데이빗의 삶에 있어 큰 영향력을 행사한 또 다른 인물은 세계적으로 유명한 언어병리학자인 오드리 홀랜드(Audrey Holland) 박사인데, 실어증에 대한 연구자이면서 주창자이고, 애리조나 대학교 언어과학 교실의 명예교수이기도 합니다. 이 두 분께서 지금부터 의사소통장애에 대한 전문지식을 친절하게 들려줄 것입니다.

41. 뇌졸중이 오면 어떤 종류의 의사소통문제가 생기나요?

저자노트 뇌에 손상이 가해진 후에 발생할 수 있는 의사소통문제에는 크게 세 가지가 있습니다. 이 중 두 가지는 말하기에, 나머지 한 가지는 언어에 영향을 줍니다. 말하기(speech)는 우리가 의사소통을 하기 위해 만들어내는 소리를 말하고, 언어(language)는 우리가 말하는 내용을 뜻합니다. 뇌졸중 생존자는 이들 중 일부 혹은 전부를 가지고 있을 수 있습니다.

구음장애(構音障碍, dysarthria)는 어눌하게 말하는 것을 가리킵니다. 이 경우 말을 좀 더 명확하게 발음하기 위한 간단한 방법이 있습니다. 바로 천천히, 좀 더 크게, 과장될 정도로 분명하게 입을 움직여서 말하는 것이죠. 언어병리학자는 어눌해진 말이 잘 나오도록 생존자의 증상에 따라 맞춤식 운동법을 알려줄 수 있습니다.

실행증(失行症, apraxia)이라고 하는 말하기 문제도 있습니다. *실행증*이 있으면 말할 때 입 주변의 근육을 적절히 조절하고 순서에 맞게 활성화시키는 데에 어려움이 생깁니다. *실행증*은 뇌졸중 후에 언어장애를 일으키는 주요 문제인 ***실어증(失語症, aphasia)***과 거의 항상 함께 발생합니다. *실어증*은 뇌졸중 환자의 1/3에서 발생하고, 뇌졸중 생존자가 더 효율적으로 말할 수 있게 하기 위해서는 *실어증*과 *실행증*을 함께 치료해야 합니다.

42. *실어증*이란 무엇인가요?

힝클리 박사 *실어증*이란 **뇌졸중으로 인해 언어능력에 혼란이 오는 것**을 말합니다. 이 때 '언어'라고 하는 것에는 읽기, 쓰기 능력뿐 아니라 다른 사람이 나에게 하는 얘기를 이해하고 내가 원하는 것을 말로 표현하는 것도 포함됩니다.

낯선 언어를 사용하는 나라에 갔다고 상상해 보세요. 여러분은 그 곳의 언어를 이해할 수도, 말할 수도, 읽거나 쓸 수도 없을 것입니다. 상황을 잘 살피면 무슨 일이 일어나고 있는지 파악은 할 수 있겠지만 의사소통에는 장벽이 생기겠죠? *실어증*은 바로 이와 비슷한 상태에 처하는 것입니다. 전혀 말하거나 알아들을 수 없는 정도일 수도 있고, 아니면 일부는 가능하나 능숙하지는 않은 정도일 수도 있습니다.

안타깝게도 우리 사회는 말하는 능력을 지능과 동일하게 여기는 경향이 있습니다. 그래서 사람들은 *실어증* 같은 언어문제가 있는 사람을 특별하게 대하려고 합니다. 그러나 *실어증* 환자에게도 여전히 지능이 있으며 정상적인 방식으로 전달하지 못하는 것뿐입니다. 보통 사람들은 이해하기 어려운 상황이겠지만요. 저는 *실어증* 환자가 "아, 난 더 이상 똑똑한 사람이 아니구나."라고 말하는 것을 들은 적도 있습니다. 하지만 사실이 아니에요. 알아듣고 의사소통하는 것이 힘들긴 하겠지만 *실어증*은 언어 구사력에만 영향을 줄뿐 지능에 영향을 주는 것은 아닙니다.

43. 모든 *실어증*은 동일한가요? 아니면 *실어증*에도 종류가 있나요?

힝클리 박사 손상 상태에 따라 다양한 종류의 실어증이 존재합니다. 유독 **알아듣는 능력에 문제**를 보이는 경우도 있고*(베르니케 실어증, Wernicke's aphasia)*, **말로 표현하는 능력에 문제**를 보이는 경우도 있으며*(브로카 실어증, Broca's aphasia)*, **둘 모두가 불가능한 실어증** 환자도 존재합니다*(전실어증, global aphasia)*. 말뿐 아니라 읽기와 쓰기 능력에도 이와 비슷한 구별이 존재합니다. 뇌의 손상 부위에 따라 몇 가지 형태가 함께 나타날 수도 있고 그 정도도 다양할 수 있습니다.

홀랜드 박사 저는 증상이 완전히 동일한 *실어증*을 본 적이 없습니다. 그리고 *실어증은* 언어와만 관련 있는 것이 아니에요. 의욕이나 태도 및 기운의 정도와도 관련이 있습니다. 이 요인들은 모든 사람들에게서 똑같이 나타나는 것은 아닙니다. *실어증*을 가진 누군가를 만나봤다면, 그냥 그 한 사람만 만나본 거예요.

*실어증*에 대해 다른 사람에게 설명할 때는 그 *실어증* 환자의 특징에 대해 아주 구체적으로 설명해야 합니다. 다음과 같이 말할 수 있겠죠. "이 사람은 말하는 데에 어려움이 있어요. 알아듣는 것에도 어려움이 있는데, 특히 너무 빠르게 얘기하거나 너무 많은 내용을 한 번에 얘기할 경우에 그래요. 피로도 쉽게 느끼고요. 읽는 건 아주 잘하는데 쓰는 건 불가능해요."

"제 실어증은 특히나 심했어요. 처음 몇 년 동안은 전혀 말을 할 수 없었죠. 열두 살이 되던 해에 저는 아주 뛰어난 언어병리학자인 힝클리 박사를 만났습니다. 그녀는 말 외의 다른 방법으로 의사소통하는 방법을 알려주었고 이를 통해 제가 원하는 활동을 할 수 있게 해주었습니다. 저는 다른 사람과 의사소통하고 싶었고, 결국 큰 발전을 이뤄냈습니다. 말할 수 있는 모든 곳에서 말하는 연습을 해보세요. 한 단어 한 단어씩 차근차근요. 매일 꾸준히 해야 합니다." - 데이빗

☑ 마이크 박사의 팁

"뭔가에 흥미를 가지고 있다면 이를 이용하여 훈련의 폭을 넓히고 또 재미있게 할 수가 있습니다. 회복과정에 포함시키고 싶은 것들을 생각해 보세요. 만약 축구를 좋아한다면 스포츠 섹션을 혼자 크게 읽어보거나 친구에게 어젯밤 있었던 경기에 대해 얘기해 보세요. 미술을 좋아한다면 누군가와 함께 미술관에 가서 가장 좋아하는 작품에 대해 얘기해 보세요. 치료라고 해서 반드시 지루한 것은 아닙니다. 행복한 삶을 위한 비결은 삶을 기쁨과 열정, 그리고 목적으로 채우는 거예요."

44. *실어증*은 어떤 식으로 회복되나요?

홀랜드 박사 *실어증*은 자연회복의 시기인 처음 두세 달 안에 가장 많이 좋아집니다. 하지만 회복이란 것은 뇌졸중 후 수 년이 지나서도 계속해서 일어날 수 있어요. 뇌졸중을 앓았던 생존자와 가족 모두 희망을 놓지 않고 계속해서 긍정적으로 노력해야 합니다. 실어증을 가진 사람이 어느 정도까지 좋아질 것이라고 규정짓고 싶진 않으나, *실어증*이 처음 발생한 그날보다 안 좋아질 일은 절대 없다는 사실은 확실합니다. 분명 희망은 존재하고 여러 경로를 통해 도움을 받을 수도 있습니다.

45. 언어치료는 의사소통문제를 가진 사람에게 어떤 도움을 주나요?

힝클리 박사 치료라는 것은 그 사람에게 중요한 의미를 가지는 일들을 다시 할 수 있게끔 하는 것에 초점이 맞춰져야 합니다. 이것은 아주 중요한 개념이에요. 그 일을 하고 싶어서이기도 하지만 치료는 뇌졸중 생존자를 자극하는 활동을 기반으로 시행될 때 가장 효과적입니다. 스스로에게 의미있는 일을 할 때에 우리 뇌는 훨씬 더 강력한 변화를 보이니까요.

'쓰지 않으면 결국 잃게 된다.'라는 말을 앞에서도 들어보셨죠. 신경가소성의 또 다른 원칙은 '쓸수록 향상된다.'였죠. 만약 어떤 치료법이 생존자가 앞으로 하고 싶은 것과 직접적으로 관련이 있다면 그 생존자는 더 열심히 치료에 임할 것입니다. 더 많이 연습하고 반복하면 그 능력이 향상되는 것은 당연한 이치지요.

또한 우리는 연구로 입증된 많은 치료법들을 이미 알고 있습니다. 따라서 그 결과가 어떨지도 알고 있고요. 이렇듯 근거에 기반한 치료법들을 이용해서 생존자에게 적절하게 적용한다면 좋은 효과가 나타날 가능성은 더 높아집니다. 뿐만 아니라, *실어증* 치료의 효과를 입증한 대부분의 연구는 첫 6개월의 회복 기간을 지난 뇌졸중 생존자를 대상으로 하고 있습니다. 이로써 우리는 생존자들이 치료를 받으면 계속해서 좋아질 것임을 알 수 있는 것이죠.

46. 개인치료와 비교해서 집단치료는 어떤가요?

힝클리 박사 집단치료에는 아주 좋은 장점이 몇 가지 있습니다. 우선, 여러분이 집단에 소속되는 것 자체가 사회적 의사소통 능력을 훈련하는 셈이 됩니다. 다양한 정도의 언어장애를 가진 사람들에게 의사를 표현하려고 시도하는 것은 **곧 수많은 문제해결의 기회를** 갖는 셈입니다. 또한 비슷한 상황을 겪고 있는 사람들과 함께 하고 있다는 **정신적, 사회적 소속감은** 아주 바람직한 일이죠. 여러분이 아직 시도해보지 않은 의사소통 기법을 사용하는 사람을 직접 만나게 될 수도 있고, 또 그 방법이 여러분에게 도움이 될 수도 있습니다.

반면 개인치료의 경우 치료의 초점이 개인에게 맞춰져 있기 때문에 집단치료에서 집중적으로 연습하기 어려운 읽기나 쓰기 같은 특정 기술을 훈련하는 데에 온전히 전념할 수 있다는 장점이 있습니다. 물론 **가장 좋은 것은 개인 치료와 집단 치료를 병행하는 것**이죠.

"저는 '실어증회복연결'을 공동 설립했습니다. 저희 단체는 실어증을 가진 사람들을 서로 연결해주기 위한 페이스북(Facebook) 모임(group)을 가지고 있습니다. 모든 사람의 거주지 주변에 뇌졸중센터나 실어증센터가 있는 건 아니잖아요. 그러나 저희 모임은 365일 24시간 온라인상으로 접속 가능하며, 내 증상을 제대로 이해하고 있는 사람들로 가득합니다. 비슷한 처지의 사람들에게 둘러싸이면 내가 혼자가 아니라는 사실을 느끼게 될 것입니다." - 데이빗

☑ 마이크 박사의 팁

" '벼랑 끝의 절망(terminal uniqueness)'이라고 하는 개념이 있습니다. 내가 지금 처한 상황이 다른 누구의 것보다 나쁘다고 생각하는 것을 말하는데, 이러한 상태에 빠지는 것을 경계해야 합니다. 이 생각은 뇌졸중 생존자뿐 아니라 가족 및 가까운 사람들 모두에게 부정적 영향을 미치고, 고립, 우울, 불안 등의 감정을 일으킬 수 있습니다. 내가 혼자가 아님을 깨달아야 이것을 치료할 수 있습니다. 이 세상에는 수백만 명의 뇌졸중 생존자가 있다는 것을 잊지 마세요. 밖에 나가 그들을 만나보세요! 한 예로, *실어증회복연결* 모임에 가면 여러분은 수많은 뇌졸중 생존자 및 그 가족들을 만나게 될 것입니다. 다른 사람과 관계를 맺고 경험을 직접 들으면 힘들었던 감정들이 녹아내리는 것을 경험할 거예요. 그러면 유대감이 형성되고 희망과 신뢰가 싹틀 것입니다."

47. *실어증*에 대해 가족으로서 어떤 도움을 줄 수 있을까요?

홀랜드 박사 *실어증*인 사람을 대하는데 있어 그 가족에게 가장 중요한 것은 **대화하는 법을 배우는 것**과 *지지하는 의사소통법(supported communication)*, 즉 **의사소통 방식을 바꾸어 상대방이 더 잘 이해할 수 있게 맞춰주는 기술을 배우는 것**입니다. 대화하는 법이라 함은 메모지를 활용하거나 몸동작을 함께 쓰거나 특정한 방식으로 질문하는 등의 방법을 이용하는 것을 말합니다. 각종 사물의 그림이 그려진 보드판을 사용하는 것도 일부 생존자들에게 도움을 주긴 하지만, 이 방법이 훨씬 낫습니다. *지지하는 의사소통법*은 자신의 본래 의사소통 스타일을 *실어증* 환자에게 맞추어 바꾸는 것입니다. 예를 들면 환자에게 무슨 말인지 다시 알려달라고 요청하거나, 그 사람이 가장 자신 있어 하는 의사소통 방법(몸동작, 쓰기, 그리기, 말하기 등)이 뭔지 파악하거나, 말하고 싶은 것을 글로 써줘도 된다고 얘기해 주거나, 몇 가지를 적어놓고 직접 고르도록 하는 것 등입니다. 이것은 말 그대로 그 사람이 잘하는 것에 집중해주는 장점 지향적 접근법이에요.

그 외에도 ***실어증*은 그저 언어장애일 뿐이라는 사실을 이해**하는 것도 중요합니다. 전반적인 인지 능력과는 상관이 없어요. 특히 병의 초기에 그 사람이 말은 서툴러도 마음상태는 온전하다는 것을 이해하는 것이 가장 중요합니다. 그리고 *실어증*은 회복과정이 길 것이라는 점과 그럼에도 회복은 계속해서 일어날 거라는 사실을 이해해야 합니다. 참고로, 회복은 보통 뇌가 안정되면서 자연스레 이루어지기 때문에 치료 자체에 전적으로 달려있는 것은 아닙니다. 또한 회복은 시기와도 관련이 있고요.

가족은 *실어증* 환자의 언어능력 정도와 무관하게 **여전히 그가 할 수 있는 일이 무엇일지를 찾아줘야 합니다**. 의사소통은 말이 다가 아니에요. 사랑한다는 말을 전하기 위해 살포시 손을 잡는 것도 의사소통입니다. 몸짓이나 글도요. 이러한 모든 형태의 의사소통이 다 중요합니다.

☑ 메건이 들려주는 *실어증* 환자와의 의사소통 팁

*실어증*은 뇌졸중 생존자와 대화 상대자 모두에게 큰 절망으로 다가올 수 있습니다. 그러나 말하는 방법을 조금 바꿈으로써 이러한 절망감을 줄일 수 있습니다. 아래의 방법을 활용하면 *실어증*인 사람과 대화하는 데에 큰 도움이 될 것입니다.

- 의사소통 문제는 *실어증*이 있는 사람에게만 존재하는 것이 아니라는 사실을 이해한 상태에서 의사소통 시의 부담감에 대해 솔직하게 얘기하세요. 인내심을 가지고 충분한 시간을 의사소통에 할애해야 합니다.

- "당신도 알고 있다는 거, 저도 알아요."라고 말하여, *실어증*을 가진 사람이 말로 표현하지는 못해도 그가 분명 자신의 생각을 가진, 지능이 있는 사람임을 안다는 것을 표현하세요.

- 명료한 발음으로, 짧고 간단한 문장으로 얘기하되 소리치거나 윽박지르거나 아이를 달래는 투로 말하지는 마세요. 우리말이 서툰 외국인과 대화할 때를 떠올리면 좋습니다.

- 보조적으로 글쓰기, 그림 그리기, 몸짓 등을 적극적으로 활용하세요. 사물을 가리키거나 사진을 사용하는 것도 좋습니다. 핵심 단어를 써서 보여주기 위해 종이와 펜을 항상 가지고 다니세요.

- '예, 아니오'로 대답할 수 있는 질문("차 한 잔 드릴까요?")이나 간단한 선택을 할 수 있는 질문("커피가 좋으세요, 차가 좋으세요?")을 하거나, 혹은 적혀있는 것 중에 고르도록('커피, 차, 주스') 하여 *실어증*을 가진 사람이 원하는 것을 쉽게 선택하도록 도와주세요.

- 한 번에 한 가지씩만 물어보되 일반적인 질문을 먼저 한 후에 구체적인 것을 물어보세요. 예를 들면 "사람에 대한 것입니까? 가족 얘기에요? 둘째 아들에 대한 얘기인가요?" 식으로요. 그리고 '예, 아니오'의 대답이 항상 신뢰할 수 있는 것은 아님을 명심하고, 두세 번 다시 확인하는 것이 좋습니다.

- 주의를 산만하게 하는 환경이나 배경 소음을 피하여 조용한 곳에서 대화하세요. 여럿이 함께 모여 대화하는 것보다는 일대일로 하는 것이 더 좋습니다.

- *실어증*을 가진 사람의 말을 내가 제대로 알아들은 게 맞는지 확인하기 위해 이해한 바를 반복해서 물어보세요. 못 알아들었으면서 알아들은 척할 필요는 없습니다.

- *실어증*을 가진 사람이 의사전달이 힘든 상황에 맞닥뜨렸을 때 상대방이 대신 대답해주거나 도와주길 바라는지 물어보세요. 도와주는 것을 좋아하는 사람이 있는가 하면, 그렇지 않은 사람도 있습니다.

상대방으로서 너무 힘들고 부담되면 그냥 포기해도 괜찮다는 것을 잊지 마세요. 나중에 더 쉽게 느껴질 때 다시 해도 됩니다.

힝클리 박사 인내심을 가져야 합니다. *실어증*이 없는 우리는 대화 사이에 1초도 안 되는 시간을 두고도 번갈아 대화하는 게 익숙하지만, *실어증*이 있는 사람은 10초나 20초 정도의 간격을 두며 대화를 이어가는 경우가 흔하니까요. 우리가 일반적으로 대화 사이에 기다리는 시간보다 10배에서 20배 정도나 깁니다. 물론 일반인에게는 힘든 일입니다. 또 저는 보호자가 *실어증*을 가진 사람에게 얘기할 때는 말과 말 사이에 3~5초를 세며 간격을 두라고 충고합니다. 하지만 이 정도의 시간 간격을 몹시 지루해하는 사람도 있습니다. 그 사람에게는 너무 힘든 일이겠지만 그래도 *실어증*을 가진 사람을 위해서 연습해야만 합니다.

보통 사람들은 말이 오가지 않는 순간을 불편하게 생각합니다. 하지만 *실어증* 환자 주변에는 침묵의 시간이 존재하는 것이 불가피하기 때문에 우리는 여기에 적응해야 합니다. 결코 이상한 것이 아니라고 받아들이는 거죠. *마음 챙김(mindfulness)*이나 명상이 여기에 도움이 될 수 있습니다. 그리고 *실어증*을 가진 사람은 쉽게 피곤함을 느끼기도 합니다. 그를 향해 쏟아지는 말과 본인이 표현하고 싶은 말에 대해 쉼 없이 노력하기 때문입니다. 따라서 조용히 보낼 수 있는 시간을 확보하도록 해줘야 합니다. 공원 벤치에 조용히 앉아 자연의 아름다움을 감상하게 해주고 침묵 속 공간을 그저 함께 나누기도 하는 식으로요. 아주 중요한 부분입니다.

어떤 보호자가 "만약 *실어증*을 가진 상대방이 무슨 말을 하고 싶어 하는지 제가 아는 상황이라면 그의 말을 거들어 도와줘야 하는 건가요?"라고 물었습니다.

홀랜드 박사 여기에 정답은 없습니다. *실어증*을 가진 사람마다 다르겠죠. 혹시 누군가에게 도움이 됐다고 해서 다른 사람에게도 그런 것은 아니에요. "가족 입장에서 제가 어떻게 해야 할까요? 그의 말을 도와줘야 할지 그냥 기다려야 할지 잘 모르겠어요."라고 묻는 보호자에게 저는 항상 "저한테 물어보시면 안돼요. 그 분한테 직접 여쭤보세요. 그러면 '그냥 놔두세요. 힘들어도 혼자서 노력하고 싶어요.'라고 하거나 '도와주시면 감사하죠.'라고 할 겁니다."라고 대답합니다.

*실어증*을 가진 사람에게는 스스로 할 수 있는 것을 깨닫고 시행할 모든 자율적인 기회가 주어져야 합니다. 이를 위해서는 세 가지 요소가 충족되어야 하는데, 솥을 세우기 위한 세 개의 솥발에 비유할 수 있습니다. *실어증*에 대해 연구하고 치료하는 학자나 임상의사가 있고, *실어증*을 가진 사람과 동고동락하는 가족이 있고, 마지막으로 *실어증*을 가진 사람 본인이 있습니다. 이 중 본인은 *실어증*을 가진 채로 살고 있기 때문에 스스로 무엇이 필요한지 아는 진정한 전문가이며 가장 중요한 요소라고 할 수 있습니다. 물론 솥을 세우기 위해서는 세 다리 모두가 필요합니다.

힝클리 박사 가족은 그들 자신의 욕구와 생존자의 독립을 독려할 의무 사이의 아슬아슬한 줄타기에 직면합니다. 쉽지 않은 일이죠. 중요한 것은 적절한 균형을 찾기 위해 양쪽 모두가 함께 대화하고 노력하는 것입니다. 가족 입장에서 '이렇게 해야 한다'며 일방적인 결정을 내려서는 안 되는데, *실어증*을 가진 사람도 자신의 의견이 있을 것이므로 이를 고려해야 하는 것이죠.

48. 실어증을 가진 사람은 의사소통 능력을 향상시키기 위해 집에서 무엇을 할 수 있나요?

홀랜드 박사 **매일 여러 사람들과 의사소통하세요.** 치료는 치료실에서만 이루어지는 게 아니고 세상 밖에서 매일 매일 이루어지는 것이니까요. 유명한 정신과 의사인 프리츠 펄즈(Fritz Perls)는 "주위의 모든 것이 치료로 작용할 때에 비로소 치료는 종결되는 것이다."라고 말한 바 있습니다.

또 한 가지 중요한 것은 *실어증*이 있는 사람이 **병의 초기에 자신과 같은 처지에 있는 다른 사람을 만나는 일입니다.** 같은 처지의 사람들에 둘러싸이는 것은 든든한 버팀목이 되어 주니까요. *실어증*을 가지고 살아가는 것이 어떤 것인지를 서로 이해하고 있기 때문입니다. 같은 문제를 안고 살아가는 사람들이기에 서로에게 큰 도움이 되어줄 수 있는 것입니다. 이것은 *실어증*에 대한 가장 강력하고 오래갈 수 있는 치료법 중의 하나입니다.

힝클리 박사 맞습니다. *실어증*이 있는 사람에게는 *실어증* 및 뇌졸중을 지원해주는 단체에 가입하는 것이 매우 중요합니다. 미국의 *국립실어증연합(National Aphasia Association)*은 지역 별로 프로그램들의 목록을 만들어, 비록 공식적인 치료법은 아니더라도 사람들이 지원을 받을 수 있는 곳을 찾아볼 수 있게 하고 있습니다. 이러한 지원에는 사회적 지원뿐 아니라 *실어증*을 가진 사람이 집을 벗어나 적극적인 활동을 다시금 하게 하는 것도 포함됩니다. 이 모든 것은 언어능력을 지속적으로 향상시키기 위해 아주 중요합니다.

제가 전에 말씀드렸던 것처럼 두뇌를 변화시키고 발달시키기 위해 가장 중요한 원칙은 '사용하지 않으면 잃게 된다.'는 것입니다. 그러므로 적극적으로 참여하는 자세를 가져야 합니다. 저는 제 환자들에게 뇌졸중으로 인한 *실어증*을 악화시키는 한 가지 확실한 방법에 대해 귀에 못이 박히도록 얘기합니다. 하루 종일 소파에 앉아 TV만 보는 것이죠. 만약 여러분이 현재 이런 생활을 하고 있다면 상태는 더 이상 나아지지 않을 거예요. 왜냐하면 의사소통 기술을 전혀 사용하고 있지 않을 뿐더러 뇌가 전혀 활동하지 않고 있는 것이니까요.

따라서 가장 중요한 것은 적극적으로 활동하는 것입니다. 하지만 뇌졸중 생존자에게 이렇게 말하기는 쉬워도 그들이 실제 실천하는 것은 생각보다 어렵습니다. 저는 생존자에게 뭔가 자신이 할 수 있는 것을 찾아보기를 권유합니다. 뭔가 접근이 쉬우면서도 자신에게 의미 있는 것을 찾아서 바로 시작하기를 바라죠. 밖으로 나가보세요. *실어증* 단체에 가입하거나 여러 활동을 할 수 있게 도와주는 친지나 친구, 이웃을 만나는 것이 아마 가장 중요한 단계일 것입니다.

가장 이상적인 것은 언어병리학자가 가정용 훈련 프로그램을 만들어주는 것입니다. 과학기술 덕에 수많은 어플과 훈련 프로그램이 개발되어 선택의 기회가 넓어졌고, 언어병리학자는 각자에게 맞는 어플이나 소프트웨어를 찾아 훈련하는 방법을 설계해줄 수 있습니다.

49. *실어증*이 있는 사람은 과학기술로부터 어떤 도움을 받을 수 있을까요?

힝클리 박사 최근 몇 년 사이에 *실어증*을 위한 어플 등의 과학기술이 기하급수적으로 늘어났습니다. 이들이 사회생활을 할 때 더 잘 소통할 수 있도록 **말을 생성해주거나 저장된 말을 재생시켜주는 기기**도 있는데, 이를테면

레스토랑 같은 곳에서 주문할 때 사용할 수 있겠죠. 그런 어플은 사람들이 집 밖으로 나가 실제적으로 다른 사람들과 교류하게 해주므로 제 개인적으로는 생존자에게 가장 추천하고 싶습니다.

철자 연습이나 단어 이해 등의 반복적인 일을 위해 고안된 소프트웨어 프로그램 및 어플도 있습니다. 이것은 언어와 관련된 특정 기술을 훈련하는 데에 도움을 주긴 하지만, 다른 사람과의 대화 없이 혼자서 이것만 사용해서는 별 의미가 없습니다. 과학기술을 이용한답시고 하루 종일 휴대폰만 바라보거나 컴퓨터 앞에 앉아만 있는 것은 경계해야 하죠.

홀랜드 박사 과학기술 산업은 빠르게 팽창하고 있습니다. 과학기술은 실어증이 있는 사람에게 많은 도움을 줄 수 있어요. 말을 생성해주는 기계에서부터 원격치료(화상 채팅을 통해 치료사에게 치료를 받는 것)나 *실어증회복연결* 같은 온라인 모임까지 모든 것에 걸쳐 있습니다.

좋은 어플 한 가지를 선택해서 지속적으로 사용하는 것이 어플 수백 가지를 다운받는 것보다 훨씬 중요합니다. 좋다고 생각되는 어플을 찾았으면 꾸준히 사용하는 게 좋아요. 그리고 지금 사용하고 있는 휴대폰에 이미 내장되어 있는 기능, 즉 문자메세지를 소리내어 읽어주거나 사진을 찍어주는 등의 기능도 잊지 마세요. 이러한 기본 기능을 배우는 것은 *실어증*에 특화된 어플에 대해 배우는 것만큼이나 중요합니다. 그냥 재미로 어플을 다운받아보는 것도 좋아요. 저는 영어단어 게임인 *워즈 위드 프렌즈(Words with Friends)*에 중독됐거든요. 이 어플은 레벨 별로 해볼 수 있는 *스크래블(Scrabble)* 같은 말 찾기 게임인데, 이것도 일종의 언어 활동입니다. 이런 어플은 그 자체로 재미가 있는데, 재미도 아주 중요한 부분입니다.

☑ 메건이 들려주는 의사소통 능력 향상을 위한 과학기술 활용법

과학기술은 *실어증*을 가진 뇌졸중 생존자에게 세 가지 방면에서 도움을 줄 수 있습니다. 바로 사람들과 연결시켜주고, 의사소통할 수 있게 해주고, 증상이 좋아지도록 해주는 것입니다.

- **사람들과의 연결:** 전화의 발명은 우리가 먼 곳에 있는 사람과도 얘기할 수 있게 해주었습니다. 나아가 *스카이프(Skype)*, *페이스타임(FaceTime)*이나 *구글(Google)* 등을 통한 화상채팅은 *실어증*을 가진 사람이 직접 얼굴을 보며 몸짓이나 글쓰기, 얼굴 표정 등을 사용해서 좀 더 매끄럽게 의사소통할 수 있게 해주었죠. 문자나 이메일은, 말을 읽고 생각을 가다듬고 대답할 더 많은 시간을 주었습니다. 소셜미디어는 뇌졸중 생존자가 멀리 떨어진 가족이나 친구와도 연락할 수 있게 해주었고 뇌졸중이나 *실어증*을 경험한 다른 사람들과의 만남도 용이하게 해주었습니다. 인터넷을 통해 *실어증회복연결*과 같은 온라인 모임에 가입하는 것은 더 많은 의사소통의 기회를 제공해주었습니다.

- **의사소통:** 말로 하는 의사소통을 보완 및 대체해주는 방법을 일컬어 *보완대체 의사소통(augmentative and alternative communication, AAC)*이라고 합니다. *보완대체 의사소통*은 메모지나 사진책 같은 단순한 것부터 *아이패드(iPad)* 같은 고급 과학기술 모두를 포괄하는 개념입니다. 현재 시중에는 *보완대체 의사소통*을 구현한 어플이 많이 나와 있습니다. 직접적인 치료법은 아니지만 어플을 잘 선택하여 개개인에 맞게 설정하고 사용법을 숙지하면 치료에 도움을 받을 수 있습니다. *링그래피카(Lingraphica)* 업체는 *실어증*을 위한 전문 *보완대체 의사소통* 기기 외에 몇 가지 무료 어플도 제공하고 있습니다. 스마트폰에 기본적으로 내장되어 있는 *카메라, 사진, 지도, 캘린더, 메모* 등의 어플을, 빠르게 쓰거나 그리기 위한 화이트보드 어플과 함께 사용하면 더 효과적입니다. 받아쓰기 기능이나 문자를 말로 바꿔주는 기능도 읽기와 쓰기에 도움이 됩니다.

- **증상의 개선:** 치료에 어플이나 소프트웨어를 이용하는 것은 훈련 강도에 변화를 줄 수 있는 아주 훌륭한 방법입니다. 연구에 따르면 이와 같이 컴퓨터화된 치료법은 뇌졸중 발병 수년이 지난 후 남아있는 *실어증*에도 아주 효과적일 수 있다고 합니다. 집에서 혼자 혹은 가족과 함께 사용하여 회복에 도움을 받을 수 있는 것이죠. *실어증*을 위해 특별히 만들어졌으면서도 효과가 입증된 방법을 기반으로 하는 어플을 찾아보세요. *택터스 테라피(Tactus Therapy)* 같은 회사에서 만든 어플이 한 예시죠. 언어병리학자에게 요청하여 자신에게 적합한 어플을 찾아달라고 하세요.

어떤 뇌졸중 생존자가 "TV를 보는 것도 언어능력 향상에 도움이 되나요?"라고 물었습니다.

힝클리 박사 이 질문과 관련하여 생각해볼만한 질문이 있습니다. "스페인어로 방송되는 텔레비전을 보면 스페인어를 배우게 되나요?" TV 시청만으로는 그럴 수가 없습니다. 하지만 TV 시청을 대화 및 읽기와 결합하면 큰 치료 범주의 일부로서 도움을 받을 수 있습니다. 단순히 소파에 앉아 TV만 보는 것은 너무나도 수동적인 활동입니다. 우리의 두뇌는 활발하게 쓸 때 상태가 향상되는 것이기 때문에 **TV만 보는 것은 별로 도움이 되지 않습니다.**

물론 우리는 각자 좋아하는 TV 프로그램이 있고, 이러한 프로그램을 보는 것은 흥미를 유발하는 측면에서는 좋은 것입니다. 자막이 나오게 설정하면 더 도움이 되고요. 자막으로 인해 오히려 산만해진다고 말하는 사람들도 있지만요. 그러나 어찌됐건 자막을 읽으면서 시청하더라도 집에서 하루 종일 TV만 보는 것은 안됩니다.

50. 의사소통에 장애를 겪고 있는 사람이 스스로 뭔가를 결정할 수 있을까요?

힝클리 박사 당연하죠. 누군가가 스스로 결정을 내리지 못하는 유일한 상황은 금치산자(법적으로 스스로 판단할 의사능력이 없는 상태)인 경우로, 뭔가를 분명하고 이성적으로 생각할 수 없는 상태입니다. ***실어증*이 있다고 해서 스스로 결정을 내리는 것을 막을 수는 없습니다.** 그보다는 이들이 법적 혹은 기술적 문서를 이해하기 위해 도움이 필요할 수도 있다고 이해하는 것이 정확합니다. 만약 금전적 사안이 발생한 경우 *실어증*이 있는 사람은 상황에 대한 이해를 위해 약간의 도움이 필요할 수는 있는데, 일단 이해했으면 스스로 결정을 내릴 권리를 가지고 있습니다.

*미국실어증협회(Aphasia Institute)*는 *실어증*을 가진 사람의 사회생활에 도움을 주기 위해 그림문자나 간단한 단어가 실려 있는 책자를 보유하고 있습니다. *실어증*이 있는 사람에게 큰 도움이 될 수 있죠.

• • • • • •

7장의 주요 포인트

의사소통 문제는 뇌졸중 생존자에게 흔합니다. 말하기(*구음장애, 실행증*)나 언어(*실어증*)에 문제가 발생하는 것입니다. *실어증*은 사람마다 다양한 형태로 나타날 수 있는데, 말하기와 이해하기, 읽기 및 쓰기 기능에 장애를 가져오는 언어장애입니다. 지능의 문제는 아닙니다.

언어치료는 *실어증*을 가진 사람의 회복을 도와줍니다. 집단치료와 개인치료는 둘 다 도움이 됩니다. 입증된 치료법을 사용했을 때 특히 효과가 좋습니다.

가족 입장에서는 *실어증*이 있는 사람에게 도움을 주기 위해 의사소통 스타일을 변화시키는 것이 가장 중요합니다.

- 인내심을 가지세요. 상대방이 이해하고 반응할 수 있도록 충분한 시간을 주세요.
- 언어문제에 가려 있는 상대방의 지능을 존중해 주세요.
- 침묵 속에서도 서로 편안함을 느낄 수 있도록 노력해 보세요. 말로 하는 것 외에 다른 형태의 의사소통 방법을 찾아보세요.

*실어증*이 있는 사람이 말하는 것에 도움받기를 원하는지는 본인에게 직접 물어보세요. 그게 제일 확실합니다.

지역사회나 인생 전반에 걸쳐 활동적으로 참여하는 태도를 갖는 것이 치료에서 가장 중요합니다. 하루 종일 TV만 보며 집에 있진 마세요. 집 밖으로 나와 *실어증* 단체에 가입하여 비슷한 상황을 겪고 있는 사람들을 만나보세요.

회복을 위해 최신 과학기술을 적극 활용하세요. 어플이나 소프트웨어를 이용해서 훈련하는 것은 신경가소성을 도와 재활을 앞당기게 해줍니다. 외부활동을 할 때 의사소통에 도움을 주는 어플을 사용해 보세요. *실어증회복연결* 같은 온라인 모임에 가입하여 다른 *실어증* 환자들과 소통하세요.

*실어증*이 있는 사람도 여전히 스스로 결정을 내릴 수 있는 권리를 가지고 있습니다. 물론 약간의 도움이 필요할 수도 있겠지만요.

8

CHAPTER

올바르게 회복하기

만약 최선의 회복을 끌어내고 싶다면 단순히 정해진 치료시간에 참여하는 것만으로는 충분하지 않습니다. 고작 일주일에 몇 시간 정도로는 부족한 것이죠. 더 많이 해야 합니다. 좋은 치료사를 만나고 동시에 적절한 방법으로 강도 높은 치료를 받아야 회복의 가능성이 커지고 더 빨리 잘 회복됩니다. 재활치료에 임하는 최선의 방법과 회복이 멈춘 것 같거나 희망이 보이지 않을 때 어떻게 해야 하는지에 대해, 앞에서 도움을 준 몇몇 전문가와 이야기를 나눠보겠습니다.

51. 뇌졸중 생존자는 어떻게 하면 치료시간을 늘릴 수 있을까요?

로스 박사 치료를 넓은 개념으로 생각하는 것이 좋습니다. 공식적인 치료는 물리치료사와 작업치료사, 언어치료사 및 그 외 재활 전문가들에 의해 이루어지는 것이지만, 결코 이게 다가 아닙니다. 활동적이고 활기 넘치는 태도, 적극적인 참여 같은 요소들이 정말로 중요한 것들이죠. 물론 전문가의 개입이 적절한 방식으로 충분하게 이루어지는 것이 이상적이긴 하지만, 가족이나 생존자에게 충분한 동기와 능력이 있다면 자체적으로 일부 훈련을 해나갈 수 있습니다.

저희 의료진은 가능한 경우 생존자 및 가족에게 **집에서의 훈련법**을 알려줍니다. 집에서 손가락을 운동하거나, 팔을 움직이거나, 일어서는 연습을 하거나, 침대와 휠체어 사이를 옮겨 다니는 것과 같은 간단한 것들도 충분한 가치가 있을 수 있거든요. 의사소통에 문제가 있는 사람에게는 다른 사람과의 대화나 크게 소리 내어 읽는 연습이 도움이 될 수 있습니다. 그뿐 아니라 저희는 생존자가 계속해서 적극적인 태도를 유지할 수 있도록 독려해 줍니다.

저희는 **소극적인 시간을 최소화**하기 위해 노력합니다. 말 그대로 '사용하지 않으면 잃게' 되니까요. 장애의 많은 부분은, 실제로는 그저 충분한 주의를 기울이지 않는 것이나, 팔다리나 언어를 쓰지 않는 단순한 것에서 비롯됩니다. 관심을 두지 않으면 실제로 약해지니까요.

"재활치료에 최선을 다하기 위해서는 미리 잘 쉬어두어야 합니다. 꼭 필요한 일이에요. 그리고 치료시간은 무한한 게 아니므로 치료 시작 시간에 늦지 않도록 하세요. 충분한 휴식을 취한 상태에서 재활치료에 임할 준비를 하세요. 이러한 의지와 긍정적인 자세는 뇌졸중 회복에 있어 가장 중요합니다." - 데이빗

☑ 마이크 박사의 팁

"일반적으로 회복에 대한 가장 좋은 예측 인자는 생존자에게 얼마만큼의 의지와 동기가 있느냐 입니다. 아무리 세계 최고 치료사와 함께 한다 한들, 생존자 본인이 마지못해 하는 것이라면 결과는 좋을 수가 없습니다. 반면 의욕이 충만한 생존자는 성공적인 결과를 얻을 확률이 훨씬 높습니다. 무엇이 여러분을 가슴 뛰게 하나요? 마음속에 어떤 인물이나 이미지가 떠오르나요? 만약 그렇다면 치료실로 들어갈 때마다 그것을 떠올려 보세요."

52. 치료는 빨리 시작할수록 좋은 것으로 알고 있습니다. 얼마나 빨리 시작하는 게 좋은가요?

카마이클 박사 처음엔 뇌졸중 동물 연구에서 밝혀졌고 현재는 인간 대상 연구에서도 입증된 사실은 너무 일찍 시작하면 해로울 수 있다는 것입니다. **뇌졸중이 발병한 직후에는 물리치료, 작업치료 및 언어치료를 보통 혹은 보통 이상의 강도로 받으면 해로울 수 있습니다.** 뇌졸중이 오면 뇌는 불안정한 상태에 놓입니다. 어느 정도 안정되기 위해서는 일정 시간이 필요합니다. 만약 뇌가 아직 불안정한 상태일 때 생존자를 일으켜 세워 너무 과도하게 움직이게 하면 해로울 수 있어요.

얼마나 이른 것이 너무 이른 것인지에 대해서 정확하게 말씀드릴 수는 없습니다. 현재로서는 **뇌졸중 발병 후 3일에서 5일 정도면 물리치료의 강도를 높일 수 있다고 알려져 있습니다.** 하지만 정확한 시점에 대해서는 확신할 수 없어요. 어느 정도가 적절한 강도인지도 명확하게 나와 있지는 않습니다. 이것을 밝히기 위해 계속해서 많은 연구가 수행되고 있습니다.

53. 집중치료란 무엇인가요? 비집중치료보다 더 좋은 것인가요?

카마이클 박사 현재 이 문제는 뜨거운 논쟁거리입니다. 확실한 것은 물리치료와 작업치료, 언어치료가 약물처럼 *선량효과(dose effect)*를 갖는다는 것입니다. **치료를 많이 받을수록 더 좋은 재활의 결과를 얻을 수 있는 것**이죠. 하지만 정확히 얼마만큼 자주, 어느 정도의 강도로 받는 게 좋은지는 아직 불분명합니다.

일정 강도 및 빈도 이하로 받는 치료는 무용지물이라고 밝힌 연구들도 있습니다. 또한, 팔을 다른 사람이 스트레칭시키거나 움직여주는 등 모든 치료가 수동적으로만 행해지는 경우에는 큰 회복을 기대하기가 어렵습니다. 크게 회복되기 위해서는 손상된 기능을 적어도 일정기간 동안은 활발하게 사용해야 합니다. 그 정확한 빈도와 강도에 대해서는 아직까지 밝혀지지 않았습니다.

현재까지 밝혀진 바로는 꾸준히 받기만 한다면 보통의 일반적인 치료도 집중적인 치료만큼 좋은 효과를 낼 수 있습니다. 그러나 임상시험 연구는 이상적인 상황에서 진행되었다는 점을 명심해야 합니다. 지속적으로 시행되기만 한다면 일반적인 치료만으로도 충분하지만 막상 실제로는 그렇지 못한 경우가 많습니다. 생존자들이 모르고 잊어버리거나, 외래 예약을 잡기가 어렵거나, 혹은 기타 상황이 발생할 수 있기 때문이죠. 만약 어떤 생존자가 급성 뇌졸중 치료를 받다 퇴원한 후에 외래로 아주 훌륭한 재활치료를 6주간 꾸준히 받는다고 한다면, 지금까지 밝혀진 바로는 이 정도면 좋은 효과를 기대할 수 있습니다.

54. 기능과 장애는 어떻게 다른가요?

길런 박사 기능(function)이란 우리가 일상생활에서 매일 하는 것들을 말합니다. 양치하기, 신발신기, 전화로 대화하기 같은 것들인데, 너무 평범한 일이라 우리는 당연시하는 경향이 있습니다. 혹은 반찬거리를 생각하거나 볼링 모임에 가입하는 등의 비교적 간단한 것에서부터 추수감사절 저녁식사 모임을 개최한다든가 손주가 속한 야구팀을 감독하는 등의 복잡한 것까지 다양한 활동을 포함합니다. 이렇듯 기능이란 긍정의 의미를 담고 있는 용어입니다. 여러분이 할 수 있는 것을 일컫는 것입니다.

반면에 장애(impairment)는 부정적인 용어입니다. 장애는 뇌졸중 발병으로 인해 기능을 수행하는 능력이 약화된 것을 말합니다. 균형 잡는 데에 문제가 생기거나 근육이 약해지고 글쓰기가 어려워지는 것이 그 예입니다. 장애는 기능에 부정적인 영향을 끼치는 것이에요.

단순히 장애를 줄이는 것보다는 기능을 향상시키는 데에 초점을 맞추는 것이 더 좋다는 사실은 의심할 나위가 없습니다. 특히 뇌졸중 발병 후

1년이 지난 후에는 더욱 그렇습니다. 장애는 더 이상 회복되지 않는 경우도 있지만, 기능은 적응 기술이나 각종 방법을 통해 계속해서 개선될 수 있습니다. 그러므로 장애를 가지고 있더라도 여러 기능적 활동에 여전히 참여할 수 있는 것입니다. 기능을 향상시키는 것은 삶의 질을 높이기 위한 핵심 포인트입니다. 보험금 상환에 있어서도 아주 중요하죠.

어떤 뇌졸중 생존자가 "만약 제가 현 상태에 적응하는 데에만 너무 초점을 맞추면, 능력의 회복에 방해가 될까요?"라고 물었습니다.

길런 박사 충분히 그런 고민을 할 수 있습니다. 어떤 치료사도 절대로 생존자의 회복 자체를 포기하지는 않을 겁니다. 우리는 일반적으로 *이중치료계획(dual treatment plan)*이라고 하는 방법을 사용하는데, **적응 전략과 장애의 회복 둘 모두의 방법을 함께 사용**하여 특정 기능을 수행하도록 가르치는 것이죠. 때로는 적응 전략이나 부수적인 방법이 오히려 기능 수행의 가교 역할을 할 때도 있습니다. 단기적으로 봤을 때 신경, 움직임 및 인지의 회복을 위해서는 적응 전략 등을 사용하여 이전과는 다른 방법으로 접근할 필요가 있습니다. 그러고 나서 체계적인 방법을 통해 뇌졸중 생존자가 이전처럼 기능을 수행할 수 있게 하는 것이죠. 따라서 적응 전략은 문제를 해결하는 단기적인 방법이 될 수 있을 것이고, 장기적으로는 추가적인 방법을 통해 적응 전략을 더 이상 사용하지 않게 하는 식으로 재활해야 합니다. 바로 '양자택일'이 아닌 '모두를 취하는' 접근법인 셈이죠.

55. *이미지 트레이닝*이란 무엇이고, 뇌졸중 생존자에게 어떤 도움을 줄 수 있나요?

페이지 박사 *이미지 트레이닝(mental practice)*은 운동경기 분야에서 수십 년 동안 활용되어 온 방법입니다. 이것은 **육체적인 활동을 머릿속으로 미리 연습하는 것**입니다. 전형적인 예가 바로 올림픽 경기에서 경기 시작 전 선수들이 머릿속으로 자신의 동작을 예행 연습하는 것입니다. 그 후에 실제적으로 그것을 하죠. 수십 년간의 연구를 통해 사람들이 정신적인 훈련과 육체적 훈련을 병행할 때 학습속도가 더 빨라지고 기술의 획득이 용이해져 더 좋은 결과를 낸다는 것이 밝혀졌습니다.

15년 정도 전에 저희는 이러한 개념을 뇌졸중 재활에 최초로 적용한 바 있습니다. 생존자가 그날의 물리치료를 마치고 난 후에는 집이나 자기 병실로 돌아와도 별로 하는 게 없다는 것을 알고 있었기 때문이죠. 저희는 뇌졸중 생존자가 재활훈련을 받을 때 하는 활동들을 머릿속으로 미리 리허설할 때, 그 효과가 두 배로 나타나고 이에 따라 치료 결과가 더 좋아진다는 사실을 알고 있습니다.

머릿속으로 훈련하기 가장 좋은 활동은 바로 걷기 훈련입니다. 저는 생존자가 치료 후 집으로 돌아가서 꼭 직접적으로 걷기 연습을 해야할 필요는 없다고 생각합니다. 넘어질 수 있으니까요. 대신에 저는 치료실에서 저와 함께 걷기 연습을 시키고, 집에 갈 때는 집에서 사용할 수 있도록 오디오 파일이나 비디오 파일을 제공해줍니다. 저희는 생존자들이 다양한 바닥면에서 걷는 사람에 대한 소리나 화면을 접할 때, 그들이 실제로 그 행위를 할 때와 같이 두뇌의 해당 영역에 불이 켜지고 해당 근육이 활성화된다는 것을 알고 있습니다. *이미지 트레이닝*은 철저한 과학적 근거를 기반으로 합니다. 운동선수가 경기력을 높일 때만 이용하는 단순한 잔기술이 아니라는 겁니다. 요컨대, 사람들이 집에 가서 머릿속으로 걷기 훈련을 하는 것은 실제 육체를 쓰는 것이 아니므로 **안전성을 걱정할 필요가 없으면서도, 마치 실제로 걷는 것처럼 뇌와 근육에서는 반복 훈련이 일어나는 셈**입니다. 몸 상태를 향상시키기엔 충분한 자극이죠.

56. 뇌졸중 생존자들은 어떤 치료사를 만나는 게 좋은가요?

페이지 박사 이분법적으로 답할 수는 없는 질문이군요. "아무래도 나이도 있고 경험이 많은 치료사가 좋겠죠."라고 말하는 사람들도 있지만, 제 경험상 때로는 젊고 경력이 많지 않은 치료사가, 오히려 나이 많은 치료사는 잘 모르는 최신의 기법을 구사하는 경우도 있는 것 같습니다. 치료사들은 모두 다른 방식으로 교육을 받습니다. 교육을 받는 시기도 모두 다르죠. 누가 더 낫다 못하다는 얘길 하는 것이 아닙니다. 단지 생존자의 장애를 개선시키는 것에 대해 다른 관점을 가질 수도 있다는 것입니다.

저 같으면 재활훈련에 대해 '알기만' 하는 사람이나 자격증이나 경력만 화려한 사람보다는, 실제로 **재활 팀에 속해 있으면서 각종 치료법의 근거를 이해하고 있고 그 분야의 최신 정보를 계속해서 접하는 치료사**를 찾을 것 같습니다. 시간을 들여 뇌졸중과 관련한 컨퍼런스에 참여하거나 최신 논문을 읽는 사람들 말이에요.

홀랜드 박사 무엇보다도, 여러분의 장애 상태에 대해서 만큼이나 여러분이라는 사람 자체에 관심이 있는 치료사에게 치료받는 것이 좋겠죠. 또한, 여러분뿐만 아니라 여러분의 가족이나 그 외 여러분 주변의 중요한 사람과도 기꺼이 소통할 수 있는 사람이면 좋습니다. 이것은 특히 언어치료에 있어서 중요하게 작용합니다. 의사소통이라는 것은 혼자하는 것이 아니라 주변 사람과 하는 것이니까요. 그리고 마지막으로, 좋은 치료사는 어떤 어떤 치료를 받아야한다고 천편일률적으로 말하기 보다는 **여러분이 집중하고 싶은 부분에 대해 기꺼이 초점을 맞춰줄 수 있는 사람**입니다. 제 친구 하나가 얘기하길, "원하는 스타일을 묻지도 않고 고객에게 '머리를 노랗게 염색해드릴게요'라고 하는 미용실에 누가 가겠니?"라고 하더군요. 그러니까 좋은 치료사란 기본적으로 "원하는 변화를 만들기 위해 무엇을 해드릴까요? 무엇에 관심이 있죠? 함께하고 싶은 가까운 친구를 치료에 참여시키기 위해 제가 뭘 해드릴 수 있을까요?"라고 얘기하는 사람입니다.

"만약 지금의 치료사가 맘에 들지 않으면 다른 사람을 찾아가세요. 수년간 저도 여러 치료사들을 만나봤습니다. 어떤 전문 분야든지, 잘하는 사람과 잘 못 하는 사람이 섞여 있습니다. 치료사가 별로라는 생각이 들 때면 저는 시간을 낭비하고 싶지 않았습니다. 좋은 치료사와 함께할 때 저는 더 열심히 참여했고 더 자주 받고 싶다는 생각이 들었죠. 자신과 잘 맞는 사람을 찾으세요. 재밌고 웃겨야 잘 맞는 게 아니라, 내 편이라는 느낌이 들어야 합니다." - 데이빗

☑ 마이크 박사의 팁

"의료진과의 관계도 그저 하나의 관계일 뿐입니다. 여러분이 선택하거나 그렇지 않거나 둘 중 하나에요. 여러분과 잘 맞는 것 같은 느낌이 드는 전문가를 만나는 것이 중요합니다. 하지만 너무 성급히 판단하고 관계를 끝내지는 마세요. 처음엔 별로였지만 나중엔 좋은 친구가 되는 경우도 있는 법입니다. 매 치료 세션마다 열린 마음을 가지고 참여하세요. 어떤 치료사든 소중하고 가치 있는 가르침을 줄 수 있습니다."

57. 의사나 치료사가 "정체기가 온 것 같군요."라고 말하는 게 무슨 뜻이죠?

페이지 박사 저는 정체기라는 말을 정말 싫어합니다. 저는 제 세미나에 참여한 의료진들에게는 이 말을 쓰지 않도록 가르칩니다. 정체기(plateau)라는 것은 '평평하다(flat)'는 뜻입니다. 뇌졸중의 회복에서 정체기가 왔다고 함은 **생존자의 회복 그래프가 좀 평평하게 변화 없는 상태에 빠져 있다는 것**을 말합니다. 여기서 제가 싫은 부분은 이것이 마치 생존자의 잘못이고 이를 극복할 수 있는 방법은 없다는 뉘앙스를 풍기기 때문입니다.

치료사는 보통 생존자의 회복 상태를 기록해 둡니다. 어떤 변화가 일어나는지 기록해두면 보험회사는 이 정보를 참고하죠. 만약 생존자가 목표치를 향해 좋아지고 있다는 것을 계속해서 보여주지 못하면 보험회사는 생존자의 치료비용을 더 이상 내주지 않을 것이고, 그로 인해 생존자는 치료를 전보다 적게 받게 될 것입니다. 따라서 어떤 생존자가 더 이상 좋아지지 않는다면 치료사는 치료를 종료해야만 하는 상황이 발생할 수도 있습니다. 보험회사가 기록에서 향상되고 있다는 증거를 발견하지 못하면 더 이상 비용을 대주지 않을 것이기 때문이죠. 치료사는 가족들에게 이에 대해 미리 설명할 필요가 있고 "생존자가 저에게 받던 치료를 집에서 혼자서 할 수 있는 방법을 알려드릴게요."라고 말하며 개인 훈련방법을 추가적으로 알려줘야 합니다.

58. 정체기가 왔을 때 뇌졸중 생존자는 무엇을 할 수 있을까요?

페이지 박사 생존자의 몸 상태가 아니라 치료사 때문에 정체기가 오는 경우도 있습니다. 치료사가 자신이 아는 지식을 총동원하여 치료했지만 변화를 이끌어내지 못했을 때가 이에 해당합니다. 이럴 때는 **더 큰 도시나 전문화된 센터로 가서 호전을 보여줄 수 있는 최첨단의 맞춤 치료**를 받는 게 생존자 입장에서는 더 나을 것입니다. 아니면 단순히 **치료사를 바꾸어 보는 방법**도 있습니다. 새로운 기법을 구사할 수 있는 사람으로요.

연구 프로그램이나 임상시험에 참여하는 방법도 있습니다. 저 같이 병원이나 학교에 있는 사람은 연구를 많이 진행하는데, 개인이 속한 지역사회에서는 접하기 어렵고 때로는 미국 혹은 세상 어디에서도 접할 수 없는 방법들을 뇌졸중 생존자들에게 제공하는 경우도 있습니다. 새로운 방법을 사용함으로써 멈춰있던 그들의 두뇌를 깨우는 것이죠. 이와 관련된 수백 건의 연구결과를 종합하면, 생존자들이 일종의 정체기에 들어섰다 할지라도 새로운 치료법을 시작함으로써 이를 극복할 수 있다는 사실이 알려져 있습니다.

만약 여러분이 연구에 참여하고 싶다면 clinicaltrials.gov[9] 사이트에 접속해서 거주 지역 근처에서 진행 중인 임상시험을 검색해 보세요. 임상시험 참여는 비용이 들지 않으면서도 최첨단의 치료를 경험해볼 절호의 기회입니다.

연구에 참여할 기회를 얻지 못했다 하더라도, **대학부속병원**에는 기대해볼만한 여러 요소들이 있습니다. 저 같은 경우 대학교에서 일하고 있고 각종 치료법 및 진단법에 대해 매일 구체적인 질문을 쏟아내는 40명이 넘는 학생들에 둘러싸여 지내기 때문에 항상 정확한 최신 지식을 갖추려 노력해야만 하죠. 저는 진료 중에 다른 병원에서 포기한 아주 어려운 케이스의 환자를 접하는 일이 많습니다. 이러한 환경은 전문가로 하여금 기술적인 부분을 계속적으로 갈고 닦게 해주죠. 또한 저를 비롯한 제 동료들은 각자 연구를 진행하고 있기 때문에 뇌졸중 재활 분야에서 어떤 일이 일어나고 있는지를 실시간으로 파악하고 있습니다. 이러한 환경에 놓여있다 보니 저는 연구 진행, 최첨단 의료 제공, 새로운 치료 방법 도입 등에 대해 관심을 가질 수 밖에 없습니다. 그러나 정말 특별한 곳으로 갈 게 아니라면, 보통은 여러분이 속한 지역을 꼭 벗어날 필요는 없습니다.

카마이클 박사 뇌졸중 생존자는 신경과 및 정신과 의사를 통해 자신이 우연히 놓쳤을 지도 모르는 사항들을 점검받고 일정 시기 이후로 활동이 줄어든 이유를 밝혀내야 합니다. 안타깝게도 우리의 회복 속도는 점점 느려지게 되어 있습니다. 뇌는 뇌졸중 발병 후 정해진 일정 시간 동안에 집중적으로 신경가소성, 즉 회복에 대한 잠재력이 발휘되고, 이후에는 내리막을 걷습니다. 일생에 걸쳐 지속적으로 눈에 띄는 회복이 이루어지는 것은 아님을 알아야만 합니다. 하지만 회복이 정체기 혹은 내리막에 들어선 것 같은 상황에서도 여전히 좋아질 수 있을 것 같다는 느낌이 든다면 의료 전문가를 만나 그러한 결과를 만들어낼 수 있는 방법을 찾아보는 것이 좋습니다.

9 국내의 경우 *임상연구정보서비스(cris.nih.go.kr)*에 접속하면 된다.

☑ *똑똑한(SMART)* 목표 설정법

치료사는 여러분의 목표를 설정해줍니다. 하지만 가장 중요한 목표는 스스로 세워야 하는 것입니다. 다음과 같이 *똑똑한(SMART)* 방법으로 세워보세요.

- **구체적일 것**(**S**pecific): 목표는 분명해야지 애매모호해서는 안 됩니다.
- **측정 가능할 것**(**M**easurable): 목표는 눈으로 볼 수 있어야 하고 구체적인 방법으로 측정할 수 있어야 합니다.
- **성취 가능할 것**(**A**ttainable): 목표는 현실적이어야 합니다. 어려울 수는 있어도 불가능한 것이어서는 안 됩니다.
- **의미가 있을 것**(**R**elevant): 목표는 스스로에게 가치 있는 것이어야 합니다.
- **기한을 설정할 것**(**T**ime based): 목표 달성을 위한 정확한 날짜를 정해놓아야 합니다.

위 내용을 바탕으로 당장 *똑똑한(SMART)* 목표를 세워보세요. 그리고 정기적으로 새로운 목표를 세우세요. 그러면 회복이라는 기나긴 여정이 작은 목표 단위로 쪼개지기 때문에 재활에 대한 성공률이 높아질 수 있습니다. 목표를 달성했는지 측정할만한 방법을 찾기 힘들다면 자신의 모습을 영상으로 촬영해 보세요. 시간이 갈수록 움직임이나 말이 편해지는 것을 확인할 수 있을 겁니다.

부정적인 생각을 *똑똑한(SMART)* 목표로 바꾸는 구체적인 사례를 아래에 소개합니다.

"다시 걷게 될 수 있을지 모르겠어."
→ "이번 주엔 평행봉 걷기 연습을 두 바퀴 더 해야지."

"언어능력이 빨리 좋아져야 하는데."
→ "딸아이에게 일주일에 두 번씩 전화해야지. 그리고 언어치료 어플을 매일 30분씩 사용해야겠다."

"너무 힘들고 지치지만, 내 남편은 챙겨야 하니까."
→ "이웃한테 이번 주말에 몇 시간 정도 집안일을 부탁해야겠다. 그래야 친구랑 커피 한 잔 하러 나갈 수 있을 테니까."

"돈이 나갈 일은 많은데 일자리를 다시 구할 수 있을지나 모르겠네. 어떻게 해야 하지?"
→ "재활치료에 집중해야 하는 시기니까 이번 달은 10만 원 정도 지출을 줄여야겠다."

"작지만 현실적인 목표부터 세워보세요. 그리고 그 위에 쌓아나가는 겁니다. 너무 거창한 목표는 절망만 안겨줄 수 있거든요. 예를 들어 제 목표 중 하나는 다시 걷는 것이었습니다. 그런데 걷는 것에만 초점을 맞췄더니 절망감만 느껴질 뿐이었어요. 그래서 일단 '재활치료실에서 평행봉 사이에 서 있는 것'과 같은 더 작은 목표를 세웠습니다. 그 후에 서서히, 하지만 분명하게 힘과 움직임을 발전시켰습니다. 시간이 걸리는 일이었죠. 아주 긴 시간이 걸릴 겁니다. 인내심을 가지세요. 오늘, 혹은 이번 주에 이루고 싶은 작은 것부터 집중하세요." - 데이빗

59. 치료가 종료되었을 때 뇌졸중 생존자는 무엇을 할 수 있을까요?

카마이클 박사 궁극적으로는 **삶 자체가 치료입니다.** 예를 들어, 언어문제가 있는 사람이 밖에 나가 다른 사람과 대화를 하는 것은 신경 회로를 자극하고 활성화시키는 좋은 방법입니다. *브릿지(bridge)* 카드놀이를 아주 잘 하는 한 생존자가 있었는데, 처음에는 뇌졸중 때문에 그것을 할 수 없었어요. 그는 큰 좌절을 느꼈고, 우리는 고심하여 온라인상에서 카드놀이를 하는 방법을 생각해냈습니다. 그리하여 브릿지 게임을 다시 시작하였고 이로 인해 그의 회복도 다시 시작되었습니다. 사람들과의 상호작용을 통해 훨씬 활동적인 상태가 되었기 때문이에요. 회복의 시기에 생존자를 각종 활동에 참여시키는 것은 훌륭한 하나의 목표가 되며, 실제로 회복 속도가 빨라지는 결과를 가져옵니다. 자신이 좋아하는 일을 하면 의욕과 동기가 강해지니까요.

☑ 메건이 들려주는 보험 치료가 종료되었을 때의 팁

보험으로 보장되는 치료기간이 종료되었다고 해서 더 이상 회복이 이뤄지지 않는 것은 아닙니다. 계속 회복되기 위해 새로운 방법을 찾을 때가 되었다는 뜻입니다. 다시 시작할 준비가 되었다면 아래의 옵션들을 잘 살펴보세요.

- **대학교의 클리닉 참여:** 대학교에는 보통 무료 혹은 저가의 클리닉이 있어 미래의 의료 관련 종사자들을 교육합니다. 자격증을 갖춘 전문가가 관리하는 훌륭한 프로그램을 갖추고 있습니다.
- **연구 참여:** *임상연구정보서비스(cris.nih.go.kr)* 사이트에 접속해서 참여자를 모집 중인 뇌졸중 관련 연구를 찾아보세요.
- **사보험 갱신기간 확인:** 보상 한도가 매년 갱신되기도 하므로 해가 바뀌면 더 많은 치료에 대한 보장이 가능한 경우도 있습니다.
- **변화 감지 시 다시 의료기관 내원:** 만약 좋은 방향으로든 나쁜 방향으로든 자신의 신체 기능에 변화가 있다면, (보험으로 지원이 되는) 더 많은 치료가 가능할 수도 있습니다.
- **뇌졸중 관련 모임 가입:** 각 지역의 뇌졸중 관련 모임은 치료사나 교육받은 자원봉사자가 진행하는 프로그램을 운영하고 있는 경우가 많습니다. 다른 뇌졸중 생존자들을 만나 서로 의지하고 경험을 함께 공유할 수 있고, 새로운 아이디어나 해결책이 떠오를 수도 있습니다.
- **가정 프로그램 활용:** 함께 해오던 치료사의 재활훈련에 참석하지 못하고 있다면, 가정 프로그램으로 대신할 수 있습니다.
- **과학기술 활용:** 회복을 지속시키기 위해 가정에서 어플, 영상, 게임 등을 활용할 수 있습니다. *페이스북*의 온라인 뇌졸중 모임을 통해 각종 정보를 얻을 수도 있습니다.
- **개인비용으로 치료:** 단순히 자신의 개인훈련 프로그램에 대한 의견을 듣거나 앞으로 필요한 재활치료에 대해 몇 번 상담을 받는 정도라고 해도, 필요하다면 자신의 개인비용을 써서 치료를 받는 것도 옵션이 될 수 있습니다.
- **원격치료:** 자신이 속한 지역에 뇌졸중 회복 전문가가 없다면, 원격치료가 가능한지 알아보세요.
- **열정적인 삶으로의 복귀:** 새로운 취미를 가지세요. 새로운 모임에 나가고, 봉사활동에 참여하고, 새로운 스포츠나 외국어, 악기 등을 배워보세요. 휴가를 계획하고, 예술품을 만들어 보세요. 새로운 요리법을 시도해보고, 인터넷 블로그를 시작하세요. 스스로에게 도전할 때 삶의 모든 것은 치료로 다가옵니다.

60. 절망감과 무기력으로 치료를 중단하고 싶을 때, 뇌졸중 생존자는 어떻게 해야 할까요?

로스 박사 우선 희망과 기대 사이의 중요한 차이점을 알아야 합니다. 희망은 항상 있지요. 가능성도 기회도 항상 존재하며 우리는 언제나 희망을 안고 살아갑니다. 그럼에도 우리는 어느 정도 현실성을 가지는 것도 중요합니다. 결국 어떤 시점에는 장애 및 앞으로 남을 후유증에 대해 일부 받아들이는 것이 불가피해질 테니까요.

인생에서 다른 의미 있는 일을 시작하는 것도 가치가 있습니다. 수많은 생존자들이 제게 "선생님도 아시다시피 뇌졸중이 발생한 것은 어떻게 보면 정말 다행입니다."라고 말했습니다. 저는 "어떻게 그런 생각을 가지게 됐어요?"라고 물었어요. 그들은 뇌졸중이 가족의 가치를 깨닫게 해주었고 인생에서 무엇이 정말로 중요한지를 가르쳐줬다고 얘기합니다. 그들 중 다수는 다시 예전 직장으로 복귀할 수는 없었지만, 자신의 자녀들과 소통할 수 있게 되었고, 그 외에도 정말 중요한 다른 것들을 할 수 있게 되었다고 말합니다. 이전에는 한 순간도 알아차리지 못했던 삶의 중요한 것들을 눈으로 볼 수 있게 된 것이죠.

☑ 마이크 박사가 들려주는 *전사의 기풍(Warrior's Ethos)*

병원에서의 마지막 날 밤에 데이빗은 담당의로부터 군인이 그려진 시계를 선물 받았습니다. 그때부터 그 시계는 데이빗에게 계속해서 싸워야한다는 사실을 일깨워주는 물건이 되었어요. 뇌졸중 생존자는 진정한 전사(warrior)입니다. 아래에 나오는 내용은 *전환기에 놓인 전사의 선언문(The Warrior in Transition Mission Statement)*으로, 미 육군에서 의가사 제대 후 일상생활로의 복귀가 필요한 전환 시기에 있는 부상당한 전사 - 큰 손상을 입거나 사지가 잘리거나 걷는 것을 다시 배워야하는 군인 - 에게 임무를 일깨워주기 위해 사용되었던 슬로건입니다. 비록 퇴직했어도 그들의 임무는 아직 끝난 게 아니었죠. 그저 변한 것일 뿐이었습니다. 장애가 생겨 다시는 전쟁터에 뛰어들 수 없다 해도 그들은 여전히 전사인 것입니다. 실제로 이 전환기의 임무에 필요한 용기는 전쟁터에서 느껴지는 두려움보다도 훨씬 클 수도 있습니다.

전사의 기풍(The Warrior's Ethos)

나는 항상 임무를 가장 우선시할 것이다.
나는 절대로 패배를 받아들이지 않을 것이다.
나는 절대로 포기하지 않을 것이다.
나는 절대로 전사한 전우(戰友)를 남겨놓고 떠나지 않을 것이다.
나는 전환의 시기에 놓인 전사이다.
나의 업무는, 임무를 다시 수행하거나 지역사회의 참전 용사로서 나라를 위해 계속해서 일하기 위해 몸을 회복하는 것이다.
이것은 고정된 상황이 아니라 내가 해야 할 임무다.
나는 이 임무를 성공적으로 완수할 것이다. 왜냐하면 **나는 전사이자 최고의 육군**이기 때문이다.

우리나라를 위해 병역을 이행한 용감한 사람들처럼, 뇌졸중 생존자와 가족들도 회복을 위해 힘을 북돋아주는 선언문을 가슴에 새길 필요가 있습니다. 새로운 임무를 위해서는 크나큰 용기가 필요함을 명심해야 합니다. 삶의 임무가 바뀌었을지언정 사라져버린 것은 아님을 잊지 말아야 합니다. *전사의 기풍*을 뇌졸중 생존자와 가족을 위한 버전으로 바꾸어 보았습니다. 마지막 문장은 여러분에게 진정으로 다가오는 말로 채워 넣어보세요.

뇌졸중 전사의 기풍(The Stroke Warrior's Ethos)

나는 항상 회복의 임무를 가장 우선시할 것이다.
나는 절대로 패배를 받아들이지 않을 것이다.
나는 절대로 포기하지 않을 것이다.
나는 절대로 뒤쳐진 생존자를 남겨놓고 떠나지 않을 것이다.
나는 전환의 시기에 놓인 뇌졸중 전사이다.
나의 업무는 나 자신의 몸을 회복하는 것이다.
나의 업무는, 예전의 역할을 다시 수행하거나 새로운 방법으로 가족과 지역사회에 도움을 주기 위해 몸을 회복하는 것이다.
이것은 고정된 상황이 아니라 내가 해야 할 임무다.
나는 이 임무를 성공적으로 완수할 것이다. 왜냐하면 ____________________

______________________________.

· · · · · · ·

8장의 주요 포인트

집에서도 훈련할 수 있는 방법을 배워 와서 치료에 투자하는 총 시간을 최대로 늘리세요. 가족에게 적극적인 참여를 부탁하고 허송세월하지 마세요.

치료는 능동적이고 집중적으로 많은 시간 동안 행해져야 합니다. 장애를 치료하는 것과 장애를 가진 채로 활동에 참여하는 적응 전략을 결합하여 기능 향상에 초점을 맞춰야 합니다.

*이미지 트레이닝*을 통해 머릿속에서 재활훈련을 하는 것은 비용이 들지 않으면서도 효과적이고 안전한 방법으로, 빠른 회복을 가능하게 합니다.

치료사를 고를 때에는 뇌졸중 재활 팀에 속해 있으면서 뇌졸중 재활에 대한 최신 정보를 계속해서 접하고 있고 여러분과 여러분이 원하는 것에 관심을 가지고 있는 사람을 찾으세요.

뇌졸중 생존자가 정체기에 빠져 회복이 멈출 때도 있습니다. 이것은 목표가 잘못 설정되었거나 다른 방향의 접근법이 필요하거나 치료사가 바뀌어야 해결되는 상황일 수 있습니다. 연구 프로그램에 참여하거나 대학부속병원에서 치료받는 것을 고려해 보세요. 신경과 의사나 정신과 의사에게 진료를 받고 자신의 현재 상태에 대해 조언을 요청하세요.

보험치료가 종료되었을 때는 자신의 일상을 치료의 일부로 만들 수 있는 방법들을 생각해 보세요. 뇌졸중 관련 모임이나 대학교의 클리닉 및 가능한 다른 치료 옵션들을 알아보세요. 가정에서의 훈련을 계속하면서, 회복을 지속시키기 위한 과학기술을 적극 활용하세요.

가족과 친구의 도움을 받아 지역사회로 나가 새로운 상황을 접하고 즐기세요. 희망은 항상 곁에 있으니 포기하지 마세요. 나에게 진정으로 중요한 것에 집중하세요.

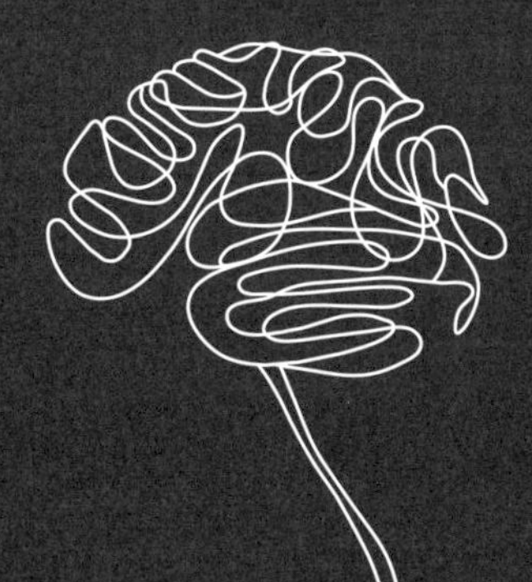

3막

삶

CHAPTER

건강 회복하기

현재 여러분이 가지고 있는 뇌졸중은 여러 건강 문제로 인해 발생한 것입니다. 그리고 그 문제들로 인해 현재 더 위험한 상황에 놓여있을 수 있습니다. 만약 움직임에 장애가 있는 상태라면, 운동하는 것이 발병 전보다 더 힘들어졌을 것입니다. 만약 수입이 줄었다면, 충분한 영양소를 섭취하거나 적절한 의료서비스를 받는 것이 전보다 더 어려워졌을 수 있습니다. 지금이 바로 건강 상태 최적화를 위해 가능한 한 모든 것을 점검해볼 때입니다. 몸의 회복력을 높이기 위해서, 그리고 동시에 추가적 합병증을 막기 위해서요. 뇌졸중 생존자의 전반적인 건강을 위한 최적의 영양과 운동 및 휴식에 대해 전문가들에게 물었습니다.

61. 뇌졸중 후의 건강 상태를 향상시키기 위해서 뇌졸중 생존자는 어떻게 해야 하나요?

힝클 박사 모든 사람들에게 중요한 요소인 식단이나 운동, 숙면 등은 뇌졸중 회복을 위해서는 훨씬 더 중요합니다. 사실 이것은 뇌졸중 생존자뿐 아니라 보호자에게도 해당되는 얘기입니다. 생존자와 보호자가 가능한 한 많은 활동을 할 수 있는 상태로 돌아가기 위해서는 최적의 건강상태를 유지해야 합니다. **하루에 세 번 영양가 있는 식사를 하고 매일 밤 8시간의 수면을 취하고 적절한 운동을 하세요.**

플라우먼 박사 뇌졸중을 앓았던 사람에게는 다시 뇌졸중이 올 위험성이 높기 때문에 재발을 줄이기 위해 생활방식을 개선시킬 수 있는 모든 조치를 취해야 합니다. 식단에 있어서는 포화지방과 염분을 줄이고 과일과 채소를 많이 섭취하세요. 그리고 신체적 활동을 분명하게 늘리세요. 주 3회, 일정 수준의 피로감을 느낄 정도의 중등도 운동을 적어도 30분 이상씩 하는 목표를 세우세요. 그리고 반드시 **금연해야 합니다.**

"주치의와 좋은 관계를 유지하고 시간을 들여 각종 사항에 대해 충분한 대화를 나누는 것이 좋습니다. 도움이 필요한 경우 보호자와 동행하는 것도 좋고요. 말하고 싶은 사항을 미리 연습해두거나 메모해 두세요. 집에 와서 더 조사해볼 수 있도록 주치의에게 핵심 용어를 적어달라고 하세요. 스스로의 변호인이 되는 것이죠." - 데이빗

☑ 마이크 박사의 팁

"뇌졸중 발병 직후에는 생존자의 보호자가 보통 변호인 내지는 대변인의 역할을 맡게 됩니다. 그러나 생존자가 기능을 회복하면서 보호자는 가능한 한 많은 책임을 생존자에게 다시 돌려주어야 합니다. 그래야 생존자는 회복에 대해 수동적인 자세에서 스스로가 책임을 지려는 적극적인 자세로 바뀔 수 있습니다. 이러한 강인함과 장악력은 우리 모두의 삶에서 필수입니다. 동시에 우울증 예방을 위한 훌륭한 방법이 되기도 하죠."

62. 뇌졸중 회복을 위한 최고의 식단은 무엇인가요?

로스 박사 저는 입원 재활 병동에 생존자가 입원하면 가장 중요한 두 가지중 한 가지가 영양이라고 말해줍니다(다른 한 가지는 수면입니다). 특히 **단백질 섭취**의 중요성을 강조합니다. 뇌졸중 생존자의 몸은 방대한 에너지를 소비하며, 근육을 만들기 위해 끊임없이 노력합니다. 즉각적으로 힘을 내기 위해서는 탄수화물류가 필요하지만, 기본적으로 모든 종류의 뇌손상 후에는 단백질이 매우 크게 손실되기 때문에 단백질 섭취가 필요한 것입니다. 높은 단백질 수치가 뇌졸중 후 회복의 결과를 향상시킴을 입증한 연구도 있으므로 특히 명심하십시오.

일반적으로는 하루에 몸무게 1 kg당 1 g의 단백질을 섭취할 것이 권장됩니다. 대부분의 뇌졸중 생존자들처럼 뇌졸중 외의 다른 의학적 문제도 가지고 있는 사람들에게는 1 kg당 1.2~1.5 g까지도 권장됩니다. 저는 생존자들에게 보충제나 가루 형태보다는 단백질이 풍부한 식품을 직접적으로 섭취해서 그 필요량을 채우도록 조언합니다. 예를 들면 육류의 살코기, 생선, 칠면조, 땅콩버터, 계란 등을 섭취하라고 추천해줍니다.

뇌졸중 생존자들에게는 변비 등의 장 문제가 흔합니다. 그래서 저는 섬유질을 비롯한 각종 영양소를 위해 항상 **과일과 채소**를 권합니다. 그러나 여전히 많은 사람들이 뇌졸중의 원인으로 작용했을지도 모르는 정크 푸드를 먹고 있는 것이 문제입니다. 이들에게는 식습관을 좋은 방향으로 바꾸려고 하는 것이 하나의 큰 도전으로 다가오기도 합니다.

츄 박사 식습관은 매우 중요합니다. 생존자들은 "의사는 맨날 식습관 좋게 하고 운동 열심히 하라고 하는 게 일이지."라며 무심코 넘기지만, 이것은 정말로 중요한 것입니다. 뇌졸중은 어느 정도 예방이 가능하지만, 결코 그게 쉽지는 않아요. 저희는 방법을 알고 있습니다. 모든 의사는 모든 환자에게 어떤 상황에서든 건강하게 먹어야 한다고 얘기하죠. 그런데 뇌졸중 생존자의 재발 예방에는 두 배로 맞는 말입니다.

염분을 줄이는 것은 필수적입니다. 가공식품과 조리식품은 염분을 많이 함유하고 있으므로 이것들의 섭취를 줄여야만 합니다. **탄수화물을 줄이고 지중해 식단을 하는 것**도 크게 추천할만합니다. 지중해 식단은 *당뇨병*

과 *대사증후군(고혈압, 고혈당, 고콜레스테롤, 비만, 죽상경화증 등이 함께 있는 상태)*에도 도움이 될 수 있어요. 지중해 식단이 심장의 건강상태를 개선시키고 뇌졸중 등 혈관질환의 위험을 감소시킨다는 연구들이 많이 발표되었습니다. 이에 대해 잘 모르는 분들을 위해 말씀드리자면, 지중해 식단은 신선한 과일과 채소, 생선, 정제하지 않은 곡물, 올리브오일을 많이 섭취하는 식단을 말합니다.

☑ 마이크 박사가 추천하는 업그레이드된 지중해 식단

제 책 《뿌연 머릿속 치료하기》에 등장하는 대부분의 원칙들은 뇌졸중 생존자들에게 특히 중요합니다. 기억하세요. 뇌졸중은 치매의 두 번째로 흔한 원인이고 치매 예방의 모든 방법은 뇌졸중 생존자에게도 그대로 적용됩니다. 전반적인 두뇌 건강을 위해서 저는 '업그레이드된 지중해 식단'을 추천합니다. 밀가루와 설탕 등의 가공 탄수화물을 아주 적게 섭취한다는 점에서 기존 지중해 식단과 다르죠. 반면에 콩류, 채소류, 전곡류, 연어 같이 *오메가쓰리(omega-3)*를 함유한 슈퍼푸드, 올리브오일 같이 건강한 지방은 많이 섭취하도록 되어 있습니다. 그리고 포화지방이 많이 함유된 미국식 페퍼로니 피자나 치즈 같은 것은 적게 섭취합니다. 대부분의 사람들이 '지중해', '이탈리아' 하면 피자나 파스타를 떠올리지만, 지중해 식단은 미국인들이 먹는 페퍼로니 피자나 스파게티, 미트볼 등과는 엄연히 다릅니다.

가공 탄수화물, 소다, 빵, 파스타, 밀가루, 설탕, 콘시럽(물엿) 등을 지나치게 섭취하여 혈당이 높아지면 뇌에서는 새로운 연결고리의 형성이 방해받을 수 있습니다. 공장식 축산 농장에서 생산된 축산품은 *오메가식스(omega-6)*를 많이 함유하고 있는데, *오메가식스*는 우리의 뇌를 비롯한 신체의 각 부위에 염증을 일으킬 수 있습니다. 물론 탄수화물도 어느 정도 필요하기는 하지만 보통은 가공 탄수화물을 너무 많이 먹는 것이 문제입니다. 또한, 저탄수화물 식단이 뇌를 보호해준다는 연구결과도 있습니다. 뇌졸중 생존자의 회복에 대한 저탄수화물식의 효과를 확인하기 위한 연구가 현재 진행 중에 있습니다.

이 임상연구 외에도 이미 최근의 많은 연구에서 업그레이드된 지중해 식단이 뇌졸중 생존자에게 도움이 된다고 밝히고 있습니다. 2015년 캘리포니아 대학교 로스앤젤레스 분교(University of California at Los Angeles, UCLA)의 연구팀은 고당류식, 즉 물엿 형태의 많은 정제된 과당을 포함하는 식단이 외상성 뇌손상 환자의 회복 과정에 나쁜 영향을 줄 수 있다는 것을 밝혀냈습니다. 뇌졸중은 외상성 뇌손상과 다르긴 하지만 둘 다 최적의 회복을 위해서는 뇌로 하여금 새로운 세포를 키우고 다시 연결고리를 만들게 해야 한다는 점에서는 비슷합니다. 해당 연구에서 감미료가 '신경세포간의 소통, 손상 후 연결의 재형성, 기억의 저장, 기본적인 기능을 촉진하기 위한 충분한 에너지 생산 등을 방해한다.'고 밝힌 것입니다. 감미료가 신경가소성의 활성화, 곧 새로운 뇌세포의 생성을 막았다는 것이죠. 뇌졸중 생존자의 뇌 회로의 재연결에 있어 핵심적인 요소를 말입니다.

세계적으로 저명한 의학잡지인 *더뉴잉글랜드저널오브메디슨(The New England Journal of Medicine, NEJM)*에 보고된 한 연구는 뇌졸중, 심장마비, 심장질환으로 인한 사망의 30퍼센트는 지중해 식단을 통해 예방될 수 있다는 것을 밝혔습니다. 이 연구에서 추천하는 식단은 **매일 엑스트라 버진 올리브오일(extra-virgin olive oil)과 견과류, 주 3회 이상 생선류, 주 3회 이상 콩류, 적색 육류(돼지고기, 소고기 등)보다는 백색 육류(닭고기, 오리고기 등), 최소 하루 3접시의 과일류, 2접시의 채소류를 섭취**하는 것이었습니다.

*프론티어즈 인 뉴트리션(Frontiers in Nutrition)*에 실렸던 한 연구는 지중해 식단을 시행한 참가자들에게서 언어능력, 주의력, 기억력의 개선을 관찰할 수 있었다고 보고했습니다. 그리고 2016년의 한 획기적인 연구는 지중해 식단을 실천한 사람들의 뇌가 더 크다고 밝혔습니다. 뇌의 전두엽, 두정엽, 후두엽이 실제 더 두꺼웠던 것이었죠. 지중해 식단의 음식 중에서 **생선류**와 **콩류**가 특히 뇌의 두께와 관련이 깊은 것으로 나타났습니다. 같은 연구에서 많은 양의 탄수화물과 당류를 섭취한 참가자들의 뇌가 더 작았고 앞에 언급되었던 뇌의 부위가 더 얇았습니다. 신경가소성을 통해 남은 뇌세포를 보존하고 새로운 세포를 자라게 하는 것은 뇌졸중 생존자들에게 필수적이므로 이러한 사실들을 숙지해야 합니다.

채소와 과일 섭취 또한 업그레이드된 지중해 식단의 필수적인 요소입니다. 이를 매일 다섯 접시 이상 섭취하면 뇌졸중의 발생 위험을 줄일 수 있습니다. 《뿌연 머릿속 치료하기》 책에서 저는 하루 무려 일곱 접시의 채소 및 과일 섭취를 추천했습니다. 세계 각지에서 가장 건강하고 행복한 사람들이 이 정도의 양을 먹는 것으로 보고되었기 때문이죠. 브로콜리나 케일, 꽃양배추나 싹양배추 같은 십자화과 채소도 뇌졸중 발생의 위험을 낮추는 데에 특히 도움이 되는데, 만약 *와파린* 같은 *혈전용해제*를 복용하고 있는 경우에는 이 채소에 함유된 비타민K가 *와파린*과 상호작용을 일으킬 수 있으므로 주치의와 상의해야 합니다. 현재 복용 중인 약과 관련하여 조심해야 할 음식이 있는지는 항상 주치의와 상의해야 해요.

오메가쓰리(omega-3)에 대해 들어본 적이 있죠? 야생 연어 등에 많이 함유된 성분입니다. 세 가지 종류의 *오메가쓰리* 중에 *DHA (docosahexaenoic acid)*가 뇌졸중 생존자에게 가장 유익합니다. *DHA*는 건강한 인지능력을 유지시켜주고 치매 예방에 도움을 주며 뇌의 구성요소로서의 역할을 합니다. 임산부는 태아의 두뇌 발달을 위해, 뇌졸중 생존자는 신경형성과 뇌 회로의 재연결 촉진을 위해 *DHA*가 필요해요. *DHA*의 가장 좋은 공급원은 해산물입니다. 해산물 중 *DHA* 함량이 높으면서도 수은 *같은* 독소는 적은 슈퍼푸드 목록은 다음과 같습니다. 자연산 날개다랑어, 양식 북극 곤들매기, 양식 바라문디, 양식 은연어, 야생 대짜은행게, 야생 창오징어, 양식 홍합, 양식 굴, 야생 정어리, 새우, 양식 무지개송어, 야생 연어, 야생 새우 등입니다. 최신 연구에 따르면 이 음식들 중 한 가지를 주 3회 이상 섭취하면 두뇌 건강과 회복에 도움이 된다고 합니다. 이를 실천하기 위한 가장 저렴하고 쉬운 방법은 마트에 가서 진공포장된 야생 연어를 고르는 것이죠. 양식 무지개송어도 제가 개인적으로 아주 좋아하는 것 중에 하나인데, 맛이 부드럽고 가격도 비싸지 않습니다. 채식주의자는 해산물만큼 풍부한 공급원은 아니더라도 호두, 치아시드, 아마씨 같은 식물기반 음식을 통해 *DHA*를 섭취할 수 있습니다.

손상된 뇌의 회복을 위해 식단에 변화를 줄 수 있는 방법들을 아래에 요약해 놓았습니다.

- 두뇌 건강을 위한 최고의 단백질 함유 음식은 해산물과 콩류입니다. 이것들을 정기적으로 섭취하세요. 해산물을 먹을 때는 위에 소개된 음식들을 선호하는 것이 좋습니다. *DHA* 함량이 높고 수은 같은 독소는 적으니까요.

- 기본적으로 육류를 줄이세요. 육류를 먹고 싶다면 적색 육류보다는 구운 닭요리를 먹는 것이 좋습니다. 동물성 식품을 고를 때에는 전통적인 방식의 제품보다는 유기농, 풀먹임, 또는 초원에서 키워진 가축에서 생산된 제품을 선택하는 것이 좋습니다. 유제품이나 계란을 고를 때에도 마찬가지입니다. 이러한 동물성 식품은 전통적인 방식으로 생산된 것보다 항염작용을 하는 *오메가쓰리*가 더 많이 들어 있고 염증을 유발하는 *오메가식스*는 적게 들어 있습니다.

- 전반적인 두뇌 건강을 위해서는 올리브오일이 오일 중에 최고입니다. 엑스트라 버진 올리브오일을 드레싱이나 샐러드 형태로 사용하세요. 하지만 엑스트라 버진은 높은 온도에서 파괴되므로 가열이 필요한 요리를 할 때에는 일반 올리브오일을 사용하세요. 옥수수기름이나 콩기름 같은 공업용 식물성 기름은 대부분의 가공된 음식에 들어가는데, 이들의 섭취를 줄이거나 금해야 합니다.

- 견과류를 많이 섭취하세요. 땅콩 외의 견과류를 먹는 게 좋은데, 땅콩은 호두나 아몬드, 캐슈넛, 피스타치오 같이 나무에서 나는 견과와는 다르기 때문입니다. 볶은 것보다는 날것이 좋습니다. 기름으로 볶으면 염증을 유발시키는 *오메가식스*의 함량이 높아지니까요.

- 밀가루, 설탕, 인공감미료 등의 섭취를 줄이거나 금하세요. 감미료를 써야 한다면 스테비아를 쓰세요. 그리고 퀴노아, 보리, 발아곡물, 현미 같은 건강한 곡물을 드세요. 탄수화물은 과일류나 콩류를 통해 섭취하세요. 파스타 대신 꽃양배추나 브로콜리 요리를 통해 탄수화물을 섭취하는 방법도 있습니다. 꽃양배추를 잘게 잘라 밥 대신 먹을 수도 있고, 냉동된 꽃양배추를 활용할 수도 있습니다. 채소 껍질 깎는 기계를 이용해 애호박을 면처럼 만들거나, 국수호박을 활용해 면을 대체하세요. 샌드위치를 주문할 때는 겉 면을 빵 대신 양배추로 덮어달라고 하거나, 아니면 위아래를 덮은 빵 중 하나만 먹거나, 혹은 햄버거처럼 크게 샌드위치를 만들어주는 곳이라면 빵의 겉 부위를 벗겨달라고 요청하세요(그러면 안쪽 빵을 뜯어내기가 쉬워져 밀가루 섭취량을 줄일 수 있습니다). 피자를 먹을 때는 탄수화물 함량을 줄이기 위해 두꺼운 것보다는 씬피자를 드세요.

- 과일 및 채소를 하루 5번에서 7번까지 드세요. 다시 한 번 강조하지만 복용 중인 약과의 상호작용을 확인하기 위해서는 주치의와의 상담이 필요합니다. 특히 와파린을 복용하고 있다면 음식 중의 비타민K가 이 약과 상호작용을 일으킬 수 있기 때문에 주의해야 합니다.

63. 뇌졸중 생존자가 복용하면 좋은 한약이나 비타민제 및 보충제가 있나요?

역자[10] 한약(韓藥)은 뇌졸중의 회복에 도움을 줄 수 있습니다. 수천 년 전부터 뇌졸중 생존자에게 쓰여 온 수많은 한약이 의서(醫書)를 통해 현대로 전해졌으며, 현재 전국의 한방병원 및 한의원에서 처방되고 있습니다. 최근에는 뇌졸중 회복에 대한 한약의 효과를 과학적으로 입증하기 위한 연구가

10 원저자의 동의하에 역자가 삽입함.

활발하게 이루어지고 있습니다. 그 중 보중익기탕(補中益氣湯), 황기계지오물탕(黃芪桂枝五物湯), 온담탕(溫膽湯) 등의 한약이 뇌졸중 후의 기능회복 및 감염예방에 도움을 준다는 연구들이 발표되어 있습니다. 또한 청혈단은 뇌경색의 재발 위험을 낮춰줄 수 있음이 밝혀졌습니다. 현재 국내에서는 한의(韓醫) 표준임상진료지침 개발 사업의 대상 질환 중 하나로 중풍(中風)이 선정되어 현재 이와 관련된 자료 수집 및 연구가 진행되고 있으며, 2021년이면 그 결과가 보고될 것으로 예상됩니다. 여기에는 뇌졸중 회복을 위한 한약을 포함한 각종 한의치료법이 근거와 함께 제시될 것입니다.

한약 복용에 있어 많은 사람들이 걱정하는 것 중에 하나가 바로 간과 신장의 손상입니다. 최근 해외 국제 저널에 발표된 논문을 보면 한의사가 처방한 한약으로 인해 간이나 신장에 손상이 올 확률은 0.5% 정도로 매우 낮습니다. 이 수치는 양약이 간, 신장에 손상을 주는 비율인 1%보다도 더 낮은 수치이며, 이 0.5%라는 수치가 양약을 함께 복용 중인 사람도 포함한 것임을 감안할 때 실제 손상 유발 확률은 더 낮을 것으로 보입니다. 다만, **면허가 있는 한의사에 의해 처방된 한약이어야 안전하다**는 점을 기억하셔야 합니다. 양방 병원 응급실 등에서 확인되는 한약 부작용은 대부분 한의사 면허가 없는 사람에 의해 조제된 것이었음을 밝힌 연구도 있습니다.

츄 박사 뇌졸중 생존자가 특정 비타민제나 보충제를 복용해야 한다는 근거는 별로 없습니다. 하지만 매일 한 알씩 먹는 **종합비타민제는 엽산을 포함한 비타민B를 함유하고 있으며 뇌졸중 회복에 큰 도움을 줄 수도 있습니다.** 엽산결핍과 뇌졸중 발병 위험 사이에 비교적 큰 연관성이 있다고 입증되었기 때문이죠.

두뇌 건강에 좋다고 광고하는 그 외의 다른 보충제는 추천하고 싶지 않습니다. 우선 저희는 그 보충제에 어떤 성분이 들어있는지 다 알지 못하는데, 성분이나 부작용을 모를 때 의료전문가로서 뭔가를 추천하기는 매우 어려운 일이에요.

"제가 우려하는 것은 허위 및 과장 광고입니다. 어떤 회사는 '빠른 회복'을 주장하기도 하지만 제가 실제 주변에서 목격한 적은 단 한 번도 없습니다. 저는 잘못된 희망을 심어주는 상품이나 프로그램을 조심하려고 노력합니다. 뇌졸중 생존자들은 취약한 집단이에요. 우리는 빠른 회복과 희망에 목말라 있으니까요. 하지만 저는 생존자들에게 아주 조심하라고 충고하고 싶습니다. 회복에 도움이 되는 약물, 음식, 치료법은 분명 존재하지만 '기적의 치료법'은 절대로 존재하지 않습니다. 스스로에 대한 확신과 노력만이 가장 위대한 기적을 이뤄낼 수 있습니다." - 데이빗

☑ 마이크 박사의 팁

"문제가 뭐든지 간에 사람들은 회복과 관련된 것이라면 한 쪽으로 치우친 흑백논리를 펼치는 경향이 있습니다. 어떤 치료가 즉각적으로 효과를 보여주지 못하면 그 치료를 쉽게 포기해버리고, 그 다음엔 나를 완치시켜줄 것이라 생각되는 또 다른 치료에 바로 뛰어드는 식이죠. 하지만 대부분의 치료는 실제로는 이쪽이나 저쪽으로 딱 나뉘어있는 것이 아니고 그 중간에 위치하는 경우가 많습니다. 뇌졸중 생존자는 여러 치료전략과 치료요법, 약물, 생활방식 교정 등을 함께 시행해야 최선의 결과를 맛볼 수 있을 것입니다."

64. 뇌졸중 생존자가 카페인이나 알코올을 섭취해도 안전한가요?

츄 박사 적당한 정도의 카페인 섭취는 뇌졸중의 위험인자가 아닙니다. 따라서 뇌졸중이 있어도 **한두 잔의 커피나 차를 마시는 것은 문제가 되지 않습니다.**

알코올 섭취와 관련해 영향을 받을 수 있는 다른 의학적 문제가 없다고 한다면, **적당한 정도의 알코올 섭취 역시 뇌졸중 발병률을 높이지는 않습니다.** '적당한 정도(Moderate)'라는 것은 하루 최대 한두 잔 정도를 말합니다. 반면, 지나친 음주는 뇌졸중의 위험을 분명하게 높입니다. 현재 복용 중인 약물과 관련하여 음주를 해도 되는지는 우선 주치의와 상의해야 합니다.

어떤 뇌졸중 생존자가 "저는 뭔가를 삼키는 데에 문제가 있습니다. 이건 왜 그런 것이고, 또 제가 무엇을 할 수 있을까요?"라고 물었습니다.

힝클리 박사 삼킴에 문제가 있는 것을 *연하장애(嚥下障碍, dysphagia)*라고 하는데, 뇌졸중 발병 직후에 매우 흔합니다. 어떤 *삼킴장애*는 **입 안에서의 문제와 관련이 있고, 또 어떤 것들은 목구멍이나 더 아래 부분과 관련**이 있습니다. *연하장애*는 그 종류가 다양하고 또 원인 또한 다양하기 때문에 각각의 상태에 따라 치료 방법이 달라질 수 있습니다. 가장 좋은 방법은 언어병리학자에게 적절한 평가를 받아보는 것입니다. 삼키기에 안전하고 쉬운 음식의 종류에 대해서도 물어볼 수 있습니다. 도움이 되는 특정 자세나 운동법을 배울 수도 있고요. 이 모든 추천방법들은 *연하장애* 종류에 따라 달라지므로, 어찌되었건 연하치료의 **첫 번째 단계는 적절한 평가를 받는 것**입니다. 폐렴에 걸리는 것을 막고, 탈수를 피하고, 적절한 영양을 공급받기 위해서는 안전하게 삼키고 있음을 확인받아야 하니까요.

65. 뇌졸중 생존자는 얼마나 많은 훈련을 받아야 하나요?

플라우먼 박사 훈련의 종류에 따라 다릅니다. 손을 뻗어 물건을 집거나, 걷기 위해 다리를 적절한 곳에 위치시키는 등의 **동작별 훈련의 경우**, 뇌가 재연결의 과정을 거쳐서 그 동작을 다시 할 수 있도록 같은 동작을 **매일 수천 번** 반복해야 합니다.

반면 **근력강화 운동이나 유산소 운동 같은 경우에는 일주일에 2-3회, 중간 정도의 강도로 훈련**하면 적정한 기능 개선을 볼 수 있습니다. 이렇듯 훈련의 적정량은 훈련의 종류와 개선하고 싶은 기능의 형태에 달려 있습니다.

66. 뇌졸중 생존자가 헬스장에 다시 다니는 것은 위험한가요? 안전을 위해 앞으로는 특별한 운동기구나 다른 사람의 감독이 필요한 것인가요?

플라우먼 박사 다시 헬스장에 다니는 것은 아주 좋은 방법입니다. **하지만 주치의와 먼저 상의하여 확인을 받으세요.** 왜냐하면 여러분이 겪고 있는 뇌졸중이 심장이나 *고혈압* 및 그 외에 운동으로 인해 악화될 수 있는 문제와 관련이 있었을 지도 모르니까요. 또한, 무거운 기구를 들 때는 숨을 참게 되는데 이로 인해 혈압이 높아질 수 있습니다. 그러므로 현재 가지고 있는 *고혈압*이나 *심방세동(부정맥의 일종)*이 운동을 해도 될 만큼 잘 관리되고 있는지 주치의에게 확인받아야 합니다.

심장이나 *고혈압*과 관련한 문제가 전혀 없다면 일반적으로는 헬스장에 다니는 것은 안전합니다. 한 가지 애로사항이 있다면 헬스장은 장애가 전혀 없는 사람들을 위해 만들어진 곳이라는 점이겠죠. 즉, 기구에 오르거나 내리는 것이 쉽지 않을 수도 있습니다. 처음 몇 번은 물리치료사의 도움을 받아서 훈련하는 것이 좋습니다. 만약 주변에 아는 물리치료사가 없다면 뇌졸중 생존자가 운동을 어떻게 다시 시작하는 것이 좋은지를 잘 알고 있는 개인트레이너나 신체운동학자에게 문의할 수도 있습니다.

67. 침 치료나 요가, 마사지는 얼마나 도움이 되나요?

역자[11] 침 치료는 각종 질환에 오래 전부터 쓰여 온 한의학상의 방법입니

11 원저자의 동의하에 역자가 삽입함.

다. 마비 질환에 있어서는 특히 중풍(中風, 뇌졸중을 포함하는 한의학상의 더 넓은 개념)에 대한 치료 기록이 많습니다. 이는 현대 한의학에도 이어져 오고 있으며 그 효과에 대한 입증을 위한 연구가 활발하게 이루어지고 있습니다. 현재까지는 **뇌졸중 생존자가 침 치료를 통해 운동기능, 일상생활기능, 어깨통증, 경직 등이 호전될 수 있음이 밝혀졌습니다.** 또한, 침 치료가 뇌졸중 재발의 위험도 낮춰준다는 보고도 있습니다. 현재 한국의 한방병원에 입원하면 침 치료, 한약치료, 뜸, 부항 등의 한방재활을 통해 뇌졸중 회복을 도우면서도, 협진을 통해 적절한 수준의 양방 약물치료를 유지하는 형태로 치료가 이루어지고 있습니다. 뇌졸중이 발병하고 수년간 여러 병원을 전전하다 한방병원에 입원한 후 인지기능 및 운동기능이 갑자기 좋아지는 경우를 목격하는 것은 어려운 일이 아닙니다.

카마이클 박사 **요가는 회복에 있어 긍정적인 역할을 할 수 있습니다.** 요가는 스트레칭 자세를 통해 유연성을 높여주어 신체적으로 활발함을 유지하게 해주죠. 하지만 요가로 손상된 기능에 대한 체계적 훈련을 대체할 수는 없습니다. 재활치료 없이 요가만으로는 부족한 것이죠. 그렇긴 해도 저는 생존자가 신체적 활동을 많이 하는 것을 좋다고 생각하기 때문에, 생존자가 요가를 좋아한다면 말릴 이유는 없습니다.

마사지는 수동적인 치료법입니다. 생존자가 주도적으로 개입할 여지가 없어요. 하지만 **통증과 불안감을 줄여주는 측면에서는 도움**이 될 수 있습니다. 그러나 이로 인해 생존자가 적극적으로 능동적인 회복을 추구해야 할 시간을 뺏기면 안 되겠죠.

68. 그러면 고압산소 치료는 어떤가요?

카마이클 박사 *고압산소요법*은 사람을 가압(加壓)된 공간에 넣어 혈액 내에 많은 양의 산소를 생성시키는 치료법입니다. *고압산소요법*은 한국 및 미국 내에서 *일산화탄소 중독과 잠함병(潛函病, 깊은 물속에서 갑작스럽게 수면으로 올라오다 발생하는 질소 손상)* 등의 몇 가지 상태에 대해서만 승인을 받은 상태입니다. 하지만 뇌졸중에 대해서는 승인된 바가 없습니다. 뇌졸중의 초기 단계에는 혈전이 혈관을 막아 산소 공급이 줄어듭니다. 그러나 발병 후 3일이 지나면 혈액은 다시 정상적으로 흐르므로 뇌에서 산소가 적은 것이 문제가 되지는 않습니다.

생존자가 고압의 공간에 놓이면 회복이 촉진될 것이라는 생각에는 **과학적으로 뒷받침되는 근거가 아직 없습니다.** 앞에서도 말씀드렸듯 뇌졸중 생존자에게는 더 이상 산소결핍이 없는데, 문제는 혈액에 많은 양의 산소가 생성되면 누구나 약간씩은 컨디션이 좋아지는 느낌을 받게 된다는 것입니다. 강력한 플라시보 효과가 나타나는 것으로, 계속적으로 유지되지는 않습니다. 뇌에서 회복이 촉진되는 실질적인 메커니즘이 존재하는 것은 아니에요. 그런데도 막상 입증된 치료는 받지 않으면서 이러한 치료만 지속하는 사람들 때문에 이 시장이 크게 형성되어 있는 것 같아 안타깝습니다. 이와 관련된 사업가들은 생존자에게 헛된 희망만 안겨주고 결과에 대해서는 어떠한 책임도 지지 않는 경우가 많습니다. 꽤 많은 돈을 지불하게 하고는 고통만 남기는 경우가 흔하죠.

69. 잠은 회복에 어떤 영향을 주나요? 그리고 뇌졸중 생존자에게 잠은 얼마나 중요한가요?

로스 박사 뇌졸중 회복의 많은 부분은 개인의 에너지와 노력을 통해 이루어집니다. 에너지와 노력은 충분한 휴식을 취한 상태에서만 최대한으로 발동될 수 있어요. 뇌졸중 생존자는 **최선의 회복을 이뤄내기 위해 충분한 수면을 취해야만** 합니다. *탈진(exhaustion)*은 뇌졸중 생존자에게 흔히 발생하는 문제로, 재활을 제대로 할 경우 극심한 피로감이 몰려올 수 있습니다. 그런가 하면, 낮 동안에 너무 열심히 훈련한 나머지 밤에 수월하게 잠이 드는 사람들도 있습니다.

그러나 안타깝게도 뇌졸중으로 인해 낮에 충분한 활동을 하지 못하는 사람들이 많으며, 그들 중 대부분은 밤에 잠드는 데에 어려움을 겪습니다. 또, 낮잠은 야간의 수면에 생각보다 큰 악영향을 줍니다. 잘못된 수면 습관을 가진 사람들도 있습니다. 예를 들면, 자기 전에 카페인을 너무 많이 섭취한다든가 TV를 본다든가 너무 자극적인 뭔가를 한다든가 하는 것들 말입니다. 수면의 질을 개선하기 위해서는 이러한 습관을 바꿀 필요가 있습니다.

의사는 수면에 도움을 주기 위한 약물을 처방할 수도 있습니다. 저는 가능한 한 천연물제제를 사용하려고 합니다. 부작용이 적으니까요. 또한 잠드는 데에 문제가 있다면 *멜라토닌(melatonin)*을 사용할 수도 있습니다. *멜라토닌*은 우리 몸에 존재하는 천연 호르몬으로, 수면에 도움을 줍니다. *멜라토닌*은 건강식품 마트나 약국에서 구할 수 있습니다[12].

70. 뇌졸중 생존자로서 항상 피로감에 시달리는데 어떻게 해야 하나요?

로스 박사 피로, 혹은 *신경피로(neurofatigue; 뇌손상 등으로 인해 정신적 · 육체적으로 피로한 상태)*는 매우 흔한 문제입니다. 현재 과학적 연구가 활발하게 이루어지고 있는 부분이기도 합니다. 그러나 피로는 아주 주관적인 것이기 때문에 이를 직접적으로 측정하여 연구를 진행하는 것은 매우 어렵습니다.

엄밀히는 *신경피로*의 모든 원인이 아직 완전히 밝혀진 것은 아닙니다. 제 생각으로는, 뇌가 많은 일들을 하도록 요청받고 있지만 손상으로 인해 그러지 못해 발생하는 것 같습니다. 남아있는 뇌 조직은 더 열심히 일을 해야 하니까 점점 지치게 되는 것이죠. 우리 몸의 근육에서 일어나는 반응과 비슷합니다. 약해진 근육을 보상하기 위해 다른 근육이 과도하게 사용되듯

12 국내에서 접할 수 있는 *멜라토닌* 제제는 현재 *서카딘 서방정(Circadin PR®)*이 유일하며, 전문의약품으로 분류되어 있어 의사의 처방이 있어야만 복용할 수 있다. 인터넷 해외 주문 등을 통해 구입하는 것은 불법이다.

이요. *신경피로*의 원인을 대사적 변화나 내분비계 변화 같은 것으로 설명하는 이론도 있습니다. *신경피로*는 흔하며 잘 없어지지 않기 때문에 뇌졸중이나 뇌손상 생존자에게는 아주 중요한 문제입니다. 어떤 사람들은 뇌졸중으로 인한 나머지 증상은 완전히 회복되었고 피로만 남아있다고 호소하기도 합니다.

명쾌한 정답은 없습니다. 저는 늘 **"피로에 대한 가장 좋은 방법은 훈련과 휴식 사이에서 적절한 균형을 유지하는 것입니다."**라고 말하죠. 피로하기 때문에 어떤 사람들은 그저 쉬거나, 하루 종일 TV를 보거나, 그냥 의자에 앉아 있거나, 낮잠을 계속해서 자는 등 별다른 것을 하지 않으며 보내기도 합니다. 그러면 안 돼요.

하지만 저는 너무 과도하게 일하는 것도 분명 피로나 그 외 증상들을 악화시킨다고 생각합니다. 실제 사람들이 느끼는 피로 증상에는 두 가지가 있어요. 하나는 전보다 더 자주, 더 쉽게 기진맥진하는 것이고, 다른 한 가지는 지쳤을 때 각종 수행능력이 떨어지는 것입니다. 따라서 지쳐 쓰러지는 것뿐만 아니라, 피곤할 때 더 제대로 못 걷고, 균형 잡기도 더 어려워지고, 낙상에 대한 위험도 훨씬 높아지고, 말도 더 어눌해지고, 팔 힘도 더 약해질 수 있습니다. 모두 피로하기 때문에 나타나는 신체 변화입니다.

제가 확실하게 말씀드릴 수 있는 것은 **'피로해질 때까지 열심히 하되, 피로한 상태에서도 지속하지는 말라'**는 것입니다. 이것은 통증에 대해서도 마찬가지인데, 통증이 발생할 때까지 열심히 하되, 통증을 참으면서까지 지속하지는 않아야 합니다. 아무도 그 지점을 짚어줄 수는 없기 때문에 스스로가 판단해야만 해요. 저는 절대로 "X시간 동안 하세요."라든지 "이 정도 거리를 걸으세요."라고 말씀드리지 않습니다. "할 수 있는 만큼 하시고, 할 수 있는 만큼 걸으세요. 하지만 피로해지면 멈추세요. 피로를 참으면서까지 하지는 마세요."라고 말씀드리죠. 다른 부분들에 대해 저희가 해드리는 조언과는 많이 다르죠? 다른 부분들에 있어서는, 사람들이 한계라고 생각하는 것 이상을 하도록 강하게 권하니까요.

홀랜드 박사 재활 치료를 받는 사람이 **피곤함을 느끼는 것을 주변 사람들에게 알리는 것**도 매우 중요합니다. 피곤함을 느끼는 때가 정말로 에너지가 떨어졌을 때니까요. 너무 피곤한데도 재활치료를 강행하는 것은 효과에 아무런 도움이 되지 않습니다. 치료사는 생존자의 남은 에너지의 정도를 자주 체크하여 그 여력 안에서 치료에 임할 수 있도록 자꾸 확인해야 합니다. 이건 회복 전반에 걸쳐 아주 중요한 포인트에요. 여러 신경학적 문제를 가진 사람은 쉽게 피곤해져 진이 빠지기 일쑤인데 모든 치료사가 이 사실을 숙지하고 있는 건 아니니까요.

"저는 쉽게 피로해집니다. 뇌도 휴식이 필요한 거죠. 이것을 신경피로라고 하는데, 제 주변의 대부분의 뇌졸중 생존자들이 이 증상을 가지고 있습니다. 잠을 더 많이 잘 필요가 있어요. 우리는 뇌를 사용할 때 쉽게 지치니까요. 전에는 근육을 사용하면 쉽게 지쳤는데, 지금은 두뇌를 너무 많이 사용해도 피곤해질 때가 있습니다. 숙면을 취해야 함을 명심하세요. 필요할 때는 쉬어야 합니다. 하지만 회복을 위해 노력하는 것도 꼭 필요해요. 노력에는 활동적으로 생활하고 사람들을 만나고 운동하는 것이 포함됩니다. 항상 그렇듯, '사용하지 않으면 잃게' 됩니다." - 데이빗

☑ 마이크 박사의 팁

"뇌졸중 회복에 있어 개개인에 대한 맞춤 치료는 꼭 필요합니다. 여러분의 신체적 건강과 심리적 안정, 사회생활, 정신적 건강은 모두 주의 깊게 다루어져야 하는 요소들이죠. 어떤 식으로 이 요소들이 서로 영향을 미치는지 예를 하나 들어볼게요. 약물은 수면에 영향을 줄 수 있고, 수면은 낮 동안의 활력에 영향을 줄 수 있습니다. 기운이 넘치면 친구들과 왕성하게 교류할 수 있고 치료에도 더 열심히 참여할 수가 있어요. 기도나 명상, 자연감상 등을 통해 형성된 신념이나 영적 단련 상태는 기나긴 재활의 여정에서 평온함을 찾을 수 있게 도와줍니다.

이들의 중요성을 잊지 마세요. 이 요소들은 전체의 치유 과정을 완성하기 위해 꼭 필요한 조각들이니까요."

츄 박사 항상 피곤함이 느껴진다면 우선은 *감염*이나 *빈혈*같이 피로를 유발할 수 있는 뇌졸중 외의 질환이 있는지 확인해야 합니다. 다른 원인이 없음이 확인된 후에야, 왜 뇌졸중이 피로감을 불러오는지 물어볼 수가 있는 것이죠. 뇌졸중으로 인한 피로의 이유 중 하나는 예전에는 큰 노력 없이도 할 수 있었던 일들을 지금은 많은 노력을 기울여야 비로소 할 수가 있다는 것입니다. 만약 걷는 데에 어려움을 겪고 있다면, 한 지점에서 다른 지점으로 가는 데에는 과거에 비해 10배 많은 시간과 10배 많은 노력이 필요할 수도 있습니다. 또한, 뇌졸중 생존자의 1/3 정도는 기분장애를 겪습니다. 우울증으로 인해 피로감이 유발되는 경우도 있습니다.

*수면무호흡증*이라고 하는 질환도 있습니다. 자다가 중간 중간 호흡을 멈추는 것을 말하죠. *수면무호흡증*은 밤 동안에 충분한 산소를 받아들이지 못하게 하여 피로감을 발생시킵니다. 이 사람들은 코를 고는 경우가 많고 뇌로 충분한 산소를 받아들이지 못하기 때문에, 밤에 자고 나서도 개운하다는 느낌을 받지 못합니다. *수면무호흡증*은 뇌졸중을 일으킬 수 있고, 반대로 뇌졸중으로 인해 발생할 수도 있습니다. 좋은 소식은 *수면무호흡증*은 쉽게 진단되고 치료될 수 있는 질환이라는 것이에요. 따라서 뇌졸중 발병 후에 낮에 너무 심하게 졸음이 온다면 이에 대한 진료를 받아보는 것이 좋습니다.

71. 뇌졸중 생존자가 다시 성생활을 하는 것은 안전한가요? 혹시 뇌졸중 후의 성관계에 대해서 그 외에 또 알아둬야 할 게 있을까요?

츄 박사 뇌졸중 발병 후에 신체적 활동을 하는 것은 강하게 권장됩니다. 특히 중간 정도의 유산소 운동이 그렇죠. 저는 성생활도 이 범주에 포함시킵니다. 최악은 아무 것도 안하고 멍하니 앉아서 TV를 보며 군것질만 하는 것이에요.

뇌졸중 후의 성생활에 영향을 미칠 수 있는 몇몇 요소들이 있습니다. 그

중 비교적 흔한 기분장애는 성관계 중의 감정상태에 영향을 줄 수 있고, 때로는 행위 자체나 자신감에 영향을 줄 수도 있습니다. 하지만 안전성의 측면에서 본다면 **성에 대한 욕구만 있다면 해도 전혀 문제가 되지 않습니다.**

길런 박사 뇌졸중 후의 성기능에 대해서는 잘 거론되지 않는 경우가 많습니다. 아마도 치료사가 이 사안을 민망하게 생각하거나, 나이든 성인은 성생활을 즐기지 않을 것이라는 억측을 갖고 있기 때문일 것입니다. 그건 절대 사실이 아니에요. 성적 관계는 배우자와의 관계의 일부로, 그리고 일상생활의 하나로 간주되어야 합니다.

많은 경우에 있어 성관계는, 상대방이 뇌졸중 생존자에게 해가 될까 하는 걱정 때문에 중단되곤 합니다. 또는 생존자와 상대방 모두 성생활이 뇌졸중을 재발시킬 수 있다고 생각해서 그런 경우도 있고요. 물론 근거 없는 얘깁니다. 그리고 이전에 좋아했던 체위인데 현재는 취하기가 어렵거나 불가능해서 성생활 자체를 기피하는 경우도 있습니다.

치료사는 이러한 사안들에 대한 여러분의 고민을 해결하는 데에 도움을 줄 수 있습니다. 관계를 갖기 위해 상대방이 함께 할 수 있는 노력이나, 친밀감을 충족시키는 동작 등을 알려줄 수 있어요. 문제는 성적 상대가 보호자의 역할로 다시 이동할 때, 관계의 역학이 다시 또 바뀐다는 것입니다. 섹스와 친밀감은 우리 삶의 일부이며, **연인은 보호자의 역할과 사적 관계 사이에서 균형을 찾아야 합니다.**

어떤 뇌졸중 생존자가 "뇌졸중 생존자로서 여전히 아이를 가질 수 있는 건가요?"라고 물었습니다.

로스 박사 네 그렇습니다. 뇌졸중이 온 후에도 여전히 아이를 가질 수 있습니다. 뇌졸중은 생식력이나 임신 능력, 임신, 진통, 출산의 과정에 아무런 영향을 주지 않습니다. 물론 자궁이 확장될 때는 움직임의 역학이 많이 바뀌었기 때문에 임신상태로 거동하는 것이 약간 더 불편하거나 힘들 수도 있긴 합니다. 그리고 때로는 편안한 자세를 찾기가 어려울 수도 있죠. 그러나 이 사실 자체로 문제가 되지는 않습니다. **저는 뇌졸중 후에 출산한 많은 여성들을 봐왔고, 그들 모두 아무런 문제가 없었습니다.** 단, 개인적 위험 요소들이 존재하는지 파악하기 위해서는 주치의와 상의해야 합니다.

9장의 주요 포인트

식사와 운동, 수면상태를 개선하는 것은 뇌졸중 후 건강을 지키기 위해 여러분이 할 수 있는 가장 중요한 것들입니다.

기본적으로 저염, 저탄수화물 식단을 하면서 포화지방 섭취는 낮추는 것이 가장 건강한 식단입니다. 구체적으로는 생선류, 콩류, 과일류, 채소류, 전곡류, 살코기(기름기 없는 고기), 올리브오일을 많이 섭취하는 지중해 식단이 가장 좋은 방법일 수 있습니다.

한약과 침 치료는 한의사에 의해 시행되었을 경우 뇌졸중 회복에 도움이 될 수 있는 안전한 방법입니다. 비타민 보충제나 건강보조식품을 섭취하는 것이 두뇌 건강을 좋게 한다는 주장을 뒷받침하는 근거는 없으나, 여기에 하나 예외인 것이 *엽산*을 포함한 *비타민B 복합체(B-complex vitamins)*입니다. 현재 복용 중인 약물과의 상호작용을 확인하기 위해 새로운 보조제를 복용할 때에는 주치의와 상의해야 합니다.

운동을 위해 헬스장에 다시 나가기 전에 현재 자신이 가지고 있는 위험 요인에 대해 점검받기 위해서는 주치의와 상의해야 합니다. 거동에 어려움이 있다면 물리치료사나 운동 전문가에게 도움을 요청하세요.

숙면을 취하는 것은 아주 중요합니다. 취침 전에 음식물을 먹거나 카페인을 섭취하는 것을 피하세요. 밤에 잠들기가 어렵다면 낮잠을 자지 말아보세요. 늦은 밤에는 자극이 되는 활동이나 밝은 화면을 바라보는 일을 삼가세요. 잠드는 데에 문제가 있다면 수면제를 시작하기 전에 *멜라토닌(melatonin)*을 먼저 복용해 보세요.

피로는 뇌졸중 생존자에게 있어 가장 성가시고 오랫동안 지속되는 문제 중 하나입니다. 휴식과 활동을 적절하게 배합하려고 해보세요. 그리고 피로를 참으면서까지 활동을 해서는 안 됩니다. 뇌졸중과 무관한, 치료 가능한 원인이 있을 수도 있으니 피로감에 대해 주치의와 상의하세요.

뇌졸중 후의 성생활은 간과해서는 안 될 문제입니다. 언제 다시 성생활을 하는 것이 안전한지와 동작을 적절하게 변형시키기 위한 방법 등을 물어보세요. 성생활에 있어 감정적이고 관계적인 부분이 신체적인 측면보다도 훨씬 더 복잡하고 중요합니다.

10

CHAPTER

삶 회복하기

뇌졸중이 오면 마치 인생이 끝난 것처럼 느껴질 수 있습니다. 뇌졸중은 단지 신체와 마음 상태에만 영향을 주는 것이 아니고, 독립성이나 직업, 취미도 앗아갈 수 있기 때문입니다. 따라서 뇌졸중 후에 내가 어디서 무엇을 하며 살아갈 수 있을지 생각해봐야 합니다. 스스로에게 목적을 만들어주고 기쁨을 가져다주어 다시 진정으로 살아있음을 느끼게 해주는 새로운 활동을 찾아야 하죠. 그 과정을 이해하는 데에 도움을 줄 쟈니스 일리치 먼로(Janice Elich Monroe) 박사를 모시겠습니다. 이 분은 뉴욕에 있는 이타카대학 레져학과의 학과장이면서, 뇌졸중 생존자들을 위한 프로그램을 운영하는 *삶의 기술 센터(Center for Life Skills)*의 임상감독관으로 활동하고 있습니다. 아만다 우드워드(Amanda Woodward) 박사 또한 참여해주실 건데요, 사회복지사이자 미시간 주립대학교의 부교수 및 연구원으로 활동하고 있습니다. 사라 톰슨(Sarah Thompson)은 뇌졸중 생존자를 위한 음악치료사로서 음악치료가 어떻게 회복을 증진시키는지에 대한 통찰을 들려줄 것입니다.

72. 뇌졸중 생존자들은 보통 완전히 회복되기 전까지는 퇴원하고 싶어하지 않습니다. 아직 일상으로 복귀할 준비가 안됐다고 느끼는 사람들에게 무슨 말씀을 해주실 수 있을까요?

힝클 박사 실제로는 오히려 재활 의료진이 생각하기도 전에 이미 집에 갈 몸 상태가 되어있는 경우가 많습니다. 물론 뇌졸중에서 회복되는 데에는 오랜 시간이 걸리죠. 6개월, 18개월 혹은 더 길게 걸릴 수도 있습니다. 집은 최선의 회복을 이루기 위한 최적의 장소입니다. 처음엔 긴장이 되기도 하겠지만, 친숙한 환경에서 스스로 일상을 마주할 때 비로소 궁극적인 최선의 회복을 이뤄낼 수 있는 것이죠. **집은 회복에 가장 좋은 장소입니다.**

이 변화의 시기에 중요한 또 한 가지는 뇌졸중 생존자들이 '새로운 정상 상태(new normal)'에 익숙해져야만 한다는 것입니다. 현재의 삶은 뇌졸중이 오기 전에 지내왔던 것과는 사뭇 다릅니다. 하지만 괜찮습니다. 같은 문제를 겪는 사람들 모두 보람 있고 충만한 새 삶을 찾을 수 있습니다.

"새로운 잠재력을 깨닫고 내가 할 수 있는 것들에 집중하는 데에는 오랜 시간이 걸렸습니다. 비록 제가 원했던 의사라는 직업을 갖기는 힘들지도 모르나 저는 여전히 다른 사람들을 도울 수 있습니다. 저는 실어증을 가진 사람들을 서로 연결해주는 비영리 단체를 설립했습니다. 이 활동을 통해 저는 제가 할 수 있는 능력에 초점을 맞출 수 있었죠. 하지만 여러분은 자신의 능력에 집중하기 위해 제가 한 것처럼 똑같이 비영리단체를 만들 필요는 없습니다. 그렇다면 스스로를 긍정적으로 만드려면 어떻게 해야 할까요? 자신이 할 수 있는 것에 어떤 방식으로 집중할 건가요?" - 데이빗

☑ **마이크 박사의 팁**

"'평온을 비는 기도(Serenity Prayer)'를 떠올려 보세요. 기도문으로써도 좋고, 현 상태를 받아들이고 자신의 능력에 집중하게 해주는 메시지로써도 좋습니다. '신(혹은 가장 높고 현명한 사람)이시여, 저에게 바꿀 수 없는 것은 받아들일 수 있는 평온과 바꿀 수 있는 것은 바꿀 수 있는 용기와, 이 둘을 분별할 수 있는 지혜를 주소서.' 지금 여러분은 삶에서 뭔가를 바꿀 수 있는 힘을 가지고 있습니까?"

73. 뇌졸중 생존자는 어떻게 하면 다시 자립할 수 있을까요?

먼로 박사 그 해답은 **내가 할 수 있는 것에 집중**하는 것과 전적으로 관련이 있습니다. 그리고 매끄럽지 않는 부분이 있을 것임을 인정하면서 스스로와 다른 사람에게 인내심을 가지는 것도 매우 중요합니다. 실수를 저질러도 괜찮습니다. 우리는 많은 경우에 잘못된 것을 말하고 행할까봐 지레 겁을 먹습니다. 막상 그런 일 없이 끝나는 경우가 많은데도요.

여러분이 아직 할 수 있는 일을 생각해내고 그것을 기반으로 추가적인 일을 실현해나가야 합니다. 스스로가 되려고 노력하세요. 장애로 자기 자신을 정의내리지 마세요. 있는 그대로의 스스로가 되는 것이 자신에게 있어 최우선 과제임을 주변 친구들에게 미리 말해두세요. 처한 상황만 바뀌었을 뿐 여전히 같은 '나 자신'이고 능력만 조금 다른 것입니다.

우리 모두는 일부 의존적인 면을 가지고 있다는 것도 잊지 마세요. 저는 신체가 건강하지만 머리를 혼자 자를 수는 없기 때문에 이 부분에 있어서는 미용사에게 의존합니다. 장애가 있는 경우 이러한 의존의 범주가 더 넓어지긴 하겠지만, 뇌졸중이 오기 전에도 혼자서 모든 것을 완벽하게 할 수는 없었음을 잊지 마세요. 그러므로 스스로에게 인내를 가지고, 다른 모든 사람과 마찬가지로 나도 모든 것을 다 할 수는 없다는 사실을 받아들이세요.

74. 뇌졸중 생존자는 어떻게 하면 안전하고 성공적으로 사회생활에 복귀할 수 있을까요?

먼로 박사 이것은 뇌졸중 생존자가 가장 두려워하는 부분 중의 하나입니다. 장애가 생긴 능력 때문뿐만 아니라 장애상태에 대해 잘 배려해주지 못할 수 있는 사람들과 맞닥뜨린다는 두려움 때문이기도 하죠. 만약 신체 균형 잡기에 문제가 있는 상태에서 많은 사람들로 붐비는 곳에 가게 된다면, 사람들과 부딪혀서 넘어질 수도 있잖아요. 정말 무서운 일이지요? 넘어져서 다치고 싶은 사람은 없어요. 그러므로 장애물이 많지 않은 친숙한 환경에서 시작해야 합니다. 그리고 **연습, 또 연습하세요.** 자주 갔던 익숙한 곳이면서 다시 가보고 싶은 곳을 찾아보세요. 그리고 도움이 필요할 때 도움을 줄 수 있으면서도, 여러분이 스스로 하기를 원한다는 걸 아는 사람과 함께 가세요.

대안적인 교통수단 및 이동 방법에 익숙해지는 것은 독립성에 큰 도움을 줄 수 있습니다. 일단은 신뢰할 수 있는 사람과 함께 버스나 택시를 타고 목적지에 가보고, 이후에는 혼자서 타고 가보세요. 목적지에 도착했음을 알리거나 도움이 필요할 때 전화할 수 있는 지인을 확보해놓은 상태에서요. 한 번에 세상 속으로 갑자기 뛰어들 필요는 없습니다. 뭔가를 배우고 연습하고, 또 새로운 것을 배우고 연습하고, 잘 하게 되고, 그러면서 계속 하는 거예요. 아기가 걸음마를 떼는 것처럼요.

저자노트 보호자는 뇌졸중 생존자를 안전하게 하여 해로운 것들로부터 그들을 보호하고 싶어 합니다. 그러나 건강한 사람도 삶에서 어느 정도의 위험은 감수한 채로 결정해야 합니다. 위험을 감수하고, 편안한 공간을 넘어 밖으로 나가 실수를 저지르기도 하는 것은, 우리가 뭔가를 배우고 더 발전해가는 과정입니다. 과잉보호는 가치 있는 배움의 기회를 박탈함으로써 생존자를 무기력하게 만들고 회복을 지연시킬 수 있습니다. **여러분이 돌보고 있는 뇌졸중 생존자의 '위험을 감수할 존엄성'을 지켜주기 위해서 보호와 관찰 사이에서 적절한 균형점을 찾아보세요.**

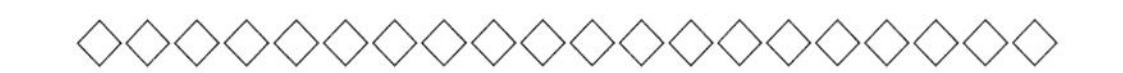

어떤 뇌졸중 생존자가 "회복이 얼마나 걸릴지 모르는데 어떻게 미래를 설계할 수 있겠습니까?"라고 물었습니다.

우드워드 박사 다시 걷는 법을 배우는 단계에서는 장기적인 계획을 세우는 것은 물론 바로 앞일에 대해 생각하는 것도 어렵습니다. 이것은 단 번에 해결될 수 있는 문제가 아닙니다. 미래를 설계하는 것은 회복 과정의 일부죠.

회복에 대한 지금 당장의 초점은 다시 걷는 것이겠지만, 다시 걷는 것의 끝은 무엇일까요? 여러분의 목표가 다시 일터로 돌아가는 것인가요? 어쩌면 이번 사건을 계기로 퇴직하거나 다른 일을 알아봐야할 수도 있는데도요? **지금이 미래를 다른 방식으로 바라볼 기회라고 생각하세요.**

아마도 예전에 있었던 위치와 삶으로 정확하게 돌아가는 것이 목표겠지만, 현실은 조금 다를 수 있습니다. 그래도 미래에 대해 생각해보는 것은 전체적인 회복 과정에 필수적이고, 동기를 유지하고 목표를 가지는 데에도 도움이 됩니다.

분명 미래는 각자의 연령과 인생의 단계에 따라 다르게 보일 수 있습니다. **재활 전문가와 사회복지사는** 미래 설계를 도와주고 다양한 선택지를 알려줄 수 있습니다. 전문가뿐 아니라 **나와 같은 상황에 처했던 다른 뇌졸중 생존자와 대화**하는 것도 여러 옵션과 이용 가능한 요소를 이해하는 데에 도움을 줄 수 있습니다.

75. 뇌졸중 생존자는 회복 동안의 경제적 부담을 어떻게 관리할 수 있을까요?

우드워드 박사 사람들은 보통 이 문제에 대해 생각하는 것을 미뤄둡니다. 그러나 **급한 상황이 마무리되는 즉시 금전적 문제에 대해 생각하기 시작하는 것이 좋습니다.** 나중보다는 이른 시기에 이 문제를 다루는 것이 장기적인 스트레스를 줄이는 데에 실질적인 도움을 주니까요. 예산을 짜고 지출의 우선순위를 정하세요. 보험료는 계속 지불해야 합니다. 만약 비용 지불에 문제가 있을 것 같으면 일찌감치 집주인이나 대출 기관과 상의하세요. 무슨 일이 일어났는지를 알리고, 다른 선택지를 알려줄 수 있을지 물어보세요.

사회복지사가 가장 먼저 하는 일 중의 하나는 여러분의 현재와 미래의 필요에 대해 파악하는 것입니다. 이를 통해 무엇이 해결되어야할 지를 확인하고, 이용 가능한 자원에 연결해주기 위해서지요[13].

76. 뇌졸중 생존자 중 다시 직장에 복귀하는 비율은 몇 퍼센트나 되나요?

로스 박사 솔직히 말씀드리면 그 수치는 비교적 낮은 편입니다. **뇌졸중 생존자의 대략 1/3 정도가 일터에 복귀**하는 것으로 추정되고 있습니다. 직장생활과 직접적으로 관련되는 치료만을 집중적으로 시행하는 *직장복귀 집중 프로그램*을 받을 경우 그 수치는 50퍼센트 정도까지 올라갑니다.

지금까지 재활치료 분야에서는 사람들이 걷고, 팔을 사용하고, 스스로를 돌보도록 하는 것에 상당한 진전이 있었습니다. 지역사회에서 일상생활을 수행하도록 하는 것에도 일부 발전이 있었고요. 하지만 뇌졸중 생존자들이 직장으로 복귀하는 것에 대해서는 아직 많이 부족한 상태입니다.

직장업무는 그 자체로 회복 과정의 일부가 될 수 있습니다. 많은 면에서

13 국내의 경우 현재 정부에서 뇌졸중 환자를 위해 일괄적으로 시행 중인 프로그램은 없는 상태로 지역별 프로그램 확인을 위해서는 거주 지역의 주민센터 및 보건소에 문의해야 한다.

재활치료로 작용할 수 있는 요소들이 있어요. 매일 아침 일어나서 출근한다고 해보세요. 상근직이든 파트타임이든 마찬가지로 머리를 써야만 하고 신체활동도 해야만 합니다. 제가 관찰한 바로는, 직장에 복귀한 사람은 덜 아프고 병원에도 덜 가고 그 밖의 다른 문제도 적은 것 같더군요. 우울해하는 일도 적었는데, 아마도 뭔가를 하고 있다고 느끼기 때문이겠죠. 일상으로 복귀하고 돈을 벌어 좋은 것 외에도 직장으로 돌아가야 할 객관적이고 의학적인 이유는 수없이 많습니다.

77. 복직에 방해가 되는 것은 무엇인가요?

로스 박사 뇌졸중 생존자로서 왜 복직하는 게 어려운지에 대해서는 많은 이유가 있습니다. 한 가지는 고용주의 차별과 편견입니다. 그리고 또 하나의 문제는 물리적인 접근성이 떨어진다는 것입니다. 잘 드러나진 않지만 분명 존재하는 또 다른 이유는, 대부분의 의료전문가 및 지역사회가 뇌졸중 생존자들이 일할 수 있고 또 일해야만 한다고 생각하지 않는 것입니다.

저는 뇌졸중 생존자들의 고용 실태를 조사하는 팀에서 일한 적이 있습니다. 사람들이 직장으로 복귀하는 것을 도와주기 위해서 저희는 고용주들에게 초점을 맞췄죠. 회사와 직접적으로 연계하여, 뇌졸중 생존자에게 어떤 보완조치와 법적 보호 장치가 필요할지에 대해 생각하도록 만들었습니다. 다행히도 회사의 고위 임원진들은 여기에 큰 흥미를 보였어요. 하지만 회사 경영진의 입장보다는 **바로 위의 상사와 동료들이 어떻게 생각하는지가 더 큰 문제였습니다.** 이들의 태도가 핵심이었죠. 이들이 여전히 편견이나 적개심을 가지고 있다면 문제가 발생했던 것입니다. 대부분의 임상 의사들은 재활과정에서 이 문제에 대해 잘 짚어주지 않지만, 복직에 대한 성공은 대부분 여기에 달려 있습니다. 이러한 종류의 차별을 금지하는 법이 있으므로[14] 필요

---

14 국내의 경우에도 '장애인 차별금지 및 권리구제 등에 관한 법률'이 제정되어 있다. 그러나 장애가 남을 정도의 뇌졸중이 아닌 경우에는 다른 사람들과 마찬가지로 '고용정책 기본법'의 적용을 받는다.

시 문제를 제기할 수 있습니다. 하지만 정확히 어떠한 상황에서 그것이 문제가 되는지를 알아야만 하겠죠.

78. 만약 뇌졸중 생존자가 직장으로 복귀할 수 없을 경우, 무엇을 할 수 있을까요?

먼로 박사 사회에서 우리는 무슨 일을 하느냐로 정의내려집니다. 일자리가 없다면 다른 무언가로 대체하여 그 정체성을 일궈나가야 합니다. 여러분에게 **목적을 주는 의미 있는 활동을 찾아야 합니다.** 모든 치료과정이 끝난 이후에 뇌졸중 생존자는 아주 많은 자유시간을 갖게 됩니다. 이 때 자신감을 회복하기 위해서 스스로를 육체적으로, 정신적으로, 지적으로, 사회적으로 참여하게 하는 활동을 찾아야 합니다. 직장으로 다시 돌아가게 해주는 활동일 수도 있고, 아니면 그냥 그 자체로 의미가 있거나, 목적을 주거나, 새로운 정체성을 가져다주는 활동일 수도 있습니다.

카마이클 박사 아주 활동적으로 생활하며 뇌졸중 회복기를 거치고 있는 한 남성의 예를 들어보죠. 바로 남부 캘리포니아의 림스 프리드먼(Reams Freedman)이라는 사람입니다. 그는 뇌졸중을 앓은 적이 있는데 지금은 뇌졸중 생존자를 위한 자원봉사자 네트워크인 *남가주 뇌졸중협회(Stroke Association of Southern California)*를 운영하고 있어요. 만약 여러분이 20년 전에 이 사람을 앉혀 놓고, 이러한 종류의 일을 할 것이냐고 물어봤다면, 그는 "절대로 그럴 리가"라고 대답했을 거예요. 하지만 그는 결국 큰 일을 맡았고, 현재는 많은 사람들의 인생과 회복과정에 있어 중요한 역할을 해나가고 있습니다. 이렇듯 뇌졸중이 장애를 남길지라도 생존자들에게는 분명 기회가 열려 있습니다.

79. 어떻게 하면 새로운 활동을 찾을 수 있을까요?

먼로 박사 목표뿐 아니라 스스로의 장점도 찾아보세요. 그 장점을 활용하여 독립적으로, 혹은 약간의 도움을 받고 할 수 있는 여가 활동을 찾아보세요. 이러한 활동에 성공적으로 참여하게 되면 다른 새로운 것을 시도할 자신감과 동기도 덩달아 생길 것입니다.

무엇을 좋아하는지 스스로에게 물어보세요. 만약 훌륭한 레크리에이션 치료사가 주변에 있다면, 그는 여러분이 좋아하는 활동을 할 수 있게 도와주거나, 능력과 흥미를 활용할 수 있는 활동을 찾아줄 수도 있습니다. 편의를 위해 스포츠 용품에 변형을 줄 수도 있고, 걸음을 도와주는 보조 도구도 있고, 그 외에도 장애를 극복시켜줄 여러 창의적이고 간단한 방법들이 이미 존재합니다. 펜에 강력 접착테이프를 붙여 잡기 편하도록 하거나, 나무로 만들어진 간단한 카드 홀더를 사용하여 한 손으로 카드놀이를 할 수도 있습니다. 밖으로 나갈 수 없는 상황이라면 컴퓨터를 이용하여 다른 사람과 연락하거나 대화할 수도 있습니다.

"취미생활은 많은 이익을 가져다 줍니다. 때로는 전혀 몰랐던 적응 방법을 알게 되는 경우도 있습니다. 예를 들어, 인터넷에 접속해서 '한 손 낚시(one-handed fishing)'나 '한 손 뜨개질(one-handed crocheting)'이라고 검색해보면[15] 몇 가지 팁을 확인할 수가 있어요. 저는 카드놀이를 위해 한 손 카드 홀더를 가지고 있습니다. 이렇듯 예전에 좋아하던 취미생활을 하거나 아니면 새로운 취미를 찾아보세요. 지금 상태에서도 여전히 즐길 수 있는 취미를요. 이것도 치료의 한 과정입니다." - 데이빗

15 국내 사이트에서는 잘 검색이 되지 않으므로 구글 등의 영문 검색사이트에서 'one-handed'를 키워드로 넣어 검색하는 편이 낫다.

☑ **마이크 박사의 팁**

"데이빗이 뇌졸중을 앓았음에도 여전히 행복하고 건강하게 살아가고 있다는 사실은 제게 삶이 얼마나 소중한 것이고 우리가 얼마나 운이 좋은 것인지 깨닫게 해줍니다. 아마 여러분도 뇌졸중 생존자로서 혹은 그 가족으로서 비슷한 생각을 한 적이 있을 겁니다. 소파에 하루 종일 멍하게 앉아 인생을 허비하지는 마세요. 현재 가능한 일상생활의 능력 정도와 무관하게, 이 소중한 하루하루를 즐기세요. 사람들과 어울리세요. 이제는 단순히 존재만 하는 것을 멈추고, 삶을 살아가세요."

80. 치료 레크리에이션은 무엇이고, 뇌졸중 회복에 어떤 도움을 줄 수 있나요?

먼로 박사 치료 레크리에이션(recreational therapy)이라고 하는 것은 **오락 및 여러 활동 기반의 방법을 사용하여 질환이 있거나 장애가 있는 사람들의 필요를 해결해주는 재활분야**를 말합니다. 저희 레크리에이션 치료사는 전인(全人)적 관점에서 사람들의 육체적, 지적, 정신적, 사회적, 여가적 필요성을 파악하고 해결해줍니다.

이것은 장점에 초점을 맞춘 접근법이기 때문에, 그 사람이 할 수 없는 것보다는 할 수 있는 것에 초점을 맞추어 진행됩니다. 그 장점을 가지고 재미있는 활동에 참여시키고, 이후엔 그 활동을 기반으로 하여 다른 활동까지 가능하도록 발전시켜가는 것이죠.

대부분의 잘 갖춰진 재활시설에서는 치료 레크리에이션을 시행합니다. 치료 레크리에이션은 물리치료, 작업치료 및 언어치료를 제공하도록 하는 '세 시간 규칙(three-hour rule)'에는 포함되어 있지 않지만, 전체 재활 과정의 일부로 작용합니다[16]. 레크리에이션 치료사는 최근에 생긴 직업으로, 이들은 치료 레크리에이션 분야를 개척하기 위해 계속해서 노력하고 있습니다.

---

16 국내의 경우 물리치료, 작업치료, 연하치료를 기본으로 하여 통상 발병 후 2년까지 보험 급여를 받을 수 있고, 언어치료는 비급여 항목으로 분류되어 있어 전적으로 본인부담 하에 시행할 수 있다. 치료 레크리에이션은 국내에서 의료행위로 분류되어 있지 않으며 보건소나 데이케어 센터, 레크리에이션 센터 등을 통해 그룹 형태로 진행되고 있다.

치료 레크리에이션은 효과가 좋기 때문에 가능한 경우라면 반드시 요청하는 것이 좋습니다.

생존자들은 자신의 기능 중 일부를 잃으면서 더 이상은 뭐든 잘하기 어렵다고 생각하게 됩니다. 자신의 능력 상태가 바뀌었기 때문에 자신에 대한 정의도 바뀐 것이죠. 그러나 뭔가를 자꾸 시도하려고 하는 자세가 필요합니다. 물론 안전한 환경에서요. 오락놀이는 안전하면서도 재미가 있는 활동이죠. 게임에서 지더라도 큰 문제가 되지 않아요. 재미가 있으면 결과가 어떻든 사람들은 더 적극적으로 활동하기 마련입니다.

저희 레크리에이션 치료사들은 재활 팀의 한 일원으로서 일하고 있습니다. 저희는 집단 활동이나 노래, 게임, 소풍 등을 통해 의사소통능력을 키워 사회화를 돕습니다. 저희는 언어병리학자가 고안해낸 방법을 사용해서 의사소통에 문제가 있는 이들이 좀 더 쉽게 참여할 수 있도록 도와줍니다. 저희는 물리치료사와 협업하여 생존자가 어떤 운동이나 자세를 연습 중인지를 확인하고 그것을 효과적으로 훈련할 수 있는 활동을 찾아줍니다.

저희가 이용하는 모든 레크리에이션 활동은 생존자에게 필수적인 운동을 훈련시키기 위해 엄선된 것입니다. 저희는 그들의 강점을 확인하여 해당 활동에 참여할 수 있게 합니다. 그뿐 아니라 그 강점을 기반으로, 약점이 있는 곳의 움직임도 향상시킵니다.

보드게임인 모노폴리(Monopoly)는 미세한 운동 조절 능력을 키우는 데에 이용될 수 있습니다. 작은 조각을 쥐거나 카드를 돌리는 동작을 통해서요. 모노폴리는 인지기능을 목표로 쓰일 수도 있습니다. '언제 살까?', '언제 팔까?', '호텔을 사는 게 좋을까?', '이번엔 얼마만큼 움직일까?' 라고 끊임없이 생각해야 하니까요. 언제 내 순서가 돌아오는지를 알고, 이기고 지는 것에 반응하는 등의 사회성도 기를 수 있습니다.

보치(Boccie)[17]는 실내나 실외에서 행해질 수 있는 재밌는 게임입니다. 공을 굴리고 받는 것은 관절 유연성, 균형 유지, 움직임 등에 큰 도움이 되지

---

17 이탈리아에서 유래된 볼링 게임의 일종으로, 잔디 위에서 시행된다.

요. 만약 환측 팔로 조금이라도 공을 잡을 수 있다면 그쪽 팔을 사용하는 것이 좋습니다. 환측 팔을 전혀 사용할 수 없다고 해도 여전히 어깨로 팔을 들어 올리고 테이블에 올리는 식으로 감각 신호를 계속적으로 입력해야 한다고 가르칩니다. 환측 팔의 약한 힘을 도와주기 위해서 저희는 종종 손으로 생존자의 손을 잡아 보조해주거나, 아니면 더 성공적으로 운동할 수 있게끔 건측 손을 쓰도록 허락합니다. 일반적으로 저희는 건측 팔로 시작하게 하여 생존자의 참여를 유도한 다음에, 그들을 독려하여 환측을 사용하게 합니다. 생존자를 위한 일종의 트릭을 쓰는 거죠.

치료 레크리에이션을 단순히 '재미'를 위한 것으로 생각한 나머지 시시하게 생각하는 사람도 있습니다. 특히 뇌졸중 회복의 초기에 그렇죠. 이 단계에서 생존자들은 걷거나 옷을 입거나 말하는 것에만 초점을 맞출 뿐입니다. 그들은 아직 치료 레크리에이션이 점점 전환되어 다른 방법으로 훈련될 수 있다는 것을 이해하지 못합니다. 저희는 사람들이 치료 레크리에이션을 통해 하게 되는 활동의 의미와 목적이 무엇인지, 왜 이 활동이 나에게 필요한지 등을 이해할 수 있도록 노력합니다. 레크리에이션 치료사로서 가장 힘든 일은, **실질적으로 기술을 발달시켜 삶의 반경을 넓혀준다**는 점을 생존자들에게 이해시키는 일입니다. 단순히 게임을 진행하는 게 아니고요.

☑ 해볼 만한 100가지 활동과 취미

정신과 육체를 활동적으로 유지하기 위해, 의미 있고 재미있는 활동으로 하루하루를 채워야 합니다. 만약 직장이나 치료실에서 하루 종일 바쁘게 보내야 하는 상황이 아니라면 이제까지 해보지 않았던 새로운 활동을 시도하고 취미로 삼아 보세요. 회복 과정 중 '지루해'라는 생각이 들 때마다 아래의 목록을 한 번씩 살펴보세요.

☑ 해볼 만한 100가지 활동과 취미

1. 가족 및 친구와 어울리기
2. 개 훈련시키기 및 산책시키기
3. 걷기, 달리기, 등산하기
4. 교회, 절 등 종교회당 다니기
5. 그림 그리기
6. 글쓰기
7. 금속 탐지하기
8. 꽃꽂이 및 분재
9. 나무 세공 및 조각
10. 낚시 및 사냥
11. 노래하기
12. 당구
13. 도미노나 마작
14. 도예 및 조각
15. 독서
16. 뜨개질 및 매듭 공예
17. 마술
18. 말 타기
19. 맥주 만들기
20. 멘토링 단체에서 활동하기
21. 명상
22. 모델
23. 무술 - 태극권 등
24. 미술관이나 박물관 관람
25. 바느질 및 자수
26. 병조림이나 저장음식 만들기
27. 보드게임
28. 보석류 만들기

29. 보트타기
30. 볼링
31. 블로그 및 일기쓰기
32. 비디오게임, 컴퓨터게임, 오락실게임
33. 사진 찍기
34. 새 관찰하기
35. 서예, 캘리그라피
36. 성경 등의 책읽기 모임
37. 소셜 미디어(페이스북, 인스타그램 등)
38. 쇼핑
39. 수집 - 우표나 동전, 조개 등
40. 수업듣기
41. 수영
42. 수채화그리기, 색칠하기
43. 스쿠버 다이빙 및 스노클링
44. 스크랩북 만들기
45. 스키나 스노보드 타기
46. 스탠드업 코미디 및 스토리텔링
47. 스테인드글라스 만들기 및 유리 그릇 제조하기
48. 스포츠 - 골프, 테니스 및 팀스포츠 등
49. 스포츠 팀 운영 게임
50. 신체 단련
51. 썰매타기
52. 아이스 스케이트나 인라인 스케이트 타기
53. 악기 다루기
54. 암벽 등반 및 현수 하강
55. 양초 및 비누 만들기
56. 여행 및 관광
57. 역도

58. 역할극 게임
59. 연기
60. 연날리기 및 원반던지기
61. 영상 제작 및 편집
62. 영화나 오페라, 발레 관람
63. 오디오북이나 팟캐스트
64. 오토바이
65. 온라인으로 채팅하기
66. 옷감, 카펫 등 짜기
67. 와인 시음
68. 외국어 배우기
69. 요가
70. 요리나 제빵
71. 웹사이트 디자인
72. 웹서핑
73. 음악 감상 및 콘서트 참석하기
74. 인형극
75. 자동차 수리
76. 자수나 뜨개질
77. 자원 봉사하기
78. 자전거타기
79. 잔디 깎기
80. 저글링 및 접시돌리기
81. 정원 가꾸기
82. 정치적 지지 및 모금 활동
83. 족보 연구
84. 종이접기
85. 집 인테리어 및 개조하기
86. 춤추기

87. 카드 게임 - 솔리테어, 포커, 브릿지 등
88. 카약이나 카누 타기
89. 캠핑카로 여행하기
90. 컴퓨터 및 과학기술
91. 케이크 장식하기
92. 콜라주나 데쿠파주 - 종이나 사진 등을 붙여 그림을 만듦
93. 크로스컨트리 스키나 스노슈잉
94. 타로카드나 운세보기
95. 투자하기
96. 판화
97. 퍼즐 - 조각그림 맞추기, 십자말풀이, 스도쿠 등
98. 할인쿠폰 모으기 및 바겐세일 찾아가기
99. 헤어스타일링 및 메이크업
100. 환경정화

81. 음악치료란 무엇이고 뇌졸중 생존자에게 어떤 도움을 줄 수 있나요?

톰슨 음악치료는 **음악을 이용하여 환자의 각종 기능을 극대화시키는 치료**입니다. 음악과 음악치료 기술은 **뇌졸중 생존자의 의사소통능력 및 감각기능, 운동기능, 인지기능 향상에 도움**을 줄 수 있습니다. 신경과학자들은 음악이 뇌에서 어떻게 처리되는지를 오랜 기간 연구해왔는데, 음악은 매우 강력하게 작용하여 뇌손상이나 뇌졸중 생존자의 머릿속에 오랜 시간 머무른다는 것을 밝혔습니다. 심지어는 다른 능력들이 다 손상되었을 때도요. 음악은 리듬과 멜로디, 하모니, 가사 등의 요소로 구성되어 있고, 이 요소들은 두뇌에서 개별적으로 처리됩니다. 음악치료사는 재활의료진의 일원으로서, 치료적 변화를 만들어내기 위해 이러한 음악적 요소들을 활용하는 특정 기법을 사용합니다.

사람들은 종종 "저는 음악을 잘 몰라요. 음악을 전공한 것도 아니고요." 라고 제게 얘기합니다. 그럼 저는 이렇게 대답하죠. "우리 뇌는 이미 음악을 탑재하고 있어요. 음악에 대해 잘 알건 모르건 상관없어요. 그게 목표가 아니에요."

저희는 리듬을 사용하여 사람들이 걸을 때 발을 대칭적으로 내딛을 수 있게 해줍니다. 이로써 생존자들은 보폭의 크기를 조절하는 법을 배워서 더 잘 걸을 수 있습니다. 뇌졸중 후에 팔을 움직일 수 있게 하기 위해 저희는 악기를 이용할 수도 있습니다. 사람들이 드럼을 치려고 손을 뻗게 하고, 드럼 소리는 이들이 얼마나 적절히 잘 움직였는지를 피드백해줍니다. 팔을 천천히 움직여서 약한 힘으로 친다면 드럼에서는 가벼운 소리가 날 것이고, 아주 세게 친다면 엄청나게 큰 소리가 나는 식으로요. 이것은 고유수용감각에 도움을 주는 훌륭한 정보로 작용합니다. 고유수용감각은 뇌졸중 후에 일반적으로 손상되는 감각으로 이를테면 눈을 감고도 내 팔의 위치와 자세를 정확히 알 수 있는 것을 말합니다. 청각 체계는 아주 빠르게 작용하므로 드럼 소리를 이용하여 운동계에 신속하게 알려주는 것이죠. 만약 사람들이 손가락을 움직이고 싶어 한다면 저희는 피아노나 키보드를 이용하여 도움을 줄 수 있습니다. 본질적으로 저희는 악기를 이용하여 뇌와 팔이 다시 연결되도록 해주고 움직임의 결과가 어땠는지를 뇌가 이해하도록 도와주는 것입니다.

*실어증*이 있는 사람들 중에는 평소에는 말을 잘 못하다가도 노래를 할 때면 끝까지 완벽하게 부르는 경우가 있습니다. 가족들 눈에 눈물이 고이게 하는 놀라운 경험이죠. 음악치료사는 언어치료사와 협력하여 음악을 통해 연습시켜 결국은 음악 없이도 잘 말할 수 있도록 해줍니다. 음악치료는 두 뇌를 다시 활성화시켜 새로운 연결을 형성해주고 회복이 빨라지게 해줍니다. 말이 어눌한 사람에게는 리듬을 이용하여 말 사이에 더 명확한 구분이 지어지게 해주어 의사소통을 원활하게 해줍니다.

주의력을 높이는 데에도 음악을 이용할 수 있습니다. 음악치료사는 생존자에게 음악의 특정 요소만 듣게 하고 다른 요소들은 듣지 않도록 지시하는 식으로요. 음악은 일의 순서를 지키도록 하고 새로운 것을 배우게 해주는 등 기억력에도 도움을 줍니다. 잊지 마세요. 우리는 모두 어렸을 때 노래를 통해 말을 배웠습니다. 때로는 음악치료사는 일상 기능에 있어 필요한 과정이나 순서를 가사에 담아 노래로 만들어줄 수도 있습니다. 예를 들어 보겠습니다. 휠체어를 이용하는 생존자는 휠체어에서 다른 의자로 안전하게 옮겨 앉는 순서를 외워야 합니다. 휠체어의 브레이크를 채우고, 휠체어의 가장 자리로 이동하여, 일어서고, 몸을 돌리는 등의 과정을요. 가끔 저는 작업치료사나 물리치료사로부터 기억력에 문제가 있는 사람들을 위한 노래를 만들어달라고 요청받는 일이 있습니다. 사람들은 음악이 없을 때보다 노래로 말을 외울 때 훨씬 잘 외웁니다.

음악치료도 다른 재활치료와 마찬가지로 뇌졸중 발병 후 수일에서 일주일 사이의 시점에 함께 시작될 수 있습니다. 이렇듯 이른 시기에 시작하는 게 더 좋긴 하지만 회복의 어느 과정에서든 시작하면 다 도움이 되긴 합니다. 지역 병원이나 외래 클리닉, 뇌졸중 후원집단 등에 문의하여 음악치료를 시행하는지 확인해 보세요. 음악치료는 건강보험으로 처리되지는 않지만 일부 사보험의 경우 일정 조건 하에서 지원되는 경우도 있으므로 확인해보시기 바랍니다.

비록 접근성 등의 이유로 음악치료를 직접적으로 못 받더라도 우리는 얼마든지 음악을 활용할 수 있습니다. 많은 경우에 여러분은 욕구불만, 분노 등의 해소를 위해 이러한 가사와 감정이 담긴 노래를 듣지 않나요? 또한, 우리의 영혼을 북돋고 끌어올리기 위해서도 음악을 이용할 수 있습니다. 듣기 좋은 리듬을 가진 빠른 박자의 음악은 우리를 움직이고 싶게 만드니까요. 적절한 노래는 커피 한잔의 힘처럼 나를 기운 나게 해줄 것입니다. 현재 기분 상태를 위로받거나 끌어올리기 위해 내게 맞는 음악을 찾아 들어보세요.

• • • • • •

10장의 주요 포인트

뇌졸중은 여러분의 인생을 바꿔놓았습니다. '새로운 정상상태'를 받아들여야 해요. 스스로에게 인내심을 가지세요. 실수하는 것은 괜찮습니다. 모든 것을 완벽하게 할 수는 없으니까요. 뭔가를 완벽하게 해본 적이 단 한 번이라도 있었나요?

지역사회에 다시 참여하기 위해서는 아기가 걸음마를 떼듯이 시작하세요. 처음에는 도움을 받고 가보세요. 그리고 나서 훈련을 통해 독립성을 키우고 이로써 자신감을 얻으세요.

계획을 세우는 것도 회복과정의 일부이고, 계획은 도중에 바뀔 수도 있습니다. 미래가 어떻게 될지는 아무도 모르니까요. 가능한 선택지가 무엇이 있는지 알아보기 위해 도움을 청하세요. 그리고 경제적인 문제에 대해 생각하는 것을 미루지 마세요.

안타깝게도 뇌졸중 생존자가 직장으로 복귀하는 비율이 아주 높지는 않습니다. 복직하는 사람들에게 직장생활은 도전정신과 목적의식을 심어주어 치료로써 작용할 수 있습니다. 복직하지 못하는 사람들은 스스로 동기를 부여하기 위해 다른 의미 있는 활동을 찾아야 합니다.

활동력을 높이기 위해 자신의 강점을 활용하여 할 수 있는 오락 활동을 찾아보세요. 레크리에이션 치료사는 지금의 여러분 상황에 맞게 기존의 취미를 약간 변형시키거나 새로운 취미를 찾아줄 수 있습니다.

음악치료는 리듬과 멜로디, 노래를 통해 의사소통능력, 이동성, 인지능력 등을 향상시켜줄 수 있습니다. 음악의 힘을 이용하면 기분상태를 끌어올리거나, 걸음걸이를 조절하거나, 말이 더 부드럽게 나오도록 할 수 있습니다.

11
CHAPTER
나 자신 회복하기

뇌졸중은 한 사람의 몸과 생각, 활동능력을 망가뜨릴 수 있고, 실제 장애를 남길 수도 있습니다. 그러나 그 중에서도 가장 비참하고 오래 지속되는 영향은 아마도 정신적인 부분일 것입니다. 뇌졸중은 한 사람의 자신감을 들어내고 불안과 슬픔으로 그 자리를 채웁니다. 뇌졸중은 인생의 앞날에 대한 믿음을 잃게 할 수 있어요. 이런 일이 어떻게 나에게 생겼는지에 대한 물음을 남긴 채로요. 가장 이겨내기 어려운 부분이 바로 이러한 정신적인 부분입니다. 긍정적인 자세를 가지고, 진정으로 도움을 줄 수 있는 사람들을 가까이에 두고 지내기 위해서 열심히 노력해야 합니다. 회복의 과정 중 이러한 부분에 대해서는 심리학자나 사회복지사, 상담 전문가, 친구 혹은 애완동물에게 큰 도움을 받을 수 있습니다.

어떤 뇌졸중 생존자가 "제 인생이 다시 정상적으로 돌아올 수 있을까요?"라고 물었습니다.

우드워드 박사 뇌졸중은 삶에 큰 변화를 가져옵니다. 너무나도 복잡한 많은 요소가 얽혀있기 때문에 사람마다 회복과정의 궤도도 매우 다릅니다. 다행인 것은 뇌졸중 생존자의 대부분은 이전에 하던 것들(일, 가족의 의무, 사회적 활동 등)의 많은 부분을 할 수 있는 지점까지 회복된다는 것입니다. 물론 뇌졸중이 오기 전과 동일한 정도는 아니겠지만, 훌륭한 치료, 그리고 가족과 친구들로부터의 도움이 있다면 회복에 대한 희망은 분명 존재합니다.

힝클 박사 많은 뇌졸중 생존자들은 자신의 뇌졸중 후의 삶을 '새로운 정상 상태(new normal)'로 묘사합니다. 심지어 더 나아진 것도 있다고 하고요. 예를 들면 지독할 정도로 독립적이었던 사람은 다른 사람의 도움을 받아들이는 법을 배우게 되어 이것이 서로에게 이익이 된다는 것을 깨닫게 되기도 합니다. **사람들은 일부 잃은 것도 있다고 느낄 지도 모르고 실제 그런 부분도 있겠지만, 결국 얻게 되는 것들도 있는 거예요.** 정확히 말하면 약간 달라지는 것일 뿐이죠. 어떤 것도 변하지 않고 그대로 있지는 않습니다. 누구에게든요.

82. 뇌졸중은 주변 사람들과의 관계를 어떻게 변화시키나요?

우드워드 박사 뇌졸중은 단순히 이 병을 겪었다는 사실만으로 주변 사람들과의 관계를 변화시킬 수 있습니다. 역할이 바뀌니까요. 집안일을 도맡아 하던 아내가 뇌졸중을 앓게 되면 갑작스럽게 그 남편은 아내를 돌보는 일뿐 아니라 모든 집안일을 떠맡아야 합니다. 이러한 역할 변화는 사람들의 정신건강과 인간관계에 부정적인 영향을 줄 수 있습니다. 뇌손상 자체로 생리적 변화가 생겨 인격변화와 감정적 번민이 유발되는 부분도 있고요.

최근의 여론조사에 따르면 뇌졸중 발병 후 보호자 입장에서 가장 놀라웠던 것은 생존자의 성격 변화였다고 합니다. 예전에는 아주 조용하고 안정적이었던 어떤 사람이 뇌졸중 후에는 아주 변덕스러워지고 감정기복이 심해졌다는 것이죠. 보호자 입장에서는 이 점이 가장 견디기 어려웠다고 합니다. 화장실에 가거나 다른 활동을 도와주는 것보다도 훨씬 더요. 생존자와의 대화중에 이것에 대해 직접적으로 언급하는 것이 도움이 될 수 있는데, 뇌졸중 생존자는 자신이 변했다거나 그 변화가 자기 주변 사람들에게 영향을 미쳤다는 것을 깨닫지 조차 못하는 경우가 많기 때문입니다. 혹은 전문가 상담을 통해 그 변화에 대해 대처하고 감정을 더 잘 관리하는 기술을 배움으로써 도움을 받을 수도 있습니다.

83. 뇌졸중이 정신건강에 어떻게 영향을 주고, 정신건강은 또 어떻게 뇌졸중의 회복에 영향을 주나요?

우드워드 박사 뇌졸중 후 우울증은 수많은 이유들로 인해 발생할 수 있으며 꽤 흔한 편입니다. 한 가지 이유는 단순히 뇌졸중 자체가 충격적인 사건이라는 것입니다. 그러나 뇌졸중은 뇌가 직접적으로 영향을 받는 것이기 때문에, 이 자체로 우울증을 일으키는 생리학적 변화가 일어날 수 있습니다. 만약 뇌졸중 전에 우울증을 이미 가지고 있었거나 우울증에 대한 가족력이 있는 경우였다면 뇌졸중 후 우울증이 발생할 위험성은 당연히 훨씬 높아집니다. 그리고 회복기 동안의 주변 상황도 뇌졸중 후 우울증에 영향을 줄 수 있습니다.

뇌졸중은 분명히 정신건강에 영향을 주는데 그 영향의 정도와 지속기간은 다양합니다. **뇌졸중 후 우울증은 여러 방면에서 회복속도를 저하시킬 수 있어요.** 우울증은 그 자체만으로도 회복을 위한 치료 활동에 참여하는 것을 아주 어렵게 만드니까요. 우울증을 겪어본 사람이라면 누구나 알고 있듯이 우울증은 우리를 소극적으로 만드니까요. 치료에 참여하는 것은 원래부터도 쉽지 않은 일인데 우울증을 앓고 있다면 훨씬 더 어렵게 느껴지죠.

우울증은 뇌졸중 후에 겪게 되는 다른 문제에도 악영향을 줄 수 있습니다. 피로감, 수면 문제, 영양실조뿐만 아니라 통증까지도 우울증으로 인해 악화될 수 있는 것이죠. 이에 대해 받아볼 수 있는 몇 가지 치료 방법이 있으므로 생존자와 보호자, 전문가는 우울증을 주시해야 하고, 뭔가 이상한 것이 발견되었을 경우에는 의사와 상담하도록 해야 합니다. 우울증과 같은 정신건강 문제를 겪고 있음이 알려지면 사회적인 편견이 따라붙을 수 있기 때문에 본인 입장에서는 이것을 밝히는 것이 망설여질 것입니다. 하지만 우울증은 약물치료나 상담치료로 치유가 가능한 질환이므로 이를 적극적으로 알리고 진료를 보아 우울증이 회복과정에 끼어들지 않도록 하는 것이 중요합니다.

"뇌졸중 발병 후 몇 년 동안 우울하게 지냈습니다. 집 안 소파에만 앉아 있었고 잠도 지나치게 많이 잤고 친구들과의 교류도 없이 지냈어요. 정말 힘들었습니다. 저에게 뭔가 작은 희망이 생기고 나서는 기분이 좀 나아지더군요. 그때부터 저는 여행을 시작했고(특히 크루즈 여행을 아주 좋아합니다), 다시 세상의 일부가 된 것 같은 기분을 느낄 수 있었습니다. 친구들도 다시 만들었고요. 다시 웃기 시작했어요. 새로운 것들을 시도하는 것이 정신건강에 도움을 주었습니다. 각종 활동에 적극적으로 참여하세요. 다른 사람들과 관계를 만드는 거에요. 새로운 친구들을 만들어 보세요. 뭔가 설레는 일을 찾아보세요." - 데이빗

☑ 마이크 박사의 팁

"데이빗을 포함한 저희 가족은 회복과정의 긴 여정에 적용되는 슬픔의 다섯 단계를 발견했습니다. 여러분도 물론 뇌졸중 전의 상태가 사무치게 그립겠지만요. 저희는 처음에 부정(denial)의 상태에서 분노(anger)로, 그 다음은 타협(bargaining), 이후엔 우울(depression)을 느끼는 시기를 거쳤습니다. 이것들은 모두 뇌졸중 후에 느껴질 수 있는 정상적인 감정이에요. 필요하다면 전문가의 도움을 받아보거나 가까운 주변 사람들에게 도움을 요청하세요. 그렇게 하면 결국은 **받아들임(수용, acceptance)**을 맞이하게 될 것입니다."

☑ 마이크 박사가 들려주는 유도(guided) 시각화: 내재된 회복력의 극대화

회복력은 개발될 수 있는 것입니다. 유도 시각화는 여러분 안에 있는 힘을 이용하여 회복력을 높이는 방법입니다. 시각화는 스트레스 상황에서 좀 더 쉽게 이완할 수 있도록 도와줍니다. 기분이 좋지 않은 상태일 때 시각화를 이용하면 희망의 기분을 느낄 수 있습니다. 시각화는 내 안에 내재되어있는 믿음과 용기의 힘을 가장 필요한 순간에 활용할 수 있도록 해줍니다.

부상당한 군인이 새 삶을 사는 모토로 삼았던 지침을 시각화하면 더 효과적으로 도움을 받을 수 있습니다. 그 지침은 **FOB**라는 것인데 각각의 의미는 다음과 같습니다.

- 미래 지향적으로 사고하기(**f**orward thinking)
- 기회 찾기(looking for **o**pportunities)
- 새로운 삶을 설계하기(**b**uilding a new life)

이에 대한 시각화를 시작하기 전에 잠시 이 의미에 대해 깊이 생각해보는 시간을 갖도록 하겠습니다.

자, 이제 짤막한 유도 시각화를 해볼 건데요. 이를 통해 여러분의 이상적인 자아를 회복과정에 참여시키도록 할 겁니다. 아래의 내용을 스스로 읽어도 되고, 아니면 눈을 감고 다른 사람에게 읽어달라고 해도 됩니다.

현재 어디에 있든 - 병원 침대에 있든 집에 있든 - 현재 있는 곳에 집중하면서 시작해보겠습니다. 공기를 코로 들이마시면서 공기가 데워지는 것을 느껴보세요. 그리고 나서 숨을 내쉬면서 배가 오그라드는 것을 느껴보세요.

이번엔 이 시각화의 과정을 통해서 무엇을 얻고자 하는지 생각해보세요. 용기를 찾고자 하나요? 아니면 힘? 믿음? 인내인가요? 이 순간에 구하고자 하는 것은 무엇이든지 소리 내어 말해보세요. 나 자신에게만 들릴 정도로 작게 속삭여도 좋고, 원한다면 세상에 대고 크게 소리쳐도 좋습니다.

다음은, 마음속으로 상상할 수 있는 가장 아름답고 평화로운 곳에 있는 나 자신을 그려보세요. 실제로 가본 곳이어도 됩니다. 가장 좋아하는 해변도 좋고, 푸른 초원도 좋습니다. 아니면 지금 막 만들어낸 천국같은 곳이어도 됩니다.

따스한 바람이 뺨에 와닿는 것을 느껴보세요. 부서지는 파도의 소리와 한 줄기 바람에 살랑이는 나뭇가지의 떨림을 들어보세요. 나만의 개인적이고 행복한 공간에 나 자신을 옮겨놓고 이 작은 정신적 휴식을 생생하게 느껴보세요.

이 소중한 순간에 더 없이 행복하게 스며들면서, 내 앞에 뻗어 있는 길을 봅니다. 나는 이 길을 가야만 한다는 저항할 수 없는 느낌을 받습니다. 그리고는 걷기 시작하면서 평화로움이 느껴지고 한 발자국씩 뗄 때마다 땅의 바삭거림도 느껴집니다. 길 위의 여정이 가볍고 수월하게 느껴집니다. 결국 목적지에 닿게 될 것이라는 믿음을 가지고 걷습니다.

그러고 나서는 앞에 탁 트인 공간이 나타납니다. 이 공간을 향해 앞으로 나아가야할 것 같은 느낌을 받습니다. 곧 저 멀리에 뭔가가 나타납니다. 앞으로 걸어 나가다가, 곧 그것이 사람임을 깨닫게 됩니다.

더 가까이 다가가서 보니 그 사람은 바로 나 자신입니다. 다만, 보통의 평범한 내가 아닙니다. 내 앞에 있는 사람은 가장 진화하고 영적으로 충만하고 이상적인 버전의 나입니다. 이 이상적인 나는 이미, 내가 지금 인생에서 애쓰고 있는 것들의 대부분을 얻었습니다. 이 사람은 낙관과 믿음과 인내와 회복력으로 가득 차 있습니다. 이상적인 자아는 아주 현명하고, 지금의 나를 위해 아주 중요한 조언거리를 가지고 온 것 같습니다. 그 조언은 아주 간단합니다. 그저 몇 마디에 불과하죠. 그리고 내가 곧 듣게 될 이 문장은 오늘날 내가 필요로 하는 퍼즐의 마지막 한 조각과도 같습니다. 그러므로 열린 마음으로, 나의 이상적인 자아가 가지고 온 현명한 말을 주의 깊게 들어보세요. 이 조언이 내 몸과 마음과 영혼을 깨끗하게 씻어주는 것을 허락하세요. 내가 들어야 할 말을 해준 것에 대해 나의 이상적인 자아에게 감사하세요.

마지막으로, 나 자신과 나의 이상적인 자아가 하나의 물리적 존재로 합쳐지는 것을 지켜보세요. 그 순간에, 이상적인 자아는 어느 상상의 나라에 멀리 떨어져 사는 것이 아님을 깨달아 보세요. 나에게 필요한 모든 인내와 믿음, 용기로 충만한 그 사람은 이미 내 안에 있습니다. 내가 발버둥치거나 어찌할 바를 모를 때마다 내가 해야 할 일은 단지 이 고난을 헤쳐 나가도록 나 자신의 가장 훌륭한 자아에게 도움을 청하는 일입니다. 가장 훌륭한 자아에게 행동을 안내하고 도와줄 것을 요청할수록, 나는 이 아름답고 이상적인 버전의 내가 되는 것입니다. 여러분은 삶이 여러분에게 던진 고난을 헤쳐 나가는 데 필요한 모든 회복력을 이미 가지고 있습니다.

84. 스트레스는 뇌졸중 생존자의 두뇌건강과 회복과정에 어떤 영향을 주나요?

로스 박사 스트레스는 분명 회복에 대해 중요한 영향력을 행사합니다. 사람들의 일상생활에서의 집중력을 흐트리니까요. 만약 생존자가 **회복에 있어 도움이 되고 건강한 것과 직접적으로 관련이 없는 무언가에 사로잡혀 있다면, 분명 회복은 더뎌질 수 있습니다.**

저희는 보통 요가, 태극권, 형상화 및 다른 심리학적 방법을 통해 불안감을 줄여주려고 합니다. 저는 제 환자들에게 심리치료사를 만나보라고 강하게 권합니다. 뇌졸중을 겪는 모든 사람들은 속에 무언가 말하고 싶은 것이 있기 마련이니까요. 누군가에게 털어놓으세요. 심리치료사를 만나기 힘들다면 가족이나 성직자, 아니면 다른 누구도 좋습니다. 물론 제 개인적인 의견으로는 전문가를 만나는 것이 제일 좋다고 생각하지만요.

저는 심리치료와 대부분의 심리학적 접근법이 아주 좋은 방법이라고 생각합니다. 물론 약물치료가 필요한 경우가 있긴 해도요.

어떤 뇌졸중 생존자가 "저는 요즘 아무 이유 없이 아무 때나 쉽게 눈물을 흘립니다. 평소의 저 답지 않게 말이에요. 왜 그런 건가요?"라고 물었습니다.

츄 박사 뇌졸중 후 기분장애는 흔히 발생하는 문제입니다. 경미한 뇌졸중이든 심각한 뇌졸중이든 다 마찬가지입니다. 그러므로 여러분이 보통 생각하듯 심한 뇌졸중으로 장애가 뚜렷하게 남은 사람들만 우울하다는 선입견은 사실과 다릅니다. 뇌졸중 후에는 뇌 내의 화학적 작용에 변화가 생기고 이것은 기분장애와 아주 큰 관련이 있기 때문에 그렇게 간단하게 말할 수는 없는 거죠. 전체 뇌졸중 생존자의 1/3은 뇌졸중 후에 어떤 시점에든 우울장애나 불안장애를 겪습니다.

그러나 *가성감정표현(假性感情表現, pseudobulbar affect)* 혹은 *감정불안정(emotional lability)*이라고 하는 것도 있는데, 이것은 우울증과는 다릅니다. *가성감정표현*을 가진 사람들은 아무 이유도 없이 갑자기 울거나 웃습니다. 왜 우냐고 물어보면 그 사람들은 "모르겠어요. 슬프지는 않았는데…"라고 대답합니다. 우울증 환자는 자기가 슬프거나 우울하다고 표현하지만, *가성감정표현* 환자는 내적인 감정과 겉으로 표현되는 것이 완전히 분리되어 있습니다. 이것을 과거에는 *감정실금(emotional incontinence)*이라고 부르기도 했으며 뇌졸중 생존자에게 나타나기도 합니다.

우울증, *가성감정표현*, 불안증 등의 기분장애는 모두 치료될 수 있습니다. 따라서 이런 것을 발견하면 주치의에게 솔직하게 알리세요. 기분장애는, 그 중에서도 특히 우울증은 뇌졸중의 회복을 늦춘다고 알려져 있기 때문에 적극적으로 대처하는 것이 필요합니다.

85. 의사소통 문제는 뇌졸중 생존자의 정신건강에 어떤 영향을 줄 수 있나요?

힝클 박사 의사소통 문제는 자존감과 자아상에 영향을 줍니다. 뇌졸중 후에 갑자기 *실어증*의 증상을 갖게 된 사람은 자신의 정체성, 자신이 세상을 대하는 방법과 살아가는 방법을 다시 재구성해야 합니다. 결코 간단한 일이 아니죠.

어떤 능력이건 갑작스레 잃게 되면 슬픔의 과정을 거치게 됩니다. 그 능력이 의사소통능력이라면 특히나 더 그렇죠. 뇌졸중이라는 병이 왔음에도 살아남아 다행이지만, 동시에 많은 것을 잃기도 했음을 받아들여야 합니다. 그 잃은 것들에 대해 슬퍼하는 것은 자연스러운 것이지만요.

모든 슬픔의 과정에는 당연히 우울증이 발생할 수 있습니다. 사실 뇌졸중 자체만으로도 사람들은 우울증에 빠질 수 있습니다. 뇌에서의 변화 때문이죠. 우울증은 뇌졸중 생존자에게는 아주 심각한 문제입니다. 치료되지 않은 채로 두었을 경우 그 사람은 재활치료를 비롯한 모든 긍정적이고 생산적인 활동에 대해 잘 참여하지 않게 될 수 있습니다. 그렇게 되면 더 이상 상태가 나아지지 않게 되겠죠. 그 사람은 자기가 좋아지지 않고 있다고 생각하여 더 우울해지고, 결국 악순환의 고리에 빠지게 됩니다. 이처럼 뇌졸중 후에는 정신건강 문제에 주의를 기울이는 것이 아주 중요한데, *실어증*을 가진 생존자 본인에게만 해당되는 것이 아니고 그 사람과 함께 사는 가족 및 보호자에게도 중요합니다.

실어증을 가진 뇌졸중 생존자는 그렇지 않은 생존자보다 우울증을 앓을 확률이 더 높습니다. 그러나 실어증을 가진 생존자는 두 가지 이유 때문에 전문 상담가를 찾아가기를 주저합니다. 하나는 경험과 고민거리를 직접적으로 표현하지 못할까봐 두려워서입니다. 두 번째는, 그 의사소통장애를 감싸주고 수용하도록 훈련받은 정신건강 전문가가 많지 않다는 것입니다. 제가 경험한 바로는 개인 상담의 상황에서 *실어증*이 있는 사람을 기꺼이 마주하려고 하는 전문 상담가나 정신건강 전문가를 찾는 일이 무척이나 어려웠습니다. 그들은 의사소통의 문제를 뛰어넘게 해주는 의사소통 전략이나 기술을 모르기 때문이었죠. 저는 언어병리학자로서 상담가와 *실어증* 환자의 상담 현장에 도움을 주고 싶어 그들의 첫 번째 치료과정에 참여한 적이 있었습니다. 특정한 의사소통 기술을 이용하면 서로가 편안하게 상담에 임할 수 있다는 것을 증명하고 싶었거든요. 단 한 번의 교육 이후 두 번째 치료과정부터는 상담가가 스스로 이 전략들을 사용하여 과정을 지속할 수 있었습니다. 일반적인 전략으로도 상담가들을 훈련시키는 것이 가능하긴 하지만, 이 개별화된 접근법이 아마도 가장 효과적일 겁니다.

☑ 마이크 박사가 들려주는, 나에게 맞는 치료법 찾기

많은 뇌졸중 생존자는 우울증을 경험합니다. 인지행동치료(cognitive behavioral therapy, CBT)와 같은 전통적인 상담 치료는 의사소통 문제를 겪고 있는 생존자들에게는 진행이 어려울 수 있습니다. 반면 혁신적인 치료 방법을 사용하면 *실어증* 환자나 상담치료에 어려움이 있는 모든 뇌졸중 생존자들의 우울증상에 도움을 줄 수 있습니다. 서점이나 치료실에 문의하여 인지행동치료 자가(self) 치료 책을 찾아서 활용해 보세요. 또한, 미술치료나 음악치료 교육을 받은 치료사들은 비언어적 방법으로 의사소통하고 감정을 처리하는 법을 훈련받습니다.

*마음 챙김 명상*과 *마음 챙김에 근거한 스트레스 완화(mindfullness-based stress reduction, MBSR)*, *마음 챙김에 근거한 인지치료(mindfulness-based cognitive therapy, MBCT)* 등은 과정 중에 말이 별로 필요하지 않은 유도 명상(guided meditation)을 이용합니다. 존 카밧진(Jon Kabat-Zinn) 박사의 *마음 챙김에 근거한 스트레스 완화* 프로그램은 세계 곳곳의 대학병원에서 사용되고 있습니다. 여러분은 MindfulnessApps.com에서 그의 명상 영상을 휴대폰이나 컴퓨터로 다운받을 수 있습니다. 그 외에도 다른 훌륭한 명상 관련 어플이 여럿 존재하는데, 이를테면 *헤드스페이스(Headspace)*나 *부디파이(Buddhify)* 같은 것들입니다. 인지행동치료와 마음 챙김을 결합한 또 다른 형태의 치료법을 *수용전념치료(acceptance and commitment therapy, ACT)*라고 합니다. '마음에서 빠져나와 삶 속으로 들어가라'라고 하는 *수용전념치료* 자가(self) 치료 책은 추천할 만한데, 혼자 혹은 주변 사람의 도움을 받아 시행해볼 수 있습니다.

86. 뇌졸중 생존자가 희망을 잃지 않고 살아가려면 어떻게 해야 할까요?

우드워드 박사 미래를 향한 목표와 계획이 있으면 몰입하고 기대할만한 것이 생길 것입니다. 회복을 도와주는 가족과 친구가 있으면 여러분은 평생 동안 이들에게 잘 하고 싶다는 생각을 하게 되므로 또한 강력한 동기유발이 될 수 있습니다.

다른 사람들의 이야기에 귀를 기울이면 나는 혼자가 아니라는 점을

깨닫게 될 것입니다. 뇌졸중 관련 웹사이트에서 글을 읽거나 뇌졸중 환우 모임에서 다른 사람들의 이야기를 들으면 '나도 할 수 있겠구나.' 혹은 '뇌졸중이 왔다고 해서 인생이 끝난 건 아니구나.'라는 생각을 하게 될 것입니다. 다른 사람들도 이러한 과정을 거쳤고, 결국은 놀라운 일들을 해낼 수 있었습니다.

희망적으로 지내기 위해서 최종적인 목표에만 집중하다가는 뇌졸중 회복의 과정이 길고 부담되게 느껴질 수 있습니다. 이럴 때에는 작은 세부사항들에 집중해보는 것이 필요합니다. 잘 되고 있는 뭔가를 떠올려 보세요. 예를 들면 '오늘은 다섯 걸음이나 더 걸었어. 어제보다 좋아졌네.' 같은 식으로요. 사물을 균형감 있게 바라보고, 그 순간을 사는 것과 미래를 생각하는 것 사이에서 적절한 균형을 찾아야 합니다.

"어렸을 때 저는 의사가 되고 싶었습니다. 학위를 받고 싶어 관련 수업을 듣기도 했죠. 쉽지 않은 일이었습니다. 그러나 저는 많이 배웠고 좋은 경험을 쌓았습니다. 실어증 때문에 꿈을 이룰 수는 없었지만 저는 제가 시도를 했었다는 사실 자체에 의의를 두고 있습니다. 성공은 도전했음을 뜻하니까요. 실패는 도전하지 못하는 것을 뜻합니다. 여러분도 저마다의 경험과 목표를 가지고 있을 것입니다. 중요한 것은 계속해서 도전한다는 것이에요. 도전하고 있다면, 성공하고 있는 셈입니다." - 데이빗

☑ 마이크 박사의 팁

"우리 모두가 자신의 두뇌를 발달시킬 수 있는 잠재력을 가지고 있다는 사실이 항상 놀랍습니다. 도전적인 경험과 새로운 정보에 대한 학습, 명상, 운동 등은 모두 실제로 뇌를 더 크게 만들어주는 잠재력을 가지고 있습니다. 아령 운동이 알통을 만들어주는 것 처럼요. 그리고 해산물과 올리브오일, 베리류(berries)를 섭취하면 우리의 두뇌는 보호되고 질병과 멀어질 수 있습니다. 내 몸에서 가장 소중한 곳인 뇌를 돌보기 위해 오늘 여러분이 할 수 있는 건강한 일은 무엇인가요?"

87. 뇌졸중 생존자가 치료를 포기하고, 나아지는 것은 여기까지라는 것을 받아들여야 할 시점이 존재하나요?

우드워드 박사 분명 치료에 대한 반응이 줄어드는 시점이 오긴 합니다. 가장 드라마틱한 회복은 보통 뇌졸중 발병 직후 짧은 기간 동안에 일어나는데, **여전히 수년이 지나서도 계속해서 좋아질 수 있습니다. 완전히 포기하는 것은 곧 더 이상 좋아지지 않겠다는 것을 세상에 공표하는 것입니다.** 슬럼프에 빠지면 당분간 치료를 줄이고 다른 것에 집중해볼 수도 있고, 다시 뭔가 상황이 바뀌면 제 자리로 돌아와서 다시 열심히 할 수도 있겠죠.

회복은 우리 삶의 너무도 많은 요소들에 의해 영향을 받습니다. 움직이는 표적이라고 생각할 수 있어요. 상황은 언제든지 변할 수 있는데 시간이 지나면서 우리의 몸도 변하죠. 어떻게 하면 좋아질 수 있을지를 항상 고심하는 것이 의미가 있긴 하지만, 치료에 너무 집착한 나머지 인생의 다른 좋은 것들을 보지 못해서는 안 될 것입니다. 희망을 유지하면서도 현실적인 시각을 가지고 삶을 살아가는 균형이 필요합니다. '그래, 난 여기까지야.'라고 함부로 결론짓기 전에 그 전에 건강 전문가들과의 대화를 통해 현실적인 희망을 이해하려고 해보세요.

88. 어떤 사람은 스스로를 '뇌졸중 생존자(stroke survivor)'라고 하고, 어떤 사람은 '뇌졸중 희생자(stroke victim)'라고 하고, 또 어떤 사람은 '뇌졸중 전사(stroke warrior)'라고 합니다. 어떤 사람은 뇌졸중이 왔던 날을 기념하는가 하면, 반대로 생각조차도 싫어하는 사람도 있습니다. 어떤 용어를 사용하고 어떤 태도로 뇌졸중을 바라보는지가 중요한가요?

우드워드 박사 우리가 사용하는 용어는 곧 자신과 자신의 경험에 대한 정의를 보여줍니다. 저는 '뇌졸중 생존자'보다 '뇌졸중 희생자'라는 말에 부정적인 의미가 담겨 있다고 생각합니다. 하지만 반대로 생각하는 사람도 있어요. 희생자라는 말은 '내가 아무것도 잘못한 게 없다, 내 잘못이 아니다'라는 의미를 담고 있으니까요. 따라서 용어는 그 자체만으로 중요한 동시에, 그 용어를 해석하고 이해하는 것도 마찬가지로 중요합니다. 우리는 각자가 스스로에 대해 말하는 방식을 존중해야 합니다. 뇌졸중이 왔던 그 날짜가 오면 정말로 슬퍼하는 사람도 있을 것이고, 회복되고 있는 것을 자축하고 싶은 사람도 있을 것입니다. 어떤 경우든 간에 우리는 그 순간에 그들이 필요로 하는 지지와 관심을 전폭적으로 줘야만 합니다.

89. 뇌졸중을 가진 채로 살아가는 데에 있어서 어디에서 도움을 얻을 수 있을까요?

먼로 박사 저는 뇌졸중 생존자와 그 가족 모두를 위해서 환우모임에 가입하는 것을 추천하고 싶습니다. 뇌졸중과 같은 질환을 앓는 것에는 아무도 공감할 수 없을 것 같은 고립감과 외로움도 포함되어 있습니다. **환우모임은 사람들을 만나게 해줄 뿐만 아니라 새로운 기법을 접하는 데에도 도움을 줍니다.** "요리할 때 밀대를 사용할 수 없다고요? 제 방법을 알려드릴게요. 사용하기 쉽도록 조금 고쳐 봤거든요."라든지, "도서관에 가는 게 두렵다고요? 아무개에게 연락해보면 도움을 받을 수 있을 거예요."와 같은 식으로요. 혼자서 모든 것을 배워야만 하는 것이 아니라 환우모임이라는 훌륭한 집단을 통해 다른 사람들의 경험으로부터 배울 수 있습니다.

우드워드 박사 저는 환우모임을 열렬하게 지지합니다. 왜냐하면 비슷한 경험을 한 사람들을 알게 되는 것은 일상에서 처리해야만 하는 모든 일들을 해결할 수 있는 핵심 요소가 되기 때문이죠. 정보도 얻을 수 있고 나의 현재 상태를 몸소 이해하는 사람들과의 대화를 통해 감정적인 지지도 얻을 수 있습니다. 온라인 모임뿐 아니라 오프라인 환우회도 많습니다. 일부 병원은 병원 내 뇌졸중 센터를 통해서 환우모임을 운영하고 있는 경우도 있습니다. 인터넷 검색을 통해 여러분이 속한 지역의 환우모임을 찾아볼 수도 있고요.

어떤 뇌졸중 생존자가 "저는 제가 속한 환우모임의 다른 생존자들보다 회복이 더딘 것 같습니다. 뭔가를 잘못하고 있는 걸까요? 그리고 다른 사람과 비교하는 게 맞는 걸까요?"라고 물었습니다.

우드워드 박사 나 자신을 다른 사람과 비교하는 건 인간의 본성입니다. 오히려 그렇게 하지 않기가 힘들죠. 나와 다른 사람을 비교하는 것의 장점은 같은 처지의 사람과 교류하면서 간접 경험을 통해 배우게 된다는 것입니다. 가족과 친구는 나에게 많은 관심을 가져주긴 하지만 뇌졸중을 직접 경험해 보지는 못했기 때문에 이 상황을 완전히 이해하지는 못합니다. 정확히 똑같지는 않아도 서로의 경험으로부터 배울 수 있다는 것을 명심하면서 뇌졸중을 겪어본 사람들의 도움을 받는 것은 정말로 중요합니다.

그러나 모든 뇌졸중은 각기 다르고 모든 뇌졸중 생존자도 다르고, 따라서 모든 회복의 과정도 엄청나게 차이가 날 수 있습니다. 각자 다른 나이에 뇌졸중을 겪고, 다른 건강상태를 가지고 있고, 다른 치료를 경험하게 됩니다. 이렇듯 회복 속도에 영향을 줄 수 있는 변수는 너무도 많습니다. **모든 요인을 파악하거나 조절하는 것은 불가능하므로 나와 타인의 회복상태를 비교하는 것은 의미가 없습니다.**

☑ **마이크 박사의 팁**

"인간은 스스로를 자신보다 더 나은 사람과 비교하곤 합니다. 언뜻 보기에 자신보다 더 나은 상황에 놓여있는 사람과요. 이를테면 뇌졸중을 오래 전에 겪은 사람과 자신의 회복상태를 비교하는 식이죠. 이것은 우리에게 좌절감을 안겨줍니다. 나 자신을 다른 사람과 비교하는 대신에, 나 자신의 회복 과정에서 보이는 모든 긍정적인 변화에만 집중하세요. 가장 중요한 시합은 다른 누군가와 하는 것이 아닙니다. 스스로와 하는 것이에요."

90. 뇌졸중 생존자들 대부분은 친구를 하나둘씩 잃어가더군요. 어떻게 하면 기존의 인간관계를 잘 유지하거나 새로운 인간관계를 만들 수 있을까요?

먼로 박사 뇌졸중 생존자는 발병 직후 자기 자신의 모습이나, 과연 앞으로 무엇을 할 수 있을지에 대해서 의문을 가지며 스스로 불편한 마음을 가집니다. 친구들이 관심을 보여도 생존자는 친구들에게 자기가 나을 때까지 기다려달라고 하며 스스로를 고립시키곤 합니다. 그러면 또 친구 입장에서는 '혼자 있고 싶은가보다'라고 생각하며 한 발자국 물러섭니다.

친구로서 무엇을 해주는 게 좋을지 몰라서 그럴 수도 있습니다. 자기 친구에게 뇌졸중이 온 것을 보면 그들은 극도로 조심스러워하게 됩니다. 장애를 가진 사람과 상호작용하는 방법을 모르기도 하고요. 안타깝게도 우리는 사회로부터 이러한 상황에서 어떻게 행동해야 할지를 잘 교육받지 못했습니다. 사람들은 '이 사람 앞에서 농담을 해서는 안 되겠다, 뇌졸중이 왔으니까.'라고 생각하죠. 그래서 그들은 생존자 앞에서 자신의 본래 대화법을 완전히 바꿔 진지하게만 얘기합니다. 지루한 일이죠. 우리에게는 여전히 따뜻한 사랑과 유머가 필요합니다.

따라서 **우선은 스스로가 나 자신과 내 장애에 대해 편안할 수 있어야 하고**, 그 다음에는 불편감이나 다른 이유로 떠나가 버린 친구들과 연락이

닿도록 적극적으로 노력해야 합니다. 양쪽 모두가 편안함을 느낄 장소를 찾아보세요. 친구들을 집으로 초대해도 좋고 관계에 도움을 받기 위해 함께 영화를 보러 가도 좋습니다. 가장 중요한 것은 **친구들이 여러분의 장애와 필요에 대해 자유롭게 물어볼 수 있도록 허락해주는 것**이고, 어떤 식으로 도와주는 것이 좋고 어떤 부분은 혼자 하도록 놔두는 게 좋은지 알려주는 것입니다.

어떤 뇌졸중 생존자가 "제 친구들에게 무슨 일이 생긴 거죠? 제가 입원해있을 때는 다들 편지를 보내오거나 병문안을 왔었는데, 실질적으로 도움과 지지가 필요한 지금은 모두 연락이 끊겼어요."라고 물었습니다.

우드워드 박사 말씀해주신 상황은 모든 형태의 사고 후에 흔히 겪게 되는 일입니다. 가족과 친구들, 특히 친구들은 사고 직후에는 자주 오지만, 이후에 시간이 지날수록 각자의 일상으로 돌아가기 마련입니다. 여러분은 아직도 갑작스럽게 일어난 모든 일을 한창 힘겹게 헤쳐 나가고 있는데도 말이에요. 친구들이 나 몰라라 하거나 관심이 없어서 그러는 것이 아닙니다. 보통은 어떤 방식으로 도움을 줘야 할지 몰라서 그러는 경우가 많습니다. 사고 직후에 우리는 사람들에게 방문하고 문안 편지를 보내고 꽃다발을 가져다주는 것은 익히 알고 있습니다. 집으로 돌아온 직후에는 친구로서 전화를 하거나 음식을 가져다줄 수도 있습니다. 하지만 **더 이후의 회복과정 중에는 그저 무엇을 해야 할지를 모르는 거예요.**

적극적으로 도움을 요청해야 합니다. 혼자서 요청하기가 힘들면 한두 명의 친구에게 부탁하여 지원모임을 조직해달라고 해보세요. 그들은 사람들에게 연락을 돌려 "아무개가 병원에서 퇴원하고 집으로 왔는데 집 밖으로 나갈 수 없는 상황이라, 누군가 와서 오후 시간을 함께 보내주면 좋겠대." 라든가 "아무개가 요 몇 주간 병원 진료를 여기 저기 봐야 해서 차편이 필요하대. 너도 하루 도와줄 수 있겠니?" 등의 말을 해줄 것입니다. 모두가 가까이에서 도와주는 것은 아니지만, 아주 친한 사람들은 대개 여러분이 도움을 요청했다는 사실에 기뻐하며 적극적으로 나서줄 것입니다. 직접적으로 요청하지 않으면 도와주고 싶어도 무엇을 해야 할지를 모르고 또 여러분의 힘겨운 시기를 간섭하거나 방해하게 되지는 않을까 하는 두려움을 가지고 있는 것이 보통이죠.

91. 애완동물을 키우는 것이 뇌졸중 생존자에게 도움이 되나요?

먼로 박사 물론입니다. **애완동물은 뇌졸중 생존자뿐 아니라 다른 장애를 가진 모든 사람에게 큰 도움이 됩니다.** 애완동물은 유대감과 친밀감, 무조건적인 사랑을 제공합니다. 심지어 뇌졸중 생존자의 잃은 기능을 도와주도록 훈련받은 애완동물도 있습니다. 또한 생존자는 애완동물을 먹이고 돌봄으로써 뭔가 의미있는 일을 한다는 느낌을 받을 수 있고, 나아가 삶의 목표도 가질 수 있습니다. 만약 개를 키우고 있다면 주기적으로 산책시켜야 할 것이고 이것은 재활로서 걷기를 훈련하는 좋은 방법이 되기도 합니다. 애완동물에게 느끼는 유대감은 뇌졸중 생존자가 흔히 경험하는 외로움을 줄여주기도 합니다.

"어렸을 적에 저희 집에서는 개를 키웠습니다. 방과 후 집으로 오면 개가 저를 따뜻하게 반겨주었어요. 개는 저를 보면 너무도 좋아했고, 뇌졸중으로 인해 말을 잘 못하는데도 전혀 문제가 되지 않았습니다. 개는 제 기분상태와 자존감에 정말로 큰 도움을 주었습니다. 또한 저는 실수할 걱정 없이 개에게 말을 걸 수 있었습니다. 지금 키우고 있는 세바스찬이라는 개는 항상 저를 즐겁게 만들어 줍니다. 지금 애완

동물을 기르고 있지 않다면, 한 번 생각해보는 것도 좋습니다." - 데이빗

> ☑ **마이크 박사의 팁**
>
> "뇌졸중 생존자는 오래된 친구가 떠나가는 것을 경험하곤 합니다. 반면 긴 치료의 전체 과정 내내 큰 신의를 보여주는 친구도 있음에 놀라기도 하죠. 한 가지 분명한 사실은 우정이나 유대감은 모든 인간에게 있어 꼭 필요한 것이라는 점입니다. 기존의 인간관계를 유지하고 강화하기 위해 최선을 다하는 동시에, 새로운 인간관계도 만드세요. 유대감은 고립감과 외로움에 대한 해결책이 됩니다."

92. *마음 챙김*이란 무엇이고 뇌졸중 생존자에게 어떤 도움을 줄 수 있나요?

먼로 박사 *마음 챙김(mindfulness)*은 현재의 순간을 온전히 살면서 후회나 걱정을 만들어내는 과거는 뒤돌아보지 않는 것입니다. 지금 일어나고 있는 일에 의식을 집중하여 잡생각이 마구 일어나지 않도록 하는 것이죠.

저는 *브레스 패스웨이(BREATH Pathway)*라는 프로그램을 만들었고, 현재 *삶의 기술 센터(Center for Life Skills)*에서 이것을 사용하고 있습니다. 이것은 여러분이 기쁨은 충분히 누리도록 하면서도, 인생의 스트레스 요인과 부정적인 영향을 인지하여 제거하도록 도와주는 개념적 모델입니다.

- 호흡(**B**reathing): 감정적, 생리적인 면에서 호흡이 내게 어떤 영향을 줄지에 대해 집중하기.
- 책임(**R**esponsibility): 어떤 상황에서 어떻게 반응할 것인지는 궁극적으로는 각자의 선택입니다. 상대방이 예의에 어긋나는 행동을 했을 경우 여러분은 화를 내나요, 아니면 좋은 말로 타이르나요?
- 환경(**E**nvironment): 어떤 환경에 있을 때 불편하고, 어떤 환경에 있을 때

편안하여 훈련이 잘 이루어지는지 알고 있기.

- 인식(**A**wareness): 지금 나의 내부와 주변에서 무슨 일이 일어나고 있는지 알기.
- 감사(**T**hankfulness): 나쁜 일이 벌어졌다 해도 여전히 우리 인생에는 좋은 일들이 많음을 기억하기.
- 습관(**H**abits): 습관적으로 내가 뭔가를 하는 방법을 인지하기. 그리고 현재 직면한 상황에 대응하는 새로운 방법을 찾기.

☑ 마이크 박사가 들려주는, 뇌졸중 생존자와 가족을 위한 *마음 챙김 명상*

*마음 챙김*과 *마음 챙김 명상*은 뇌졸중 생존자와 그 가족에게 유용한 도구가 될 수 있습니다. *마음 챙김*이란 상황에 대해 어떠한 판단이나 반응 없이 단순히 현재의 순간에 주의를 기울이는 것을 말합니다. 지금 이 순간에 무슨 일이 일어나고 있는지를 인지하는 것이죠.

*마음 챙김*은 미래에 대한 불안감에 빠지는 것을 막아주고 매일 매일의 삶에서 평화로움을 느끼게 해줍니다. 특히 힘들고 불안한 상황에서 도움이 되죠. *마음 챙김*은 우리의 기분이 나아지게 해주고, 심지어는 우울증 치료에도 도움이 될 수 있습니다. 여러분이 신경써야할 것은 오직 '바로 지금, 바로 여기' 뿐입니다. 어떤 회복 단계에 와 있든 상관없이요. 그러니까 '지금 여기'에 존재하세요.

*마음 챙김*은 뇌졸중 생존자와 가족에게 특정 방면에서 도움을 줄 수 있습니다.

- 뇌졸중 생존자에게 있어 *마음 챙김*은 대화 중이나 뭔가를 할 때 느끼는 불안감을 견디게 해줍니다. 스스로에 대해 편견을 갖고, 당황하고, 상대방이 나를 위해 말하도록 하는 대신에, *마음 챙김*을 통해 내가 하고자 하는 말을 찾고 입 밖으로 낼 시간과 공간을 가질 수 있습니다. 숨을 크게 쉬어 보세요. 천천히. 그리고 지금 하고 있는 것에 집중해 보세요. 한 번에 한 음절이나 한 동작씩. 어떠한 편견도 없이.

- 가족에게 있어 *마음 챙김*은, 말을 더듬거나 뭔가를 하느라 시간이 오래 걸리는 뇌졸중 생존자를 기다릴 때에 느껴지는 불안감을 견디게 해줍니다.

가족은 본능적으로 생존자의 말이나 행동을 도와주려고 할 것입니다. 그러나 아무리 좋은 마음에서 우러나온 것이라고 해도 과한 도움은 장기적으로는 생존자에게 악영향을 줄 수 있습니다. 신경가소성이 활성화될 기회를 차단 당하게 되기 때문이에요. 때로는 뇌졸중 생존자가 문장을 완성하거나 스스로 뭔가를 하도록 충분한 시간을 줄 필요가 있습니다. 이것은 장기적으로 언어와 움직임 기능 향상에 도움을 줍니다. 가족으로서 느끼는 불안감이 생존자의 회복을 방해하지 않도록 유의하세요.

언제 어디서든지 해볼 수 있는 소리를 이용한 *마음 챙김 명상*을 아래에 간단히 소개합니다. 말하기 연습 삼아 직접 읽어도 되고, 다른 사람에게 읽어달라고 해도 됩니다.

지금 이 순간 어디에 있든, 그저 내가 지금 있는 곳에 생각을 집중하고 나 자신의 몸을 탐구할 시간을 가지세요. 발을 느껴보세요. 호흡을 느껴보세요. 눈꺼풀 안쪽을 보세요. 그냥 관심을 가져보세요. 그냥 보는 거예요. 바로 지금 여기에서 무슨 일이 일어나고 있는지 단순히 느껴보는 겁니다.

이 훈련을 통해 생각, 느낌, 감각이 느껴진다면, 어떠한 잣대로 판단함 없이 계속해서 그저 느껴보세요. '음, 다시 불안감이 이네.' 라든지 '안녕, 계획들아.', '걱정도 보이네.'라고 말하며 단순히 받아들여 보세요. 그냥 그런 감정들이 그 자리에 있게 하세요. 있는 그대로. 쫓아내려고 노력할 필요는 없습니다.

자, 이번엔 소리 감각에 주의를 기울여 보겠습니다. 먼저, 감지할 수 있는 가장 가까운 소리를 찾아보세요. 심장박동소리나 호흡소리 같은 것. 그 다음, 이 순간에 감지할 수 있는 가장 멀고 희미한 소리를 찾아보세요. 귀로만 듣는 게 아니라고 상상해 보세요. 몸 전체로 듣는 겁니다. 가까이서 나는 소리와 저 멀리서 나는 소리를. 크고 시끄러운 소리와, 부드러운 소리를. 이 훈련에서는, 어떠한 판단이나 고정관념 없이 단순히 소리를 느껴보세요. 평소에는 좋거나 싫다고 생각해왔던 소리라고 해도, 지금은 모든 소리를 에너지와 감각의 순수한 파동이라고 생각해 보세요.

이제는 소리뿐만 아니라 소리 사이의 공간에도 특히 주의를 기울여 보세요. 몸에서 어떤 반응이 느껴지든, 그 공간이 계속 유지되도록 하세요. 소리 자체와, 소리 사이의 공간이 아무런 인위 없이 남아있도록 하세요. 그냥 들으세요. 있는 그대로. 침묵 속에 아무 것도 할 것이 없음이 얼마나 기분 좋은 일인지 느껴보세요.

자, 이 순간에 여러분이 만들어낸 이 무위의 집중을 느껴보세요. 마음의 눈으로, 자신이 대화하는 두 사람 중 말하는 사람이라고 상상해 보세요. 소리와 말 하나하나에 시간을 들이는 나 자신을 주의 깊게 보고 들어보세요. 서두를 것은 없습니다. 이 순간만이 존재하니까요.

이것은 특히 뇌졸중 생존자에게 도움이 되는 것이긴 하지만, 우리 모두에게도 적용할 수 있는 가르침입니다.

다음으로, 이번에는 대화 중에 듣고 있는 나 자신을 떠올려 보세요. 상대방의 음절과 단어, 그리고 그 사이의 빈 공간을 듣고 있는 나 자신을 보고 들어보세요. 어떠한 의무도 없이. 안에서 느껴지는 열망의 힘을 느껴보세요. 그냥 그 힘을 느껴보세요. 이 의식이 그 힘을 담는 그릇이 되도록 이용해 보세요.

이것은 특히 가족에게 도움이 되는데, 뇌졸중 생존자가 다른 생존자와 대화할 때도 도움이 될 수 있습니다.

이 명상 동안에 여러분이 만들어낸 의식을 가지고, 매 순간마다의, 호흡마다의, 단계마다의, 소리마다의 *마음 챙김*으로 일상을 채우는 나 자신을 상상해보세요. 지금 이 순간의 의식을, 삶이 펼쳐지는 미래의 그 순간에, 일상에서 하는 모든 것에 적용할 수 있습니다. 바로 지금, 여기에서.

• • • • • • •

11장의 주요 포인트

변화는 피할 수 없습니다. 희망과 낙관이 있으면 변화에 잘 대처할 수 있습니다. 나 자신의 성격 변화와 인간관계의 변화에 대해서 대비하세요.

뇌졸중 후의 우울증, 불안감, 스트레스는 아주 흔한 것으로, 도움을 통해 좋아질 수 있습니다. 이러한 정신건강 상태를 그냥 보아 넘기지 않고 잘 관리하면, 회복은 더 수월하게 일어날 것입니다. *실어증*이 있는 뇌졸중 생존자는 그렇지 않은 생존자보다 자신의 감정을 표현하기가 어렵기 때문에 우울증에 걸릴 위험이 높습니다. 만약 사랑하는 사람에게 *실어증*이 있다면 그의 기분 상태를 특히 잘 살펴야 하고, 필요한 경우 주변에 도움을 요청해야 합니다.

희망은 커다란 힘을 가지고 있습니다. 미래에 대한 목표와 계획을 가짐으로써 희망적인 자세를 잃지 마세요. 자신에 대해 진심으로 관심을 가져주고 이해해주는 사람들과의 강건한 네트워크를 만드세요.

여러분이 속한 지역의 뇌졸중 환우모임에 가입하여 다른 사람들로부터 배우되, 나를 다른 사람과 비교하지는 마세요. 기억하세요. 모든 뇌졸중은 다 다르고 모든 뇌졸중 생존자는 다 다른 상황에 처해 있습니다. 주어진 인생과 상황에 대해 그저 최선을 다하세요.

친구라는 것은 우리 인생에서 생기기도 하고 없어지기도 하지만, 특히 뇌졸중 후에는 잘 없어지는 것 같습니다. 여러분이 고군분투하는 모습을 옆에서 지켜볼 수 있을 만큼 모든 사람들이 강인한 것은 아닙니다. 구체적인 것에 대해 친구들에게 적극적으로 도움을 요청하여 그들 스스로도 뿌듯함을 느낄 수 있도록 해주고, 또 여러분과 친구들이 함께 즐길 수 있는 것들을 찾아 같이 해보세요.

유대감을 위하여 애완동물을 키우는 것을 고려해 보세요. 이는 여러분에게 목적을 줄 수 있고 움직일 일을 만들어 줍니다.

*마음 챙김*은 과거에 대한 걱정이나 후회보다는 지금 이 순간에 주의를 기울이는 과정입니다. 뇌졸중 생존자는 호흡에 집중하고 이 순간에 사는 것을 배움으로써 이득을 취할 수 있습니다. 현재 내가 가지고 있는 것에 감사하고, 현재 내가 할 수 있는 것에서 기쁨을 찾으세요.

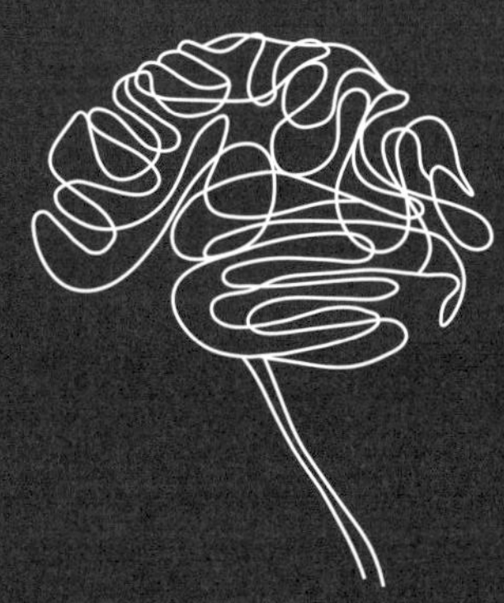

4막

가족, 그리고 미래

CHAPTER

보호자로서 생각할 점들

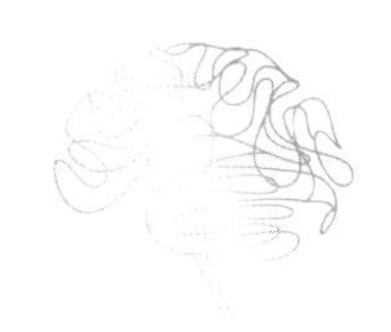

뇌졸중은 결코 당사자에게만 영향을 주는 것이 아닙니다. 그 가족과 친구에게도 영향을 미치죠. 뇌졸중이 발병하면 보통은 주변의 한 사람(배우자나 부모, 자녀, 친구 등)이 나서서 주 보호자가 되는 책임을 감당하게 됩니다. 이것은 그 사람에게는 새로운 역할이어서, 커다란 도전으로 느껴지기도 합니다. 가족이 간병하는 것은 비용이 들지 않아 과소평가되기 쉽지만, 사랑하는 사람이 도움을 필요로 하는 상황에 가족이 제공하는 아주 의미 있는 봉사입니다. 뇌졸중 회복에는 아주 오랜 시간이 걸릴 수 있으므로 보호자는 앞에 힘들고 머나먼 길이 펼쳐져 있음을 알고 대비해야 합니다.

93. 보호자는 어떤 방법으로 생존자의 회복에 도움을 줄 수 있을까요?

이 질문을 많은 전문가들에게 물어본 결과, 아래의 세 가지 답변이 가장 많이 나왔습니다.

1. 보조적으로 도움을 주되, 생존자의 독립심을 독려하라.
2. 보호자는 스스로도 돌봐야 한다.
3. 생존자를 혼자서 다 돌보려고 하지 말라. 다른 사람에게 도움을 청하라.

첫 번째 답변부터 시작해보겠습니다. **'보조적으로 도움을 주되, 생존자의 독립심을 독려하라.'**

플라우먼 박사 뇌졸중이 온 직후에, 가족은 생존자 곁에 앉아 돌봐주며 마비가 온 환측에 자극을 줄 수 있습니다. 생존자가 환측을 의식적으로 쳐다보도록 독려하고, 생존자의 환측 팔, 다리를 만져주는 것이죠. 이것은 환측에 대한 인식과 가소성, 활성화에 도움이 됩니다.

이후 재활치료가 가능한 시기가 되면 치료사들이 생존자를 훈련시키는 것을 옆에서 보고 배움으로써 생존자가 운동하는 것을 도와줄 수 있습니다. 알고 보면 치료사들이 하는 일 중에는 가족이 할 수 있는 일도 많습니다. 유연성 훈련이나 균형잡기 및 걷기 훈련 시에 곁에서 보조하는 것 등이죠. 회복을 극대화시키기 위해서는 이것들을 치료 시간 외에 추가적으로 시행해야 합니다.

페이지 박사 가족은 운동을 도와줄 수 있고 생존자가 치료를 게을리 하지 않도록 계속해서 확인해주는 역할을 할 수 있습니다. 집에서의 운동 훈련이 아주 중요한 이유는 많습니다. 집에서의 운동은 기능 회복뿐 아니라 생존자가 아직 가지고 있는 가동 범위와 기능을 유지하는 데에도 도움을 줍니다. 집에서 가족의 역할도 중요한데, 생존자를 치료실에 바래다주고 생존자가 지역사회에 참여할 수 있도록 도와주어야 합니다.

사랑하는 사람을 시험에 들게 하는 일도 가족에게는 필요합니다. 그러나 가족이기 때문에 생존자를 충분하게 도전적인 상황에 놓지 못하기도 합니다. 예를 들어 아들로서 아버지를 힘든 상황에 처하게 하거나, 아버지에게 운동 훈련을 하라고 말하거나, 더 천천히 말하라고 하는 것은 어려울 수 있어요. 하지만 생존자의 회복에는 그렇게 하는 것이 정말로 필요합니다. 사랑하는 사람을 어쩔 수 없이 밀어붙여야 하는 때도 있는 엄격한 사랑이에요. 겁이 많아서는 절대로 뇌졸중 회복을 실천할 수 없습니다. 헌신이 필요한 고된 훈련의 과정이고, 수백만 번 혹독하게 시도되어야 뇌가 변화되어 팔이나 다리, 언어 기능이 회복되는 것이니까요. 이런 과정의 일부는 열성적인 보호자를 통해서 일어납니다.

힝클리 박사 가능할 때마다 우리는 사랑하는 사람이 스스로 뭔가를 하도록 만들어야 합니다. 뇌졸중이 오면 사람들은 정말로 환자가 됩니다. 병원에서는 간호사가 병실로 와서 환자를 위해 뭔가를 해줍니다. 환자가 아프고 말을 제대로 못하니까 주변의 모두가 환자를 위해 대신 일을 해주죠. 그러나 이후에는, 전적으로 도움을 받는 것으로부터 독립적인 생활로의 이동이 있어야만 합니다. 그러니까 사랑하는 사람이 집으로 돌아오면 **모든 것들 대신 해주는 게 아니라, 그에게 구체적으로 어떤 부분에 대해서 도움을 원하는지 물어봐야 합니다.** 스스로에 대해 주도권을 쥐게끔 하는 것이죠.

먼로 박사 인내심을 가지고 도움을 주되, 너무 많은 것을 해주지는 마세요. 사랑하는 사람이 고군분투하는 모습을 바라보는 것은 물론 힘든 일이긴 합니다. 사랑하는 사람이 예전만큼 뭔가를 하지 못하는 것을 바라보는 것은 아주 괴로운 일이에요. 그러나 장기적으로는 도움이 되지 않기에, 그를 위해 너무 많은 것을 해주지는 마세요. 그들은 새로운 능력을 배우기 위해 부단한 노력을 필요로 하는 사람들입니다. 비단 **능력 발달뿐 아니라, 자신감에 있어서도 그렇습니다.** 자신감, 즉 그들이 다른 사람에게 의지할 필요 없이 스스로 할 수 있다는 생각 말이에요. 그들이 뭔가를 할 시간과 어떤 방법으로 할 수 있는지를 찾을 시간을 주어서 스스로를 위해 목소리를 낼 수 있도록 해야 합니다.

자 이제, 두 번째 사항에 대해 전문가들이 뭐라고 했는지 보도록 하겠습니다. **'보호자는 스스로도 돌봐야 한다.'**

힝클리 박사 간병의 의무는 큰 부담과 고통으로 다가올 수 있고, 건강상의 문제를 불러올 수 있습니다. 보호자는 뇌졸중 생존자와의 이 새로운 삶의 방식 안에서 균형을 찾아야 합니다. **스스로를 번아웃(burnout)의 상태에 빠뜨려 녹초가 되지 않도록 조심하세요.** 이에 대처할 좋은 방법을 찾아야 합니다.

우드워드 박사 보호자들은 스스로의 상태에 대해서는 쉽게 보아 넘기고, 스스로를 위한 시간을 보내는 것을 죄스럽게 여기는 경향이 있습니다. 다른 사람을 돕기 전에 자신의 산소마스크를 먼저 챙기라고 하는, 비행기에서의 안전 관련 안내방송 아시죠? 바로 제가 하고 싶은 말입니다. **만약 스스로를 돌보지 못한다면, 좋은 보호자가 될 수 없습니다.** 스스로가 도움이 필요할 때를 알아차려야 합니다. 스스로에 대해 도움을 청하는 것을 두려워해서는 안 됩니다.

미국의 *인구고령화관리청*은 *가족보호자 서포트 프로그램(national family caregiver support program)*을 제공하는데, *임시 간호(respite care)*[18]도 여기에 포함되며, 보호자를 위해 도움이 되는 많은 선택지를 제공합니다. *임시 간호*는 보호자에게 휴식을 주는 일시적인 전문 간호 서비스를 말합니다. 많은 사람들은 이것의 존재조차 모르거나, 너무 지쳐버릴 때까지 이것을 미루다가 충분한 도움을 얻지 못하고 맙니다. 자신의 건강을 유지하기 위해서는 정말로 필요하다고 느껴지기 전에 미리 이른 시기에 *임시 간호*를 받아보는 것이 좋습니다. *가족보호자 서포트 프로그램*은 상담서비스를 통해 보조 서비스를 받는 법을 알려줍니다. 때로는 주택 개조, 의료 보급, 법률 구조 등에 대해서도 도움을 받을 수도 있으므로 잘 살펴보는 것이 좋습니다.

그리고 마지막 사항은, **'생존자를 혼자서 다 돌보려고 하지 말라. 다른 사람에게 도움을 청하라.'**입니다.

힝클 박사 뇌졸중 생존자와 보호자들이 해야 할 가장 중요한 것 중의 하나

18 국내의 경우, 치매 환자에 대해서는 '치매가족휴가제'가 있어 저렴한 비용으로 보호자들이 잠시 휴식을 취할 수 있지만, 뇌졸중 환자에 대해서는 아직 이러한 제도가 마련되어 있지 않다.

는 다른 사람들의 도움을 받아들이는 것입니다. 만약 누군가가 "뭘 도와줄까요?"라고 물어보면, 구체적인 것을 생각해서 할 일을 알려주는 것이 좋습니다. "대신 장을 봐줄 수 있나요?", "치료기관에 바래다줄 수 있나요?", "개를 산책시켜줄 수 있나요?"와 같이요. **도움을 기꺼이 주려고 하는 경우 사양하지 말고 받아들이세요.**

힝클리 박사 가족, 친구, 이웃의 도움이 필요한 구체적인 목록을 작성해 보세요. 그리고 부탁하는 것을 두려워하지 마세요. 사람들에게 뇌졸중 생존자를 쇼핑 등에 데려가 달라고 부탁해 보세요. 그 모든 짐을 혼자서 떠맡을 필요는 없습니다. 만약 혼자 짊어지려고 한다면 결국은 해가 될테니까요.

보호자가 가정 프로그램과 가정 훈련의 일환으로 생존자의 재활을 보조하는 일은 실제로는 매우 어려운 경우가 많습니다. 어떤 생존자도 자신의 가까운 누군가가 치료사가 되는 걸 원치 않으니까요. 생존자는 그 가까운 사람이 치료사가 아닌 배우자나 동반자의 역할을 해주길 바라지요. 기존 역할 외의 다른 역할을 맡는 것은 어려운 일이고, 또 맡더라도 잘 되지도 않습니다. 해결책은 **정해진 스케줄대로 뇌졸중 생존자와의 가정 훈련에 참석할 수 있는 사람을 모집하는 것입니다.** 친구나 이웃, 종교단체의 봉사자 등이 적합할 겁니다. 도움 필요 목록에 가정 훈련도 넣는 거예요. 친구나 이웃은 실제로 이러한 구체적인 것들을 도와주는 것에 대해 뿌듯함을 느낄 것입니다. 제 경험상 대부분의 뇌졸중 생존자들은 가까운 보호자보다는 다른 누군가와 함께 훈련할 때에 더 좋은 반응을 보였습니다. 그러니까 부탁하는 것에 죄책감을 느끼지 말고, 도와줄 사람을 적극적으로 찾아보세요.

"저는 세 달간의 병원생활을 엄마와 함께 했습니다. 엄마는 제 침대 옆에 있는 의자에서 주무셨어요. 대부분의 시간에 엄마는 상태가 별로 좋아 보이지 않았어요. 하루는 엄마가 얼굴에 화장하는 걸 보고는 기뻐했던 기억이 납니다. 왜냐하면 이것은 엄마가 다시 스스로를 돌보기 시작했다는 뜻이었으니까요. 퇴원하고 집으로 돌아온 후 엄마

는 저를 도와줄 사람들의 모임을 만들었습니다. 보호자의 역할은 엄마에게 있어 하루 종일 저에게 매달려 있어야 하는 상근직과도 같았어요. 어느 날 한 이웃이 제 재활훈련을 도와주기 위해 저희 집에 왔습니다. 저희는 함께 게임을 하기도 했어요. 교회 사람들은 음식을 가져다주었고요. 또 제 친구 켈리는 자주 놀러 와서 항상 함께 즐거운 시간을 보냈어요. 켈리는 저 때문에 재활 기간 내내 매여 있던 친구였고, 20년이 지난 지금도 제게 있어 여전히 좋은 친구로 남아있습니다. 엄마는 제게 수채화를 가르쳐줄 선생님을 모시기도 했습니다. 그림 그리기는 치료에 도움이 되었고, 결국 한 손으로도 정말 잘 하는 정도까지 배우게 되었습니다. 사람들이 도움을 주려고 하면 저희 엄마는 기꺼이 받아들였습니다." - 데이빗

☑ 마이크 박사의 팁

"제가 치료했던 가족에서 보아왔던 패턴은 이렇습니다. 보호자는 이미 탈진한 상태이고, 할 일이 많은데 휴식을 취하는 것에 대해 죄책감을 느낍니다. 뇌졸중 생존자는 이것을 감지하고 마찬가지로 이에 대해 죄책감을 느낍니다. 이러한 상황은 양쪽이 모두 스스로가 부족하기 때문이라고 느끼게 합니다. 보호자와 생존자 둘 다 잃기만 하는 상황이 되는 것이죠. 저희 가족을 비롯하여 제가 도와주었던 많은 가족들에게 작용했던 윈윈(win-win)의 상황은 다음과 같습니다. 바로 나 자신부터 사랑하고 돌보는 것이죠. 그렇게 함으로써 여러분은 다른 사람들도 더 사랑하고 잘 돌볼 수 있습니다."

94. 뇌졸중 생존자와 가족이 퇴원 전에 알아놓아야 할 것에는 무엇이 있나요?

힝클 박사 *허혈성 뇌졸중*인지 *출혈성 뇌졸중*인지 확인하는 등 진단을 정확히 알아야 하고, 뇌졸중에 대해 어떤 치료를 받았는지 알아놓아야 합니다. 뇌졸중 직후에 *혈전용해제*인 *조직플라스미노겐 활성제(tPA)* 치료를 받았는지도 알아놔야 하는데, 이미 받았을 경우 일부 뇌졸중 센터에서는 다시 하는 것을 금하기도 하고, 또 다른 곳에서는 필요시 다시 시행하기도 하기 때문이에요. "왜 저한테 뇌졸중이 온 거죠?"라고 질문하여 뇌졸중의 위험인자가 무엇이었는지도 반드시 물어봐 놓으세요. 뇌졸중의 첫 번째 위험 요인은 *고혈압*이므로 현재 *고혈압*이 있다면 그 수치도 알고 있어야 합니다. 만약 의료진 판단 상 혈압이 뇌졸중의 주 원인으로 작용했다면, 발병 전보다 더 강력한 약을 받아가지고 퇴원하게 될 것입니다.

뇌졸중 재발의 신호와 증상도 알아야 합니다. **FAST**라는 약어를 잊지 마세요. 얼굴(**F**ace), 팔(**A**rms), 언어(**S**peech)를 확인했으면 도움을 요청할 시간(**T**ime)이라는 말이죠. 이에 대해 대부분의 병원에서는 구두로 정보를 제공해주지만, 가능하면 인쇄물 형태로도 요청하여 두고두고 참고할 수 있도록 하는 것이 좋습니다. 항상 모든 것들을 기억할 수는 없으니까요. 기억하려는 자체로도 스트레스가 되고요. 많은 질문을 통해 가능한 한 많이 알아올 수 있도록 하세요.

우드워드 박사 퇴원할 상태가 되었다면 퇴원 계획을 듣게 되는데 이에 대해 질문을 많이 하고 추후에 필요할 지도 모르는 문의처의 전화번호도 받아 놓으세요. 병원이 제공하는 많은 정보는 혼란스러운 분위기 속에서 설명되어 한 귀로 들어왔다가 한 귀로 나가기 십상이니까요.

퇴원 계획에 대한 세부사항을 스스로 이해하고 있는지도 확인할 필요가 있습니다. 앞으로 어디로 가게 될 것이며, 만약 집으로 가는 게 아니라면 그 곳에 얼마나 머무를 것인지, 그리고 후속 진료는 어떻게 해야 할 것인지 등의 내용을 확인하세요. 들었던 내용을 잊어버렸을 때나 귀가 후 궁금한 것이 생겼을 때 어디로 연락해야 하는지도 알아두세요.

어떤 보호자가 "저와 생존자 사이의 관계에 대한 고민이 생겼습니다. 제가 보호자이면서 동시에 연인이 될 수 있는 건지 잘 모르겠거든요. 이렇게 생각하는 건 저뿐인가요?"라고 말했습니다.

우드워드 박사 뇌졸중은 인간관계에 고난을 안겨줍니다. 큰 스트레스가 되는 일이고, 다양한 경험과 감정, 기대가 난무하죠. 이전에는 아주 견고하던 인간관계일지라도 뇌졸중으로 인해 험난한 순간들을 경험할 수 있습니다.

회복은 기나긴 과정이고, 모든 생존자들은 크고 작은 변화를 겪습니다. 뇌졸중으로 인한 정신적 충격 때문만은 아니고, 생리적인 이유에서도 그렇습니다. 성격 변화를 유발하는 뇌 부위의 손상으로 인해 생존자가 전혀 다른 사람처럼 보이기도 합니다. 보호자도 스트레스를 느낄 수 있고, 생존자와의 관계에 대한 역할도 변합니다. 그 모든 경험은 각자 인생의 목표를 바꿔놓을 수도 있습니다. 이렇듯 뇌졸중은 사람들에게 지대한 영향을 줍니다.

저자노트 인간관계는 진화하고 변화합니다. 뇌졸중 후에도 분명 그렇습니다. 적응의 초기에 힘들고 혼란스러운 것은 당연한 것입니다. 특히 뇌졸중 생존자가 완벽하게 회복되지 못하는 경우에는 사람들과 지속적으로 교류하는 방법을 꼭 찾아야만 합니다. 그리고 수년 간 함께 해온 연인들은 때로는 말없이도 서로가 무엇을 생각하고 느끼는지 이해할 수 있고, 말 이외의 방법으로 유대감을 느낄 수도 있습니다. 함께 지내온 시간은 그 관계가 새로운 장으로 넘어가기 위한 기초로 작용할 수 있는 것이죠.

역할은 바뀔 수 있고, 사람의 성격도 바뀔 수 있습니다. 서로의 근황에 대해 이야기를 나눠보세요. 연인과 함께여도 좋고 혼자여도 좋으니, 뇌졸중이라는 새로운 경험을 이해할 수 있도록 전문적인 상담을 받아보세요. 뇌졸중 이후에 관계를 끊는 사람들도 있는데, 이것이 인생의 진짜 모습입니다.

하지만 관계를 끊는 것은 뇌졸중 생존자 주변에서만 일어나는 일은 아니에요. 관계를 끊는 이유도 다양하고요. 반면 뇌졸중 후의 관계에서 새로운 충만감을 발견하는 사람들도 또한 존재합니다.

95. 뇌졸중 생존자를 요양 시설로 옮기기에 적당한 때는 언제인가요?

로스 박사 뇌졸중 후에 생존자를 어디에서 지내게 할 것인가를 결정하는 것은 아주 사적인 일로, 수많은 요소들에 의해 좌우될 수 있습니다. 현 상황에 대해 생존자와 가족이 현실적으로 접근해야 하고, 생존자가 적절한 관리와 도움을 받을 수 있도록 하는 것이 중요합니다. 만약 낙상의 위험이 높은 생존자인데 집에서 보살핌을 받는 것이 불가능한 상황이라면, 집보다는 시설에서 지내는 것이 훨씬 안전할 것입니다.

요양 시설(care facility)로 옮길지 판단하기 위해서는 몇 가지 중요한 요소들을 따져봐야 합니다. 여기에는 합병증 위험성, 의료적 안정성, 그리고 대소변 가리기, 옷 입기, 침대에서 일어나기, 움직임 등 일상적인 활동 수행 시 보살핌의 필요성 등이 포함됩니다. 만약 가족이 함께 있을 수 없거나 보살펴줄 능력이 안 될 때에는, 뇌졸중 생존자가 충분한 보살핌을 받을 수 있는 환경에서 지내게 하는 것이 최선입니다. 저는 이 문제로 고민하는 가족들을 여럿 만나봤기 때문에 그 상황을 충분히 이해하고 있는데, 현실적이어야 할뿐만 아니라 생존자에 대한 배려심을 가져야 합니다. 즉, **생존자가 충분한 보살핌을 받을 수 있는가**를 따져보는 것이 가장 중요합니다.

힝클 박사 뇌졸중 생존자가 요양원으로 간다고 해서 그 인생이 실패한 것은 아닙니다. 뇌졸중을 앓은 노년층의 25퍼센트 정도는 최종적으로 요양원으로 가게 돼요. 만약 보호자가 모든 것을 해줄 수 없고 여건이 여의치 않으면, 직업적으로 간호를 제공하는 전문가가 있는 곳에서 지내는 것이 뇌졸중 생존자에게는 더 나은 것입니다.

요양원이나 간호시설은 시설마다 수준 차이가 다양합니다. *전문요양시설(skilled nursing faciility, SNF)*에 가는 사람들도 있는데, 이 곳의 직원들은 생존자가 퇴원하여 집으로 돌아갈 때까지 매일 매일 치료 프로그램을 제공합니다. 예를 들어, *출혈성 뇌졸중*을 앓고 있는 사람들은 재활에 있어서 더 천천히 좋아지는 경향이 있기 때문에 치료 기간이 길어질 수 있는데, 전문간호시설은 이렇듯 긴 시간 동안의 회복을 위한 최적의 장소가 될 수 있습니다.

☑ 캐롤 다우리차즈가 들려주는 보호자를 위한 팁

안녕하세요, 저는 캐롤 다우리차즈(Carol Dow-Richards)라고 합니다. 이 책의 저자인 마이크 다우와 데이빗 다우의 어머니예요. 저는 뇌졸중 생존자의 가족 및 보호자가 되는 기분이 어떤 것인지 경험으로 알고 있습니다. 저는 *실어증회복연결*의 설립 이사진으로서, 보호자들과 생존자들에게 희망을 불어넣고 실질적인 조언을 제공하는 강연을 자주 하며 지내고 있습니다.

보호자로서 여러분은 아마도 크나큰 상실감을 느끼고 있겠죠. 경제적 안정도 보장할 수가 없고요. 저는 제 개인 사업을 그만둬야 했습니다. 하룻밤 사이에 저희 집은 맞벌이에서 외벌이 가정으로 바뀌었어요. 뿐만 아니라 가족 각자의 역할도 바뀔 수 있습니다. 각자의 성격도 바뀔 수 있고요. 여러분의 인생 전체가 크게 뒤흔들린 것이기 때문에, 과거를 회상하며 슬퍼하는 것은 어떻게 보면 정상적이고 당연한 반응입니다. 저도 여러 해 동안 고군분투해왔습니다. 과거 경험을 돌아보며, 뇌졸중 생존자의 보호자들에게 몇 가지 팁을 드리고자 합니다.

1. 생존자뿐 아니라 스스로도 돌보세요. 스스로를 너무 혹사시킨 나머지 결국 아무에게도 도움을 줄 수 없게 되는 경우가 많습니다. 그러니까 잠도 충분히 자고, 자기 시간도 확보하고, 불안이나 우울 증상이 생기려고 하면 병원 진료도 보세요. 물론 이렇게 하는 게 쉽진 않지만요. 걱정, 두려움, 슬픔 같은 감정은 뇌졸중 생존자에게뿐 아니라 보호자에게도 큰 압박으로 다가올 수 있습니다. 뒤로 미루지 말고 미리 도움을 청하세요.

2. 주변에 "도움드릴 일이 있으면 말씀해 주세요."라고 말하는 사람이 있다면 그에게 적극적으로 부탁하세요. 혼자서 다 하려고 하지 마세요. 가족과 친구는 보통 도움을 주고 싶어 하며, 그들에게 어떻게 해야 할지 정확한 방향을 알려줄 사람이 필요합니다. 대신 장을 봐달라고 하거나, 다른 일을 할 동안 생존자 옆에 있어달라고 하는 등의 간단한 일을 맡길 수도 있습니다.

3. 의사, 치료사, 책, 믿을만한 인터넷 사이트 등에서 가능한 한 많은 것들을 배우세요. 단, 인터넷으로 접하는 모든 것들을 믿지는 마세요. 제가 아는 어떤 생존자는 수백만 원을 들여서 증명되지 않은 값비싼 치료를 받다가 결국은 엄청난 양의 돈과 시간만 낭비하고 말았습니다. 여러분의 담당 의사는 각종 연구로 증명이 된 치료법에 대해 잘 알고 있습니다. 그들에게 물어보세요. 궁금한 치료법에 대해 조언을 구하는 거죠. 보호자로서 생존자의 재활치료를 참관하는 것도 배움을 얻는 좋은 방법입니다. 저는 보통 보호자들한테 전문가들이 집에서 훈련하라고 알려주는 운동법이 있거든 휴대폰으로 녹화하라고 조언해 줍니다. 현장에서 본 내용은 나중에 잊어버리기 쉬우니까요.

4. 어떤 사람도, 어떤 뇌졸중도 완전히 똑같지는 않으므로 사랑하는 사람과 다른 사람을 비교해서는 안 된다는 것을 잊지 마세요. 비교하는 대신, 다른 사람을 통해 뭐든지 배우세요. 온라인 모임이나 지역 환우 모임을 통해 다른 가족을 만나볼 수 있습니다. 여러분의 경험과 고난을 다른 사람들과 공유하는 것은 좋은 것입니다. 내가 혼자가 아니라는 사실을 깨닫는 것도요.

5. 희망을 잃지 마세요. 누군가가 희망을 앗아가려고 할 때도요. 희망을 꽉 붙드세요. 여러분 자신과 생존자 모두를 위해서 그렇게 해야 합니다. 몇몇 의사들이 제게 실망스러운 말을 했을 때조차 저는 항상 데이빗을, 그 아이의 두뇌 회복 능력을 믿었습니다. 저는 희망적이어야만 했어요. 희망 없이는 우리가 회복 과정에서 최선을 다할 이유가 없었으니까요.

6. 병원에 입원해 있는 동안 사랑하는 사람의 에너지를 지켜주세요. 피로감이 문제가 될 때에는 방문객의 숫자와 방문 시 머무르는 시간에 제한을 두는 겁니다. 그리고 사랑하는 사람이 재활치료에 최선을 다하고 있는지, 제 시간에 도착하려고 애쓰는지 확인하세요. 재활치료는 뇌졸중 회복에 있어 아주 중요한 것이니까요. 치료 전에 충분한 휴식을 취할 수 있도록 해주세요. 그래야 온전히 치료에 임하여 최고의 효과를 볼 수 있습니다. 지친 채로 재활치료에 들어가면 그 효과가 덜하고, 소중한 시간을 낭비하는 것이 될 수 있습니다.

7. 사랑하는 사람의 감정을 있는 그대로 받아들이세요. 그의 두려움, 슬픔, 상실감을 쉽게 지나치지 마세요. 저희 가족은 데이빗 앞에서 긍정적인 모습을 보이려고 노력하는 동시에 각자가 느끼는 감정에 솔직해지려고 했습니다. 울거나 슬퍼해도 좋습니다. 느껴지는 감정에 대해 이야기를 나누고 이를 통해 노력하는 것이 결과적으로는 저희 가족에게 가장 큰 도움이 되었습니다.

8. 절망감을 줄이는 방법을 찾으세요. 이를테면 어느 정도는 생존자가 장애에 적응하는 것을 도와 독립성을 높이도록 하세요. 데이빗은 말을 할 수가 없었기 때문에 가까이에 종이를 끼운 클립보드나 그리기 도구를 놓아 도움을 주었습니다. 스마트폰이나 태블릿의 어플도 또한 도움이 될 수 있습니다.

9. 체계적으로 정리하세요. 바인더나 스마트폰을 사용하여 병력, 처방약 정보, 의료보험 관련 정보, 의료진으로부터의 추천 사항, 각종 관련 전화번호 등을 기록해 두세요. 건강보험의 제한이 언제 갱신되는지를 정기적으로 확인하세요. 올해나 이번 분기에는 치료비 보험 혜택이 끝났을지도 모르지만, 다음 해나 다음 달에는 20번을 더 받을 수도 있습니다. 더 많은 치료 횟수를 할당받았으면, 그것을 다 쓰세요. 가능한 최대 한도액과 각종 공제사항을 확인하세요. 만약 그 해의 최대 한도액에 이미 도달했다면, 전문가와의 상담을 통해 어떤 치료든 올 해에 필요한 것을 받는 편이 다음 한도액을 기다리는 것보다 더 나을 수 있습니다. 만약 치료가 보험 적용 사항으로 처음부터 승인받은 것이 아니라면, 상고할 수도 있습니다. 의사나 치료사는 보험 회사와의 소송에 도움이 되는 의견서를 써줄 수 있고, 만약 의학적 필요성이 입증되면 기존의 부적합 판정을 승인으로 바꾸는 데에 도움이 될 수 있습니다.

10. 여러분과 생존자는, 단순 '보호자-환자'의 관계에 국한된 것이 아님을 잊지 마세요. 뇌졸중이 오기 전에 함께 즐겼던 활동을 위해 시간을 내고, 여러 관계의 역할이 유지되도록 하세요.

• • • • • • •

12장의 주요 포인트

보호자는 아래의 세 가지를 통해 생존자의 회복에 최대의 도움을 줄 수 있습니다.

1. 생존자에게 도움을 주되, 자립심을 키워주세요.
2. 보호자 스스로도 돌보세요.
3. 간병을 혼자서 다 하려고 하지 마세요. 도움을 주고 싶어 하는 사람들에게 구체적인 업무를 주세요.

퇴원 전에 아래의 사항들을 알아놓는 것이 필요합니다.

1. 왜 사랑하는 이에게 뇌졸중이 왔는지
2. 그래서 어떤 치료를 받았는지
3. 퇴원 후의 치료 계획은 무엇인지
4. 추후 질문이 생겼을 경우 어디로 연락해야 하는지

만약 보호자라는 새로운 역할에 적응하는 데에 어려움이 있다면 이에 대해 생존자와 대화를 나누고, 필요한 경우에는 전문가를 찾아가세요. 힘든 건 정상적인 반응입니다. 뇌졸중은 생존자 당사자의 인생만 바꾸는 건 아니니까요.

뇌졸중 후에 누구든 결국은 집으로 돌아오고 싶어 하지만, 일시적이건 영구적이건 간호시설로 퇴원하는 것을 고려해야하는 경우도 있습니다. 거동하려면 주변의 도움이 여전히 필요하기 때문에 집으로 갈 수가 없는 것인지를 판단해야 하고, 간호시설에서 지내는 것이 집에 있는 것보다 더 나을지 등도 판단해야 합니다. 언제든 상황에 맞게 다시 다른 방향의 결정을 내릴 수도 있습니다.

CHAPTER

뇌졸중 재활의 미래

지난 수십 년간 뇌졸중을 비롯한 두뇌에 관한 지식에 엄청난 발전이 있어왔지만 여전히 우리가 알지 못하는 많은 것들이 존재합니다. 그럼에도 세계 곳곳의 연구자들은 계속해서 두뇌의 회복에 대한 위대한 발견을 거듭하고 있고 획기적인 새로운 치료법을 개발해가고 있습니다. 이러한 발전의 결과로 일부의 치료법들은 이미 대학병원에서 사용되고 있고, 일부는 본격적인 보급을 위해 안전성 문제나 비용 지원과 관련한 승인 대기 중에 있습니다. 많은 것들이 아직 개발 중에 있지만 향후 5-10년 후면 뇌졸중 생존자들이 그 덕을 볼 수 있을 것으로 기대됩니다. 이 장에서는 뇌졸중 회복 분야의 선두에 있는 전문가들을 모시고 이 분야의 미래 전망에 대해 들어보고자 합니다. 버크 재활병원의 딜런 에드워즈(Dylan Edwards) 박사는 물리치료사이자 로봇공학 분야의 일류 연구자로, 저희 전문가들과 함께 미래 뇌졸중 치료의 전망에 대해 들려줄 것입니다.

96. 뇌졸중 회복에 대한 앞으로의 전망은 어떠한가요?

츄 박사 뇌졸중 예방과 급성기 뇌졸중의 치료에 대해서는 지난 몇 십 년 동안 엄청난 발전이 있었습니다. 매우 성공적이었고 뇌졸중으로 인한 사망

률이 급격하게 줄어들었죠. 지금은 뇌졸중이 오면 처음 몇 시간 내에 우리는 *조직 플라스미노겐 활성제(tPA; 혈전용해제)* 같은 치료법과 *기계적 혈전제거술*을 사용할 수 있는 기회의 창을 가지고 있습니다. 이것들은 효과가 있는 방법인데 다만 뇌졸중 거의 직후에 시행되어야만 합니다.

현재 뇌졸중 치료 분야에서 아직 뒤쳐져있는 것은 바로 뇌졸중 재활 분야입니다. 많은 사람들이 "주치의는 항상 앞으로의 뇌졸중 재발을 예방하기 위한 방법에 대해서만 얘기하는데, 저는 정작 한 달이나 1년, 혹은 5년 전에 이미 왔던 뇌졸중에 대해서 앞으로 어떻게 재활해야 할지가 궁금합니다."라고 얘기합니다. 솔직한 얘기로, 여러 해 동안 뇌졸중 재활은 매우 암울한 상태에 놓여 있었습니다. 그러나 지금 저는 고작 몇 년 후면 우리가 경험하게 될 뇌졸중 재활 치료법의 다양함에 대해 엄청난 가능성을 예상하고 있습니다. 저는 뇌졸중 분야의 신경학 전문가로 20년간 활동해왔지만, 제가 뇌졸중의 회복에 있어 뭔가 큰 발전의 문간에 와 있다는, 정말로 가슴 벅찬 낙관을 가지게 된 것은 이번이 처음입니다.

로스 박사 결국 가장 중요한 것은, 이 모든 위대한 발전들이 복합적으로 함께 작용할 것임을 아는 것입니다. **세포치료, 운동치료, 로봇재활이 함께 이루어져 다양한 종류의 뇌 자극이 결합하는 형태로 완성될 것이라는 거죠.** 우리는 각각이 언제 얼마만큼 가능해질지 정확히는 아직 모르지만, 앞으로의 뇌졸중 재활과정에서 가장 핵심이 될 거라는 사실은 분명합니다.

97. 로봇치료는 무엇인가요?

로스 박사 의학과 관련된 과학기술에 대해 얘기할 때, 우리는 *보조적 기술*과 *치료적 기술*을 구분합니다. *보조적 기술*은 개인이 주변 환경 속에서 더 잘 적응하여 생활할 수 있게 해주죠. 예를 들면 휠체어를 타는 것은 보조적 기술로, 사람이 바깥에서 더 쉽게 이동하게 해줍니다. 그 외에 커튼을 걸어

준다던가 말로 명령하거나 버튼을 누르면 전화를 받게 해주는 전자기기도 여기에 속합니다. 그 사람의 부족한 기능을 보완해주는 것이죠.

*치료적 기술*은 이를테면 로봇이 환자의 팔과 다리를 움직여서 **로봇기기가 실제로 환자의 기능이 강화되도록 치료적 도움을 주는 것을 말합니다.** 이것은 환자가 더 큰 힘을 가질 수 있게 해주거나 더 잘 걸을 수 있도록 해줍니다. 치료적 기술은 아주 중요한 접근법으로, 아직 재활 분야에서 널리 사용되고 있진 않지만 앞으로 점점 더 보급될 것으로 보입니다.

에드워즈 박사 로봇보조요법은 공상과학이 아닙니다. 헬스장 같은 데서 볼 수 있는 커다란 운동 장비를 떠올려 보세요. 이러한 모습의 장비가 환자에게 부착되어 전력에 의해 작동되는데, 첨단 조종 장치가 달려 있고, 로봇이 사람의 움직임에 대해 실시간으로 상호작용하는 식입니다. 로봇은 그 사람의 미세한 동작까지 감지할 수 있도록 매우 정교한 능력을 가지고 있고, 미리 프로그램된 규칙에 따라 정확히 필요한 정도의 도움을 제공합니다. 이 치료를 통해 사람의 기능이 좋아짐에 따라 로봇기기는 보조의 정도를 줄여, 계속해서 적절히 훈련이 되고 적당한 만큼 기능할 수 있도록 해줍니다. 로봇보조기계는 치료사에게 신체적인 부담을 주지 않고도 치료사가 일반적으로 제공해오던 반복적인 보조를 제공하는 현대의 과학기술 방법입니다. 환자는 좋아지기 위해서 동작을 수없이 반복해야 하는데, 이 로봇기기는 쉼없이 그 역할을 해줄 수 있습니다. 이것은 환자의 이득을 위해 새로운 과학기술을 수용하는 좋은 방법이죠.

재활에 있어 치료의 시간은 좋은 결과를 달성하기 위한 핵심 요소입니다. 저희는 전형적으로 주 3회, 6-12주에 걸쳐 총 18-36회의 치료를 진행합니다. 그리고 이를테면 팔 재활을 위한 한 번의 한 시간의 치료 동안 천 번의 반복이 시행됩니다. 즉, 총 치료기간 동안 3만 6천 번의 반복동작을 달성하는 셈이죠. 테니스의 서브 동작이나 수영의 팔 움직임을 연습하듯, 수없이 많은 반복이 필요한 것입니다. 몇 번만 반복한다든가 단 몇 번의 치료만 진행해서는 뇌에서의 가소성을 활성화시킬 수 없는 것이죠. 명확한 효과를 내기 위해서는 긴 시간 동안 반복적으로 시행되어야 합니다.

로봇요법으로부터 어떤 결과를 기대할 수 있냐고요? 만약 뇌졸중이 발병한 지 1년 정도 경과한 생존자, 즉 일부 기능은 회복되었지만 여전히 일정 정도의 반신 마비는 남아 있는 사람들이 저희 클리닉에서 로봇으로 36회의 치료를 진행한다고 했을 때, 평균적으로 의미 있다고 생각되는 정도보다 훨씬 큰 변화를 만들어낼 수 있을 것으로 생각하고 있습니다. 물론 어떤 생존자들은 잘 반응하지 않는 경우도 있고 또 다른 생존자들은 더 잘 반응하기도 하지만요. 저희는 과연 어떤 사람들에게 더 효과가 좋고 어떤 사람들에게서 더 효과가 적은지, 그리고 그 이유는 무엇인지를 알아내기 위해 노력하고 있습니다. 저희는 또한 로봇치료에 두뇌 자극 및 가소성 증진 약물 등과 같은 치료법을 추가함으로써 더 효과 좋은 치료법을 만들어내기 위해 노력하고 있습니다. 이 패러다임을 사용함으로써 저희는 폭넓은 모든 집단의 대상자들에 대해 임상적으로 의미 있는 효과를 내고 있습니다.

아직 이 기술을 받아들인 병원이 많진 않은데, 그 이유는 비용, 직원교육에 대한 실질적 문제, 치료 방법에 대한 의료진의 개인적 기호, 유효성 데이터가 충분한지 등의 복합적인 문제때문입니다. 이 기술을 이미 이용 중인 대형 대학부속병원의 경우, 환자는 더 큰 도움을 받고 있고 병원의 지출은 절감되고 있습니다. 이러한 종류의 치료를 지원해주는 보험도 있는데[19], 이것은 별개로 청구되는 치료가 아니고 일반적인 재활치료 과정 중에 치료사가 사용할 수 있는 하나의 치료도구로써 이해되고 있습니다.

모든 약이 저마다 서로 다른 효능을 가지듯, 모든 로봇도 서로 다른 일을 수행합니다. 로봇은 모양과 크기가 매우 다양합니다. 어떤 로봇은 아이언맨 수트와 같이 외골격의 역할을 하고, 또 어떤 것은 작고 다른 장치에 볼트로 고정되어있기도 합니다. 그러나 뇌졸중 회복에 있어서는 모든 것을 다 해주는 커다란 로봇 수트를 사용하는 대신에, 할 수만 있다면 자신에게 남아 있는 생명 작용을 최대한 사용하여 그 근육 체계를 다시 활성화시키게끔

19 국내의 경우 아직 직접적으로 로봇치료비를 지원해주는 보험 상품은 없다.

하는 로봇을 사용하는 것이 바람직합니다. 그렇게 하면 심혈관계도 튼튼해지고 심리적으로도 건강해져 스스로의 몸 상태가 향상될 수 있습니다.

로봇요법 장치는 그 외 다른 운동기구와 다음의 몇 가지 사항에서 차이가 있습니다. 로봇요법 장치에는 보조를 제공할 수 있는 모드가 있어야 하고, 생존자의 능력에 따라 보조의 정도를 변화시킬 수 있어 생존자와의 상호작용이 가능해야 합니다. 이 두 가지가 만족되지 못하면 진정한 로봇요법 장치라고 할 수 없습니다.

로봇요법 장치는 비교적 최신의 기술로서, 무엇이 핵심 요소를 구성하며 어떤 것이 가장 효과가 좋은지를 알아내기 위해 저희는 계속해서 노력하고 있습니다. 한 특정 로봇에서 효과가 입증되었다고 해서 다른 로봇까지 입증되는 것은 아닙니다. 그리고 팔 움직임 재활에 입증된 로봇이 보행 훈련에 사용될 수는 없을 것입니다. 왜냐하면 손 조절의 움직임이 보행의 기전과는 다르니까요. 우리는 로봇 장치가 무엇이고 어떤 역할을 하는지, 그리고 어떤 로봇이 어떤 장애를 가진 환자에게 연구되었는지를 상세히 살필 필요가 있습니다. 지금까지는 상지(上肢), 즉 팔과 손의 기능에 대한 연구가 활발하게 이루어져 왔기 때문에, 상지 기능에 로봇치료를 시행하는 근거가 더 많이 확립되어 있습니다. 하지(下肢) 기능과 보행 훈련은 실제로 상지와 비슷한 정도 혹은 그 이상으로 중요한데도 로봇 사용의 근거 데이터가 상대적으로 적습니다. 어쨌건 로봇치료는 상지와 하지 기능 둘 모두에 가능성이 있는 분야입니다.

얼마만큼의 효과를 기대할 수 있는지, 어떤 로봇이 가장 좋은 것인지, 어떤 환자에게 어떤 로봇이 가장 적합한지는 전적으로 다음의 두 가지에 달려 있다고 해도 과언이 아닙니다. 첫 번째는 '환자의 병적 특징이 무엇인지'와 '회복의 단계 중 어디에 있느냐' 이고, 두 번째는 '그 환자의 목표가 무엇인지'입니다. 완전하게 마비되지는 않은 사람, 즉 적어도 약간의 수의적 운동은 가능한 사람이 로봇치료에 가장 적절한 대상입니다. 그리고 시간은 누구에게나 한정되어 있고 모두 각자 집중하고 싶은 부분이 있습니다. 사람들이 한 가지에 백 퍼센트의 시간을 투자할 수는 없어요. 어떤 사람들은 보행

보다는 팔과 손의 기능을 회복시키는 데에 더 관심이 많을 수 있고, 그 반대일 수도 있습니다. 결국 그 환자의 목표가 무엇인지에 달려 있는 것이죠.

98. '두뇌 자극'이라고 언급하셨는데, 무엇을 말하는 것인가요?

로스 박사 현재 *신경조절(neuromodulation)*, 즉 두뇌를 자극하는 것에 대한 관심이 증가하고 있고 이에 대한 연구가 활발히 이루어지고 있습니다. *신경조절*에는 뇌에 자기장을 적용시키는 *경두개 자기자극법(transcranial magnetic stimulation, TMS)*과 전류를 직접적으로 뇌의 손상 부위 등에 적용시키는 *전기자극(electrical stimulation)*이 있습니다. 둘 모두 비(非) 침습적인 방법으로, 두개골이나 두피의 바깥쪽을 자극하게 됩니다. 아주 흥미로운 사실은 이 자극치료와 운동요법을 결합하면 실제로 두뇌기능이 향상된다는 것입니다. 아직은 임상적으로 널리 사용되고 있지는 않지만, 많은 센터에서 이 방법에 대해 연구 중에 있으며, 어느 시점이 되면 이것이 모든 곳에서 보편적으로 이용될 것으로 예상하고 있습니다.

페이지 박사 저희 실험실에서는 두뇌 자극에 대한 연구를 진행하고 있습니다. 두뇌에 전류를 적용한다는 아이디어가 나온 지는 꽤 됐습니다. 기본적으로는 환자의 두피에 자화된(magnetized) 코일을 부착하여 두개골 안쪽을 자극합니다. 두피 아래에는 뇌졸중으로 손상된 뇌가 위치하고 있죠. **어디에 전류를 흐르게 하느냐에 따라서 우리는 보행이나 손 움직임, 언어 생성을 조절하는 등의 뇌 부위의 각각에 영향을 줄 수 있습니다.** 코일을 원하는 부위에 위치시키고 자기장을 활성화시켜 해당부위를 촉진하거나 억제하여 더 많거나 적은 활동이 일어나게 하는 것이죠.

자 이제 여러분은 어떤 크기의 전류를 사용해야 하는지, 두뇌 자극과 함께 이루어지는 훈련은 어떻게 구성해야 하는지, 어느 쪽의 뇌를 목표로 해야 하는지(뇌졸중의 병변 측인지 반대쪽 건측인지 양측을 동시에 자극해야 하는지) 등이 궁금할 것입니다.

확실한 것은 이 방법이 효과가 있다는 것입니다. 이것이 뇌졸중 후의 회복과정을 가속화한다는 아주 확실한 증거가 있고, 그 기전도 꽤 명확하게 알려져 있습니다. 그러나 안타깝게도 이 방법은 현재 재활과정에서 널리 사용되고 있지는 않은데, 그 이유는 아직 이 치료가 뇌졸중에 대해 미국 식품의약국(Food and Drug Administration, FDA)의 승인을 받지 못했기 때문입니다. 현재로서 두뇌 자극은 우울증에 대해서만 승인을 받은 상태입니다[20]. 그러나 저희는 이 방법이 안전하다는 것을 알고 있습니다. 일어날 수 있는 부작용은 오직 *간질 발작(seizure)* 뿐인데, 드물게 보고되는 정도입니다. 무엇이든지 뇌에 적용될 때는 특히나 안전성에 대해서 조심스러운 접근이 필요하기 때문에, 이 방법을 사용하기 전에 미리 확립된 선별 기준을 통해 환자들을 선별하여 사용해야 합니다.

두뇌 자극의 또 다른 형태는 *경두개 직류자극법(transcranial direct current stimulation, tDCS)*입니다. *경두개 직류자극법*은 좀 더 넓은 범위에 더 약한 정도의 전류를 사용하기 때문에 *경두개 자기자극법*보다 안전합니다. 그 사용 방법은 기본적으로 동일합니다만, 큰 코일 대신에 전극이 사용되고 자극이 작다는 점에서 차이가 있습니다. 자극의 크기가 훨씬 작기 때문에 훨씬 더 안전한 것입니다.

☑ 마이크 박사가 들려주는 두뇌 자극에 대한 현황

*경두개 자기자극법*은 두뇌 자극(Brain Stimulation)의 한 형태입니다. 여기에는 *단일 파동 경두개 자기자극법, 반복적 경두개 자기자극법, 심부 경두개 자기자극법, 항법 경두개 자기자극법* 등이 있습니다. *경두개 자기자극법*은 현재로서는

20 한국의 식품의약품안전처에서도 2013년에 *경두개 자기자극법*을 우울증 치료기로 승인한 바 있다. 그러나 뇌졸중 재활치료로는 아직 승인하지 않았다.

우울증의 치료에 대해서만 미국 식품의약국(FDA)의 승인을 받은 상태이지만, 임상시험에 따르면 이 치료는 뇌세포의 성장을 자극하므로 뇌졸중의 회복에도 효과가 좋다고 알려져 있습니다. 이 장치는 현재 대학병원 급에서 연구의 일환으로 뇌졸중 생존자들의 더 빠른 회복을 도와주는 데에 사용되고 있습니다. *경두개 자기자극법*을 다른 표준 치료법과 결합하는 것은 언어와 운동 능력을 회복하는 데에 도움을 줄 수 있습니다. *넥스팀(Nexstim)*은 *경두개 자기자극법*과 뇌졸중 재활에 개발의 초점을 맞추고 있는 회사로, 이들이 진행한 '컨트라스팀 뇌졸중 연구(Contrastim Stroke Study)'에 따르면, *경두개 자기자극법*과 작업치료를 병행한 사람들은 작업치료만 받은 사람들보다 더 좋은 효과를 나타냈습니다. 이러한 전도유망한 결과를 얻은 후 *넥스팀*은 미국 내 최고의 재활병원 열두 곳에서 본격적으로 임상시험을 진행했습니다. 그리고 3상 임상시험에서는 연구에 참가한 생존자들에게서 안전성 문제가 발견되지 않았다고 보고했습니다.

*경두개 자기자극법*은 아직까지는 뇌졸중 재활에 있어 정식으로 인정되지는 않았지만, 이를 우울증 치료에 사용해본 의사들은 뇌졸중 생존자에게도 기꺼이 사용할 것입니다. 하지만 *경두개 자기자극법*을 시도해볼지 결정하기 전에 생존자들은 반드시 주치의와 상의하여 이 치료의 이득과 위험성에 대한 설명을 들어야 합니다.

합법이긴 해도 정식으로 인정되지 않은 치료는 건강보험에서 지원하지 않습니다. *경두개 자기자극법*은 전적으로 본인부담을 통해 비용을 지불해야 하며, 한 과정의 치료에 수백만 원 정도가 소요되는 고가의 치료법입니다. 건강보험이 *경두개 자기자극법*을 지원할 때도 있는데, 항우울제에 반응하지 않는 우울증을 치료할 때에 그렇습니다. 따라서 우울증도 함께 앓고 있는 경우의 뇌졸중 생존자에게는 경제적으로 감당 가능한 선택지가 될 수 있습니다. 뇌졸중 생존자 세 명 중 한 명꼴로 우울증을 겪고 있기 때문에 이 정보는 도움이 될 수 있고, 항우울제 처방에 대한 비약물 대체요법으로 이용될 수 있습니다.

2016년 현재 미국 식품의약국(FDA)에서 우울증 치료에 승인한 *경두개 자기자극법* 기기에는 네 종류가 있습니다(*Neuronetics* 회사의 *NeuroStar TMS Therapy System, MagVenture* 회사의 *MagVita TMS Therapy, Magstim* 회사의 *Rapid² Therapy System, Brainsway* 회사의 *Deep TMS*). 각 회사의 웹사이트를 방문하면 구체적인 정보를 얻을 수 있습니다(www.NeuroStar.com, http://www.magventure.com, www.Magstim.com, www.brainsway.com).

*넥스팀*의 *항법 두뇌 치료 시스템*은 뇌졸중 치료에 사용되는데, *경두개 자기자극법* 기술에 기반하고 있습니다. 이와 관련한 초기 연구에 의하면, 기존 치료만 시행하는 것보다 *항법 두뇌 치료*를 함께 시행할 경우 그 효과가 두 배나 되는 것으로 밝혀졌습니다. *넥스팀*은 뇌졸중 재활에 *항법 두뇌 치료 시스템*을 사용하는

것에 대한 미국 식품의약국(FDA)의 허가를 기다리고 있습니다. www.Nexstim.com에서 *항법 두뇌 치료*의 현황에 대한 최신 정보를 얻을 수 있습니다.

*경두개 직류자극법*은 현재 연구 중인 또 다른 형태의 두뇌 자극입니다. *경두개 자기자극법*과 마찬가지로, *경두개 직류자극법*은 뇌졸중 재활 치료에 대해 아직 미 식품의약국(FDA)의 승인을 받지 못했습니다. 그러나 허가여부와 상관없이 뇌졸중 생존자를 치료하는 데에 이 기기를 사용하는 의사들이 있습니다. 하지만 아직 FDA의 승인을 받지 못했기 때문에 보험이 적용되지 않음을 기억하세요. 다시 한 번 강조하지만, *경두개 직류자극법*은 물리치료, 작업치료, 언어치료와 결합되면 그 효율성이 극대화될 수 있습니다. 인터넷에서 가정용으로 판매되고 있는 *경두개 직류자극법* 기기는 피하는 것이 좋습니다. *경두개 직류자극법* 기기는 뇌졸중 생존자의 특정한 상황에 적합한 것으로 사용해야 하는데 그렇지 않을 경우 잠재적으로 위험할 수 있기 때문입니다.

로스 박사 *뇌-컴퓨터 인터페이스(brain-computer interface)*라고 하는 것에 대한 재미있는 연구가 있습니다. 이것은 뇌에 전극을 심어 뇌가 생각하는 것을 전극이 감지하고 그 신호를 컴퓨터나 보조 장치의 움직임으로 전환하도록 해주는 것이에요. 여기에서 전극은 전기를 일으키기 위해 있는 것이 아니라 뇌의 전기를 감지하기 위해 존재합니다. *뇌-컴퓨터 인터페이스*는 아직 실험적인 단계에 머물러 있는데, 그 주된 이유는 전극을 뇌에 심는 신경외과적 수술이 필요하기 때문입니다. 현재는 두뇌 내부 대신, 전극이 곳곳에 박혀 있어 수영 모자처럼 머리에 쓸 수 있는 장치를 사용하여 두피 표면에 전극을 위치시키는 방법을 개발 중에 있습니다. 환자가 이 전극 장치를 머리에 쓰면 컴퓨터가 그 뇌파를 읽어 움직임이 가능하도록 하는 것이죠. 그러나 두피 전체 곳곳에서 방출되는 뇌파를 다 포착할 수 있는 것은 아니기 때문에 아주 정확한 것은 아님을 염두에 두세요. 아주 흥미로운 접근법이긴 하지만 아직 제품화 단계까지는 멀었습니다.

99. 줄기세포 치료에 관한 최신 정보를 알려주세요.

츄 박사 줄기세포 치료는 최근 각광받고 있는 연구 분야입니다. 이 치료에 대해서는 무작위 대조군 임상시험(randomized controlled clinical trial, RCT)의 형태로 연구가 진행되고 있으며, 지금까지의 결과로는 전망이 밝습니다. 이 줄기세포 치료는 성장인자 효과(growth-factor effect)를 통해 신경 생성과 혈관 생성을 강화시켜줄 뿐만 아니라 급성 뇌졸중 시기에 일어나는 염증 반응도 조정해줄 수 있을 것으로 기대되고 있습니다.

카마이클 박사 줄기세포 치료는 뇌졸중 회복 분야에서 매우 희망적으로 작용할 것으로 보입니다. 두뇌의 신경 복구에 관한 과학이 무르익고 있기 때문에 더불어 줄기세포 치료도 잠재성이 충분한 것이죠. 우리는 회복력을 높여줄 가능성이 있는 강력한 후보 약물들을 알고 있습니다. 향후 5~10년 정도 걸리긴 하겠지만, 적어도 실험 단계에서 어느 정도 그 곳에 이미 도달해 있습니다. 줄기세포 치료로 신경가소성이 강화되는 것은 뇌졸중 쥐 실험 연구에서 확인이 되었는데, 아주 드라마틱한 효과를 보였습니다. 지금 우리는 그 작용 기전과 인간에 대한 적용 방법을 아는 단계에까지 와 있습니다. 줄기세포 생물학을 전보다 더 잘 이해하고 있고, 인간의 뇌질환에 줄기세포 치료를 적용 가능하게 만들기 위해 그 이용 방법을 이해하기 시작한 것이죠. 몇몇 질환에 대해서는 이미 치료적 가능성을 보여줄 수도 있는 2상 임상시험에 와 있습니다. 우리는 꽤나 드라마틱한 과학의 시기에 와 있어요.

사람들이 '줄기세포'라고 얘기할 때 이것은 여러 다른 상황을 지칭하는 것일 수 있습니다. 그 중에서 좋은 결과를 보인, 지금까지 최고의 임상시험은 초기의 1상 임상시험이었습니다. 1상 임상시험은 줄기세포 치료의 안전성을 확인하기 위한 것이었는데, 극적으로 상태가 좋아진 만성 뇌졸중 생존자들의 사례들이 출현했던 것입니다. 이제 이 치료법은 2상 임상시험을 향해 나아가고 있습니다. 줄기세포 치료는 두개골의 아주 작은 구멍을 통해 뇌에 직접적으로 세포를 주입하여 이루어집니다. 줄기세포는 상당히 넓은 연구 분야로, 현재 수많은 다양한 치료법들이 시험되고 있으나 아직 확실한 효과를 논하기는 어려운 상황입니다. 하지만 아주 전도유망한 분야인 것만은 확실합니다.

절대로 잊지 마세요. 줄기세포 치료가 임상적으로 시험되고 입증되기까지는 아직도 5~7년은 남았습니다. 많은 생존자들이 아직 입증되지 않은 치료를 받기 위해 남부 캘리포니아에서 멕시코로 건너갑니다. 그러나 줄기세포 치료가 생존자에게 무슨 일을 일으키는지는 아직 완전히 밝혀지지는 않았고, 일부 생존자들에게는 해가 되기도 하며, 비용이 많이 듭니다. 이렇듯 비공식적인 치료방법은 항상 이 분야의 골칫거리입니다. 우리는 인내심을 가지고 기다려야 합니다. 또한, 이러한 방법을 적극적으로 광고하는, 의사는 아니면서 단순 사업가인 사람들의 덫에 걸려 위험에 처한 생존자들도 있으므로 조심해야 합니다.

"우리는 모두 빨리 낫기를 바라죠. 그러나 뇌졸중을 위한 쉽고 빠른 치료법은 존재하지 않으므로 어느 정도는 현재 상태에 적응해야만 합니다. 저는 많은 보조적 과학기술을 사용하여, 제가 가지고 있는 언어문제와 한쪽 손을 잘 못 쓰는 것에 적응하려고 노력합니다. 제가 백 퍼센트 회복되지는 못할 것임을 받아들이는 데에 오랜 시간이 걸리긴 했지만, 저는 여전히 원하는 삶을 살고 있습니다. 고군분투하는 회복의 여정 속에서 항상 주변의 모든 기대를 뛰어넘어왔죠. 그리고 줄기세포와 같은 새로운 치료법은 머지않아 다음 단계의 회복으로 넘어갈 수 있을 것이라는 희망을 갖게 해줍니다." - 데이빗

☑ 마이크 박사의 팁

"인간에게 있어 가장 해로운 기분상태 중 하나는 바로 절망입니다. 그렇기에 우리 모두에게 희망을 주는 뇌졸중 회복 분야의 크나큰 진보에 대해 저는 상당히 설레고 있습니다. 뇌졸중 생존자를 위한 줄기세포 치료의 첫 주요 연구결과를 우연히 접했을 때 저는 '와, 데이빗한테도 그 치료를 받게 해줘야겠다!'고 생각했습니다.

저희 가족은 데이빗이 지금까지 스스로 이루어온 것들을 목격해왔기 때문에 이미 희망을 가지고 있긴 했지만요. 그러나 이제는 판도를 바꿀 정도의 연구가 나왔기 때문에 저희는 더 큰 희망을 가지고 있습니다. 그러니까 지금 당장, 섭취하는 음식에 작은 변화를 주고, 이미 입증된 훈련법을 비롯한 모든 치료법을 충분히 이용하고 계세요. 그러면 내일은 새로운 치료 시대의 여명을 기대할 수 있을 것입니다. 아마도 우리가 이미 받고 있는 입증된 치료를 줄기세포 치료와 같은 최첨단의 치료와 병행하는 복합 치료는, 모든 뇌졸중 생존자들이 찾고 있는 해답이 될 것입니다."

☑ 마이크 박사가 들려주는 줄기세포 치료의 전망

뇌졸중 생존자에게 줄기세포를 주입하는 임상시험은 2005년에 처음 시작되었고 그 결과는 기대 이상이었습니다. 줄기세포 연구들을 통해서 연구자들이 답하고자 하는 네 가지 질문은 다음과 같습니다. 안전한가? 효과가 있는가? 현존하는 치료법보다 효과적인가? 장기적인 결과는 어떠하며 그 부작용은 무엇인가? 최근 연구의 희망적인 결과 덕에 줄기세포 치료는 향후 5~10년 내에 뇌졸중 생존자에게 널리 적용가능해지고 큰 효과를 볼 수 있는 치료법이 될 것으로 보입니다. 뇌졸중 재활에서 줄기세포를 이용한 연구는 급속도로 발전 중이므로, 믿을 수 있는 출처와 주치의와의 상담을 통해 최신 정보를 알고 있는 것이 좋습니다. 최근의 줄기세포 치료 연구에서 밝혀진 사실은 대략 다음과 같습니다.

- 한 연구에 따르면 줄기세포는 뇌졸중 발병 2주 후의 생존자의 경동맥을 통해 뇌에 안전하게 주입되었습니다. 그리고 줄기세포 주입 후 1년 동안 관찰한 결과, 어떤 생존자에게도 부작용은 발견되지 않았습니다. 이 연구의 공동 연구책임자인 의사 딜립 야바갈(Dileep R. Yavagal)은 "우리 연구는 줄기세포를 작은 카테터로 경동맥을 통해 주입하는 것이 안전하다는 것을 입증했습니다."라고 말했습니다. 이 연구가 수행된 참여 병원 중 하나였던 잭슨기념병원(Jackson Memorial Hospital)의 신경과 과장인 의사 랄프 사코(Ralph L. Sacco)는 "이 연구는 세포 기반 치료를 통해 뇌의 손상을 복구하는 새 방법에 대한 미래 임상시험의 문을 열어놓았습니다. 이제 뇌졸중 연구자들은 줄기세포가 환자의 건강을 위협하지 않으면서도 안전하고 효과적으로 사용될 수 있다는 것을 알게 되었습니다. 우리는 뇌졸중 환자의 회복 결과를 향상시키기 위해 이 유망한 분야에서 해야 할 일이 많습니다."라고 말했습니다.

- 위 연구의 성공에 힘입어, 병원에서 단 하룻밤만 입원하는 시술 과정을 통해 줄기세포를 뇌졸중 생존자의 뇌 속으로 직접 안전하게 주입하는 연구가 진행되었습니다. 이 연구에 참여했던 생존자들은 6개월에서 3년 정도 뇌졸중을 앓은 사람들이었습니다. 이 시험을 이끌었던 의사 개리 스타인버그(Gary Steinberg)는 "이 연구는 애초에는 시술과정의 안전성을 확인하기 위해 설계되었던 것입니다. 하지만 환자들은 몇 가지 기준 측정 지표상 호전을 보였어요. … 움직이는 능력이 눈에 띄게 회복되었습니다. 의외의 결과였죠. … 일부 환자들은 걸을 수 없었습니다. 팔을 움직일 수 없는 환자들도 있었어요. 그런데 단순히 '엄지손가락을 움직일 수 없었는데 지금은 움직여요.' 정도가 아니라, 휠체어에 앉아 있던 환자들이 지금은 서서 걷는 정도의 엄청난 변화가 나타난 것입니다. 우리는 이 세포들이 뇌 안에서 한 달 이상 살아남을 수 없다는 것을 알고 있는데도 환자의 회복 상태는 일 년을 훨씬 넘어서까지 지속되었고, 몇몇 사례에서는 2년 넘게도 지속되는 것을 목격했습니다. 노인들은 보통 각종 치료에 잘 반응하지 않는 경향이 있는데, 이 치료에 대해서만큼은 칠십 살의 노인도 굉장한 호전을 보였습니다. … 이전에는 뇌졸중 환자는 두뇌 회로가 이미 망가졌다고 생각했습니다. 그러나 이로써 결코 그렇지 않다는 것을 알게 되었습니다." 2016년 6월 현재 이 연구자들은 다기관 2b 임상시험에서 참여자들을 모집하고 있습니다.

- 뇌졸중 생존자에 대한 줄기세포 치료 관련 연구는 이제 세계 곳곳에서 진행되고 있습니다. 2015년 11월 영국에서 한 66세의 뇌졸중 생존자에게 팔을 다시 움직이게 할 목적으로 첫 번째 줄기세포 주입이 시행되었습니다. 앞으로 줄기세포 치료는 세계 곳곳의 뇌졸중 생존자들에게 적용가능해질 것입니다.

• • • • • • •

13장의 주요 포인트

뇌졸중 회복의 미래는 아주 밝습니다. 향후 몇 년 혹은 몇 십 년 내에 우리는 기존 치료와 병행되면 대단한 결과를 가져올 수 있는 수많은 새로운 치료법들을 목격하게 될 것입니다. 이러한 발전을 직접 지켜보세요.

- 할 수 없는 것들을 하게 해주는, 더 발전된 형태의 보조적 과학기술
- 수행능력의 변화에 따라 정확히 필요한 만큼만의 적절한 보조를 제공해주는 로봇 치료
- 두뇌의 특정 부위를 활성화시키거나 억제해주는 전자기적 자극
- 뇌 안에 새로운 연결고리를 생성시켜주고 더 빠르게 회복시켜주는 줄기세포 치료

이 모든 발전은 안전성과 효능의 검증을 위해 대대적인 연구를 거쳐야만 합니다. 승인되지 않은 치료법을 광고하는 사람들을 조심하세요. 새로운 치료법이 뇌졸중에 대해 승인을 받을 때까지는 이미 입증되어 있는 치료와 원칙을 고수하세요.

CHAPTER

마지막 조언 한 마디

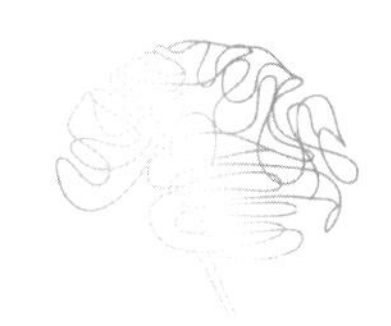

100. 모든 뇌졸중 생존자들에게 마지막으로 전해주고 싶은 조언이 하나 있다면 무엇일까요?

카마이클 박사 희망을 잃지 말고 적극적으로 생활하세요. **재활의 핵심은 희망입니다.** 뇌졸중은 끊임없이 노력해야 하는 것이고 분명 많은 집중이 필요한 건 사실이지만, 지역사회의 통합과 사랑하는 사람들과의 상호작용, 그리고 기능의 회복을 향한 절대 사라지지 않는 희망이 있습니다.

츄 박사 뇌졸중 회복 분야는 현재 아주 흥미진진합니다. 그러나 연구나 논문 상의 최신 치료법과는 별개로, **표준 치료는 회복을 증진시키는 데에 분명 효과가 있고**, 뇌졸중 후 일 년이 훨씬 넘어서도 지속될 수 있습니다. 표준 치료는 계속적으로 해야 하는 것입니다. 그것을 과소평가하는 우를 범하지 않길 바랍니다.

에드워즈 박사 두뇌는 더 나은 기능을 위해 스스로를 재조직하고 주변 상황에 적응하는 능력을 가지고 있지만, 이것은 절대 수동적으로 이루어지지는 않습니다. 악기를 배우는 것과 마찬가지로 한 개인의 매일 매일의 적극적인 필요로 합니다. 더 나아지고 싶다면 입증된 지침을 따르고, 적극적으로 행동하고, **절대로 포기하지 마세요.**

길런 박사 여러분은 궁극적으로 스스로의 치료와 회복에 대해 책임을 져야 합니다. 다음 치료 시간이 올 때까지 그저 앉아서 기다리기만 하고 그 사이에 아무 것도 안 해서는 안 됩니다. 여러분은 일상에서의 독립적인 훈련과 적극적인 참여의 측면에서 **스스로의 재활에 대한 주도권을 잡아야 합니다.** 수동적으로 생활하지 말고, 삶을 적극적으로 헤쳐 나가세요. 쏟아 붓는 만큼 얻게 될 것입니다.

힝클리 박사 뇌졸중과 함께 하는 이 새로운 삶에서는 **균형을 잘 잡는 것이 아주 중요합니다.** 혼자서 모든 짐을 짊어질 필요는 없습니다. 만약 그렇게 할 경우 오히려 해로울 수 있으므로 적절한 대처법을 찾아야 합니다.

힝클 박사 **스스로를 위해 훌륭한 대변인이 되세요.** 어려운 질문을 하는 것이나 다른 사람의 기분을 상하게 하는 것을 두려워하지 마세요. 스스로를 위해 (혹은 사랑하는 사람을 위해) 목소리를 내세요. 원하는 것을 얻기 위해 자꾸 귀찮게 하세요.

홀랜드 박사 회복은 뇌졸중이 온 후 여러 해 동안 지속될 수 있습니다. 뇌졸중을 앓은 사람과 가족은 희망을 포기하지 않고 궁극의 장기적 회복에 대해 **낙관적이고 쾌활한 자세를 지속적으로 가져야 합니다.**

먼로 박사 **내가 나의 장애가 되고 싶은 것인지 아니면 나 스스로가 되고 싶은 것인지 결정해야만 합니다.** 스스로가 누구인지를 잊지 마세요. 두렵거나 할 수 없을 것 같이 느껴지더라도 새로운 것들을 시도하세요. 설령 성공하지 못하더라도 중대한 문제를 일으키지 않을 가볍고 즐거운 환경에서 훈련하세요. 그리고 인생의 밝은 면에 집중하세요.

페이지 박사 여러분의 목적은 팔을 움직이고, 더 빨리 걷고, 더 잘 말하는 것이 아닙니다. 물론 이것들도 좋은 것들이긴 하지만 여러분의 **목적은 뇌 자체를 변화시키는 것임을 명심하세요.** 뇌를 변화시키면 다른 모든 것들은 자동적으로 이루어질 것입니다. 우리는 수천, 수만, 수십만 번의 반복과 훈련을 통해 뇌를 변화시킬 수 있습니다. 이것이 뇌가 학습하고 새로 조직하는 방법이죠.

플라우먼 박사 발병 후 **처음 6개월 동안은 주변의 모든 것들을 이용하여, 할 수 있는 최대한의 가소성을 촉진시키세요.** 만약 물리치료사, 작업치료사, 언어병리학자에게 치료를 받고 있다면, 그들에게 치료가 없는 시간에 할 수 있는 훈련 스케줄을 짜달라고 부탁하세요. 가소성이 최대치에 있는 처음 6개월 동안은 그들과 함께하는 일주일에 두세 번, 한 번에 한 시간 남짓의 치료시간 이상으로 훨씬 많이 훈련해야 합니다.

로스 박사 **개인의 투지가 핵심**임을 항상 명심해야 합니다. 의욕을 잃지 말고 적극적인 자세로 열중하세요. 스스로를 옹호하고, 존중과 위엄으로 대우받고, 소통되고, 교육받고, 진지하게 받아들여지기 위해 할 수 있는 모든 것을 하세요.

스토이코프 박사 **더 나아지고 싶다면 의욕을 불태워야 합니다.** 그저 일주일에 몇 시간의 치료나 연구 참여가 커다란 회복을 가져다줄 것이라고 기대해서는 안 됩니다. 하루에 정말로 많은 시간을 들여 훈련해야 합니다. 집에서도 훈련을 지속해야만 합니다. 계속 움직여야 합니다.

톰슨 저는 오히려 저와 함께한 뇌졸중 생존자들에게 끊임없이 영감을 받습니다. 그들의 태도와, 할 수 있는 한 최선을 다하여 삶을 살아가는 의지를 보면 말이에요. 저는 사람들에게 가능한 한 **재미있게 삶을 즐길 것을 잊지 말라**고 충고하고 싶습니다.

우드워드 박사 여러분은 혼자가 아닙니다. 다른 많은 사람들도 뇌졸중의 회복 과정을 경험했고, 여러분은 그들의 경험에서 배울 수 있습니다. **사람들에게서 멀어지지 마세요.** 회복은 오랜 시간이 걸리는 과정임을 명심하세요. 여러분은 오랜 시간 동안 이 어려움 속에서 살아야 합니다. 우여곡절에 대처할 수 있도록 도움을 청하고, 나쁜 일들이 나를 완전히 지배하지는 못하도록 하세요.

☑ 마이크 박사와 데이빗의 마지막 제언

이제 책의 마지막까지 오셨습니다만, 여러분의 여정은 이제 막 시작된 것입니다. 이 책이 여러분에게 각종 정보를 제공하는 것에 더불어 영감도 불러일으켰길 바랍니다. 여러분이 누구든, 이 길의 어디에 있든, 이제는 행동을 취할 시간이 되었습니다. 회복으로 가는 이 길에는 정지 신호가 없습니다. 앞으로 나아가 고장 난 뇌를 낫게 할 시간입니다. 이 책을 모든 뇌졸중 생존자들과 그 가족들에게 바칩니다.

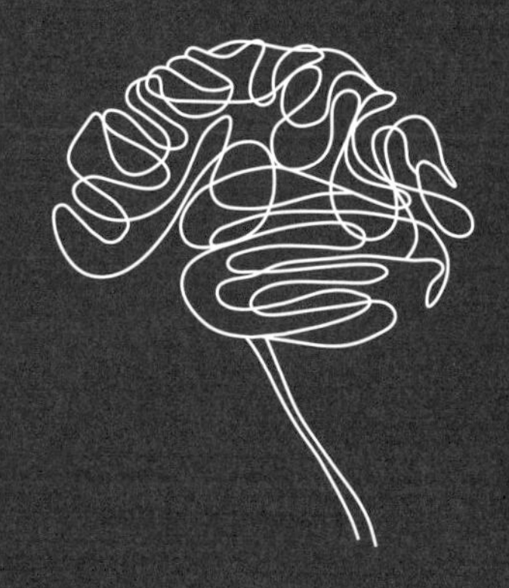

부록

전문가들 소개

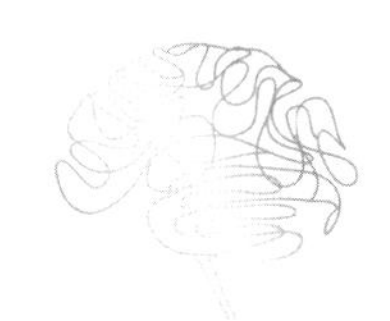

토마스 카마이클(S. Thomas Carmichael) 박사는 신경과 전문의이자 신경과학자로, 캘리포니아 대학교 로스앤젤레스 분교(University of California at Los Angeles, UCLA)에서 근무하고 있습니다. 카마이클은 신경과 교수이면서 *UCLA 브로드 줄기세포 연구센터(UCLA Broad Stem Cell Research Center)*의 부센터장으로 뇌졸중 및 신경재활 분야 그리고 뇌가 손상 후 임상적으로 어떻게 회복되는지에 대해 관심을 가지고 있습니다. 카마이클의 실험실에서는 줄기세포 치료법을 통한 두뇌 회복과 뇌졸중 후 기능 회복의 기전에 대해 연구하고 있습니다. 그는 UCLA에서 신경재활 및 뇌졸중 임상 프로그램을 맡아 운영하고 있기도 합니다.

데이빗 츄(David Chiu) 박사는 신경과 전문의로, 휴스턴 감리교 병원 뇌졸중센터의 센터장을 맡고 있습니다. 그는 *미국심장협회* 이사회의 구성원이기도 합니다. 그는 또한 *스트로크지(journal Stroke)*와 *저널 오브 뉴롤로지(Journal of Neurology)*, *뉴로서저리 앤 싸이키애트리(Neurosurgery & Psychiatry)*의 리뷰어이기도 합니다. 츄 박사는 예일대학교(Yale University)를 졸업하였고 현재 코넬대학교(Cornell University) 임상 신경학과 교수로 재직 중입니다. 츄 박사의 관심 연구 분야는 뇌졸중 환자의 생명을 연장하고 삶의 질을 높이는 것, 급성기 뇌졸중의 치료, 일과성 뇌허혈 발작(TIA)이나 뇌졸중을 앓았던 사람의 재발을 막는 것 등에 폭넓게 걸쳐 있습니다.

딜런 에드워즈(Dylan Edwards) 박사는 뉴욕에 있는 버크 재활병원(Burke Rehabilitation Hospital)에서 *비침습적 두뇌 자극 및 운동 조절 실험실(Non-invasive Brain Stimulation and Human Motor Control Laboratory)*을 운영하고 있습니다. 그는 신경과학자이자 물리치료사로서 로봇 신경재활과 두뇌 전기 자극을 통한 운동기능 회복에 전문지식을 가지고 있습니다. 그는 최첨단 과학기술을 이용한 신경재활 치료법을 통해 신경학적 손상으로 생긴 장애에 대한 장기적 효과를 높이기 위해 노력하고 있습니다.

글렌 길런(Glen Gillen) 박사는 신경재활을 전공한 작업치료사로, 급성기 치료와 입원환자 재활에 대한 풍부한 임상 경험을 가지고 있습니다. 컬럼비아대학교(Columbia University) 재활의학과의 부교수이며 70편 이상의 교과서 및 연구 논문을 저술하였고 재활 및 물리요법과 관련된 여러 학술지에서 편집위원을 맡고 있습니다. 길런 박사는 현재 4판까지 나온 교과서 《뇌졸중 재활: 기능에 근거한 접근법(Stroke Rehabilitation: A Function-Based Approach)》과 교과서 《인지와 지각재활(Cognitive and Perceptual Rehabilitation: Optimizing Function)》의 저자로 아주 유명합니다.

잭클린 힝클리(Jacqueline J. Hinckley) 박사는 사우스 플로리다 대학교(South Florida University) 언어병리학(speech-language pathology) 교실의 명예 부교수입니다. 현재는 *실어증 환자를 위한 희망의 목소리(Voices of Hope for Aphasia)* 단체의 이사장을 맡고 있습니다. 그녀는 경험 많은 상담가이자 트레이너, 발표자, 연구자인 동시에 임상가로서, 뇌졸중 및 뇌손상 재활을 위한 근거에 기반한 치료법을 도입하는 것에 초점을 맞춰 일하고 있습니다.

쟈니스 힝클(Janice L. Hinkle) 박사는 *미국 신경과학 간호협회(American Association of Neuroscience Nurses)*의 회장이자 간호학 분야 학술지인 *저널*

*오브 너싱 메저먼트(Journal of Nursing Measurement)*의 편집장입니다. 그녀는 또한 빌라노바대학교(Villanova University)에서 선임연구원으로도 일하고 있습니다. 그녀는 임상 간호 전문가로서 수십 년의 경험을 쌓아왔으며 펜실베이니아대학교(University of Pennsylvania)에서 간호학 박사 학위를 받았습니다.

오드리 홀랜드(Audrey Holland) 박사는 세계적으로 유명한 실어증 연구자이자 주창자입니다. 그녀는 애리조나대학교(University of Arizona) 언어과학 교실의 명예교수이며, *미국 국립 청각장애 및 기타 의사소통장애 협회(U.S. National Institute on Deafness and other Communication Disorders)*의 자문 위원으로 활동하고 있습니다. 홀랜드 박사는 언어병리학 및 실어증 전문가 연합에서 수여하는 주요 상을 여러 번 수상하기도 했습니다. 그녀는 수 건의 의사소통 평가기술을 개발했을 뿐만 아니라, 수백 건의 연구논문과 교과서 등을 출판 및 편집한 바 있습니다.

쟈니스 일리치 먼로(Janice Elich Monroe) 박사는 뉴욕에 있는 이타카대학(Ithaca College) 레져학과(Department of Recreation and Leisure studies)의 부교수이자 학과장입니다. 그녀의 관심 연구 분야는 명상과 마음 챙김, 다감각(multisensory) 방법을 이용한 장애인의 치료, 사회에서 레져의 역할 등에 걸쳐 있습니다. 먼로 박사는 *삶의 기술 센터(Center for Life Skills)*의 레크리에이션 치료 임상감독관으로도 활동하고 있는데, 이 센터는 뇌졸중 및 기타 신경학적 장애를 가지고 있는 사람의 개인적인 욕구를 만족시키기 위해 제작된 다학제 프로그램을 운영하는 곳입니다.

스테판 페이지(Stephen Page) 박사는 오하이오 주립대학교(Ohio State University) 작업치료학과의 부교수입니다. 왕성한 연구자이자 작가, 연설가로서 그는 *브레인(B.R.A.I.N)* 실험실을 운영하고 있는데, 이 실험실에서는 뇌졸중 및 기타 신경학적 질환을 앓은 후의 기능과 자립심을 향상시켜줄 방법들을 개발하고 검사하고 있습니다. 페이지 박사는 지역사회에서 작업치료사로서의 임상을 계속하면서도, 과학연구의 결과를 현실 상황에 접목시키고, 임상가들을 위한 신경재활 컨퍼런스를 개최하고, 학생들을 지도하는 등의 일도 병행하고 있습니다. 그는 뇌졸중 인증 임상가를 육성하는, 작업치료사 및 물리치료사를 위한 *뇌졸중 재활 전문가 인증 프로그램(Certified Stroke Rehabilitation Specialist program)*을 공동 개발하기도 했습니다. 페이지 박사는 *미국심장협회(American Heart Association)*와 *미국재활의학학회(American Congress of Rehabilitation Medicine)*의 선임연구원이기도 합니다.

미셸 플라우먼(Michelle Ploughman) 박사는 캐나다에 있는 메모리얼대학교(Memorial University) 물리치료재활학과의 조교수입니다. 그녀는 물리치료사이자 신경과학자로, 뇌졸중과 다발성 경화증 환자의 신경가소성과 신경재활 분야에 뛰어난 전문가입니다. 그녀는 손상, 질환 및 노화를 겪은 뇌에 대한 유산소 운동, 고강도 훈련 방식, 생활습관 변화의 효과 등에 대해 연구하고 있습니다. 플라우먼 박사는 신경가소성, 신경재활, 두뇌 회복 분야에서 *캐나다연구회(Canada Research Chair)*로 지명받아 활동하고 있습니다. 그녀는 세인트존(St. John's)과 뉴파운랜드(Newfoundland) 지역의 신경 물리치료사로서 환자를 치료하고 있기도 합니다.

엘리엇 로스(Elliot Roth) 박사는 노스웨스턴 대학교(Northwestern University) 재활의학과의 교수이자 과장이고, 노스웨스턴 메모리얼 병원(Northwestern Memorial Hospital) 재활의학과 과장, 시카고 재활센터(Rehabilitation Institute of Chicago, RIC) 환자회복병원(Patient Recovery Unit)의 병원장이기도 합니다. 로스 박사는 뇌졸중, 외상성 뇌손상, 척수손상 및 기타 장애의 재활에 대한 전문가입니다. 그는 장애를 가진 사람들의 회복과 기능적 결과를 향상시키고 합병증을 예방하는 새로운 방법을 연구하고 있습니다.

메리 엘런 스토이코프(Mary Ellen Stoykov) 박사는 시카고 러쉬대학교(Rush University) 작업치료학과의 조교수입니다. 그녀는 작업치료사로서 만성 통증, 뇌졸중, 외상성 뇌손상 환자에 대해 풍부한 임상경험을 가지고 있습니다. 뿐만 아니라 뇌졸중 후 상지(上肢) 마비 분야의 연구자이기도 하며, *시카고 재활센터(Rehabilitation Institute of Chicago, RIC)*에서 연구 작업치료사로도 활동하고 있습니다.

사라 톰슨(Sarah Thompson)은 면허가 있는 음악치료사이자 수상 경력이 있는 뇌손상 전문가입니다. 그녀는 콜로라도 주립대학교(Colorado State University)에서 신경 음악치료 분야의 선임연구자로 활동하고 있으며, 음악치료 프로그램의 객원교수이기도 합니다. 또한 덴버(Denver) 지역에서 재활리듬(Rehabilitative Rhythms) 음악치료 클리닉을 운영하고 있기도 합니다.

아만다 우드워드(Amanda Woodward) 박사는 미시간 주립대학교(Michigan State University) 사회복지학과의 부교수입니다. 그녀는 *미시간 뇌졸중 이송협회(Michigan Stroke Transitions Trial)*의 공동 연구자인데, 이 단체는 환자 중심의 재택 관리 프로그램을 통해 급성기 뇌졸중 환자들의 이송을 원활하게 하는 것을 목표로 합니다.

찾아보기

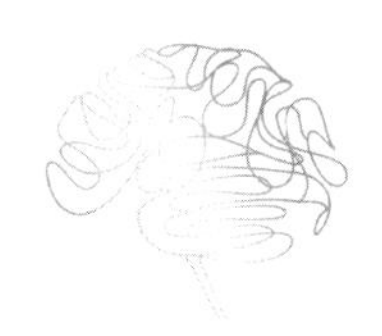

한국어

ㄱ

ㄴ

ㄷ

ㄹ

ㅁ

ㅂ

ㅅ

ㅇ

ㅈ

영어

A

B

C

D

E

F

G

H

I

L

M

N

O

P

R

S

T

W

저자소개

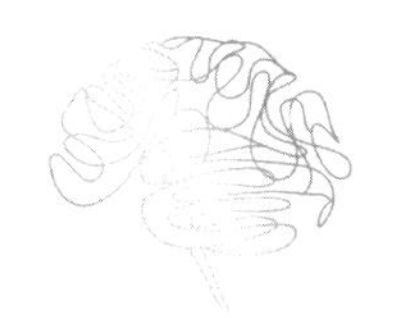

마이크 다우(Mike Dow)는 심리치료사이자 작가이며, 건강 관련 TV 및 라디오 프로그램의 진행자입니다. 이 책의 내용을 통해 알고 있듯, 마이크는 뇌의 자가 회복력에 대한 굳건한 믿음을 가지고 있습니다. 마이크의 첫 번째 저서인 《음식을 통한 재활(Diet Rehab)》은 현재 3개 국어로 출판되고 있으며 두 번째 책인 《뿌연 머릿속 치료하기(The Brain Fog Fix)》는 뉴욕타임스의 베스트셀러입니다. 마이크는 *의사 오즈 쇼(Dr. Oz Show), 의사들(The Doctors), 의사 드루의 응급 상황(Dr. Drew On Call)* 등의 프로그램에 정기 출연하고 있으며, 헤이 하우스 라디오(Hay House Radio)의 *마이크 박사 쇼(The Dr. Mike Show)*도 진행하고 있습니다. 그는 TLC, VH1, E 등의 방송사에서도 쇼를 진행해오고 있습니다.

데이빗 다우(David Dow)는 어린 시절 겪었던 뇌졸중의 생존자이고, *실어증회복연결(Aphasia Recovery Connection)*의 창립 멤버이자 부회장입니다. *실어증회복연결*은 미국 내에서 실어증 환자를 위한 각종 행사를 여는 실어증 지원 단체입니다. 그는 《뇌발작: 나의 뇌졸중과 실어증 여행기(Brain Attack: My Journey of Recovery from Stroke and Aphasia)》의 출판을 통해 그의 이야기를 전한 바 있습니다. 그는 뇌졸중 생존자들과 언어병리학자들을 대상으로 한 강연을 통해 그의 경험을 들려주고 있습니다.

메건 서튼(Megan Sutton)은 언어병리학자로 수상 경력이 있으며 뇌졸중 후 의사소통 문제에 대해 과학기술을 사용하여 재활하는 것에 대한 전문가입니다. 그녀는 *택터스 테라피 솔루션즈(Tactus Therapy Solutions)*라는 회사를 설립하여, 20개가 넘는 근거 기반 언어치료 어플을 개발하였습니다. 그녀는 세계 곳곳의 뇌졸중 및 실어증 환자들을 상담하고 있으며, 왕성한 작가 활동과 각종 발표를 통해 전문가 및 뇌졸중 생존자들이 최신의 과학기술을 치료에 이용할 수 있도록 돕고 있습니다. 메건은 보스턴대학교(Boston University)를 졸업했으며 현재는 캐나다 밴쿠버에서 살고 있습니다.

역자 소개

김형석

경희대학교 한의학과 조교수
경희대학교 한방병원 재활의학과(중풍뇌질환센터) 진료
한방재활의학과 전문의, 한의학 박사
한방재활의학과학회 이사
대한중풍순환신경학회 회원

감수자 소개

김성수

전) 경희대학교 한방병원 병원장
전) 대한한의학회 회장
전) 한방재활의학과학회 회장
전) 대한스포츠한의학회 회장
현) 문재인 대통령 한방주치의
현) 경희대학교 한방병원 한방재활의학과 임상교수

뇌졸중 환자의 물음에
세계 최고 전문가가 답하다

고장난뇌

이 책은 뇌졸중의 정의부터 원인, 한의(韓醫)치료를 포함한 각종 치료법,
미래의 관련 의학기술의 발전에까지 다양한 주제에 대해 걸쳐 있을 뿐만 아니라,
그 답변자들이 뇌졸중 분야의 진료 및 연구를 선도하고 있는
최고의 의료진들이라는 점에서 특히 가치가 높습니다.
지금 이 글을 읽는 분이 환자나 보호자라면 이 책을 통하여 뇌졸중의 상태를 정확히 알고
앞으로의 재활 계획을 세울 수 있을 것이며, 의료계 종사자라면 최신의 정보를 학습하고
이것을 실질적으로 환자에게 쉽게 설명할 수 있는 방법을 배울 수 있을 것입니다.

경희대학교 한방재활의학과
교수 **정 석 희**

뇌에서 일어나는 문제는 후유증이라는 또 다른 걸림돌이 기다리고 있습니다.
오늘날 눈부신 현대의학의 발전에도 불구하고 이 후유증을 없애는
속 시원한 방법은 등장하지 않고 있습니다.
고장 난 뇌의 마비에 동원되는 재활방법에는 손으로 주무르는 마사지에서부터
간단한 침이나 뜸 치료가 포함됩니다.
이 치료법이 유효하다는 것은 신경가소성에 대한 활발한 연구와
데이터 집적에 힘입어 표준 치료로 인정되고 있습니다.

경희대학교 한방병원
(前)중풍뇌질환센터장 **조 기 호**

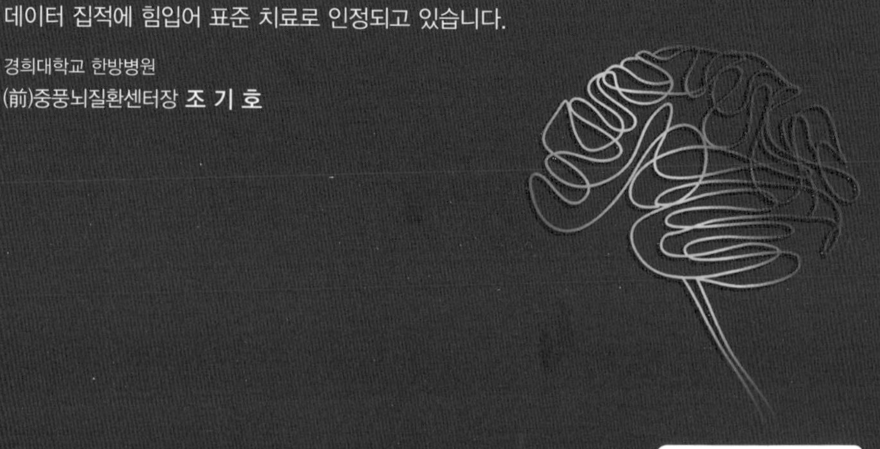

03510
9 791159 555855
ISBN 979-11-5955-585-5
정가 15,000원

www.koonja.co.kr